U0018527

部族誕生

⑤部曲之I

太陽之路

The Sun Trail

晨星出版

推薦1

徐永康　臺灣兒童閱讀學會理事長

我們是隱喻認知動物，藉由動物故事、寓言神話、奇幻文學作品，反思我們的生活處境，特別在青少年成長階段，他們逐漸從家庭生活，轉變為熱愛與同儕一起，探究未來。這時期的人生，既喜愛冒險又害怕受傷害。在面對真實社會之時，他們唯有一起相互協助，才能克服許多社會考驗。故事中，原本生活幸福的一群貓咪，因為食物不足，部分貓咪被迫離家，這群年輕貓咪們為了尋找適當的生活環境而冒險犯難，途中因遭遇到老鷹、狐狸等動物攻擊而有所犧牲，他們即使有所懷疑，卻也彼此協助，發揮個別所長，堅持理想，到達太陽之逕的美好家園，雖然與當地貓咪有些衝突，最後也能消除彼此歧見，共同生活在一起。本書也提醒我們，合作才是通往幸福生活的唯一道路。

推薦2

林美琴　作家／閱讀教育研究者

〈貓戰士〉系列一向廣受兒少讀者的歡迎，跌宕精采的情節、細膩生動的筆觸、角色的鮮明性格與幽微的心理刻劃，交織著耐人尋味的生命與自身、族群、環境等對應議題，深深吸引著讀者，來到書中活靈活現的貓世界裡，享受一場場的精彩神遊。這本《貓戰士五部曲之一——太陽之路》的場景來到四族誕生之前，貓族們面對嚴峻環境的生存挑戰，必須選擇留下或另尋

家園的生存課題。離開慣性的生活空間要克服的不只是面對未知的畏懼，還有內在的心魔，更何況一路上嚴苛環境的試煉、天敵的考驗，同伴之間的生存共識與情感糾葛……，這不只是貓族的冒險旅程，也是人生的想望與追尋，就從書中領取夢想、膽識、責任、承擔等配備，從貓戰士成為生命的勇士吧！

邱慕泥

戀風草青少年書房店長

貓迷，尖叫吧！二〇一六年，貓戰士迷最引頸期盼的事情，貓戰士五部曲千呼萬喚終於現身！全新的角色、全新的故事，一樣以貓群發展出共同合作求生、共同對抗險惡環境與外在兇狠敵人的精彩故事。充滿貓性的劇情，高潮跌起，更盛以往！絕對讓你愛不釋手。更有精細深刻的內心戲，值得讀者細心低吟品嚐。

本次這群貓兒要說的，不是他們有多麼勇敢，多麼厲害，捕獲了多少獵物，佔領了多少領地，而是他們曾經經歷過了多麼令人刻骨銘心的生離與死別，面對親情、愛情、友情的多重抉擇。尤其，兄弟之情的清天與灰翅，從相依為命、到冷漠以對，最後恩斷義絕。這已經不只是貓的故事，更是人類可能面對的課題。

強力推薦親子一起閱讀，一起思考，一起感受。

推薦 4

洪瓊音　中港國小蝴蝶媽媽讀書會帶領人

我沒有挨寒受凍的記憶，也沒有雪地長征的經驗，我有看過一群孩子爭食糖果的樣子，那還是在不飢餓的狀況下，不餓、想吃、不會讓，但是，這群飽受飢餓之苦的貓卻是可以分享好不容易捕獵來的食物，即使自己再餓也不願意只有自己飽食，也定要讓族人、兄弟同食，而這一切都只出於本能，沒有太多的計算。

因為一場夢要成就一個希望，這是一場賭注及冒險，無法預測的旅程，什麼情況下才會義無反顧地離鄉背井，不惜拋妻別子也要去尋找夢奇地，絕境竟是希望，苦難中的力量是如此強大，未知永遠充滿著迷人的魅力，走出去後才發現世界竟然這麼大，這是對年輕貓兒的某種挑戰，他們必須自己找路走出來，順著太陽之路走去，太陽升起的地方就是夢想起飛的地方。

推薦 5

呂明珊　漢聲廣播電台「朗朗讀書天」節目主持人

一個故事寫完四部曲又寫外傳，說明它是受歡迎的故事；而寫完外傳接著寫前傳，則證明這是一個成功的故事。

在「貓戰士」的前傳中，尋找新天地的高山貓兒來到全然陌生的環境，他們離家的不捨、面對未知選擇的徬徨、屢屢化解危難的勇氣，其實也是我們成長路上的心境與必需；那些親情友愛、爭吵互助、認同接納，似乎也觸及你我心緒。更別提，對「兩腳獸」許多事物的描寫生動有趣，讀來莞爾。「……一堆正方形石頭砌成的東西，邊緣銳利，每一面都挖了方形的洞可以透光……」原來我們溫暖的家屋，在貓兒眼中是如此古怪！

跟著貓兒的角度重新觀看世界，這種既熟悉又陌生的迷人氛圍，深深打動了我。除非你腦袋長了跳蚤，否則你一定也會愛上他。

推薦6

陳欣希

臺灣讀寫教學研究學會理事長

如同我和學生分享「如何閱讀一篇小說」中提到：好的作品常在第一章，甚至是第一段，就能吸引讀者目光，愛不釋手地想一口氣讀完。

《貓戰士》就是這樣的一本書。

故事開端的前兩段。作者的細膩文字，引領我們讀者進入情境、認識主角之一（貓兒的領導者，半月，是部落巫師），更讓我們隨著半月的眼光看見貓兒們的困境……，漸漸地，我們與貓兒的身影重疊了……

這本書，除了讓我一口氣讀完，有些段落還重覆閱讀……真的很吸引人！推薦給喜歡奇幻文學的大朋友、小朋友。

雲點—長毛黑貓，但有白色的耳朵、胸毛，還有兩隻白色的腳爪

石歌—暗灰色公貓

空心樹—棕色虎斑母貓

快水—灰白色母貓

鷹衝—橘色虎斑母貓

落羽—年輕的白色母貓

寒鴉哭—年輕的黑色公貓

尖雹—暗灰色公貓

霧水—很老的母貓，有一雙牛奶藍的眼睛

獅吼—很老的金色虎斑公貓

銀霜—很老的灰白色母貓

雪兔—白色老母貓

鬩鳥—瘦弱的棕色母貓

鋸峰—有著藍色眼睛的灰色虎斑公貓

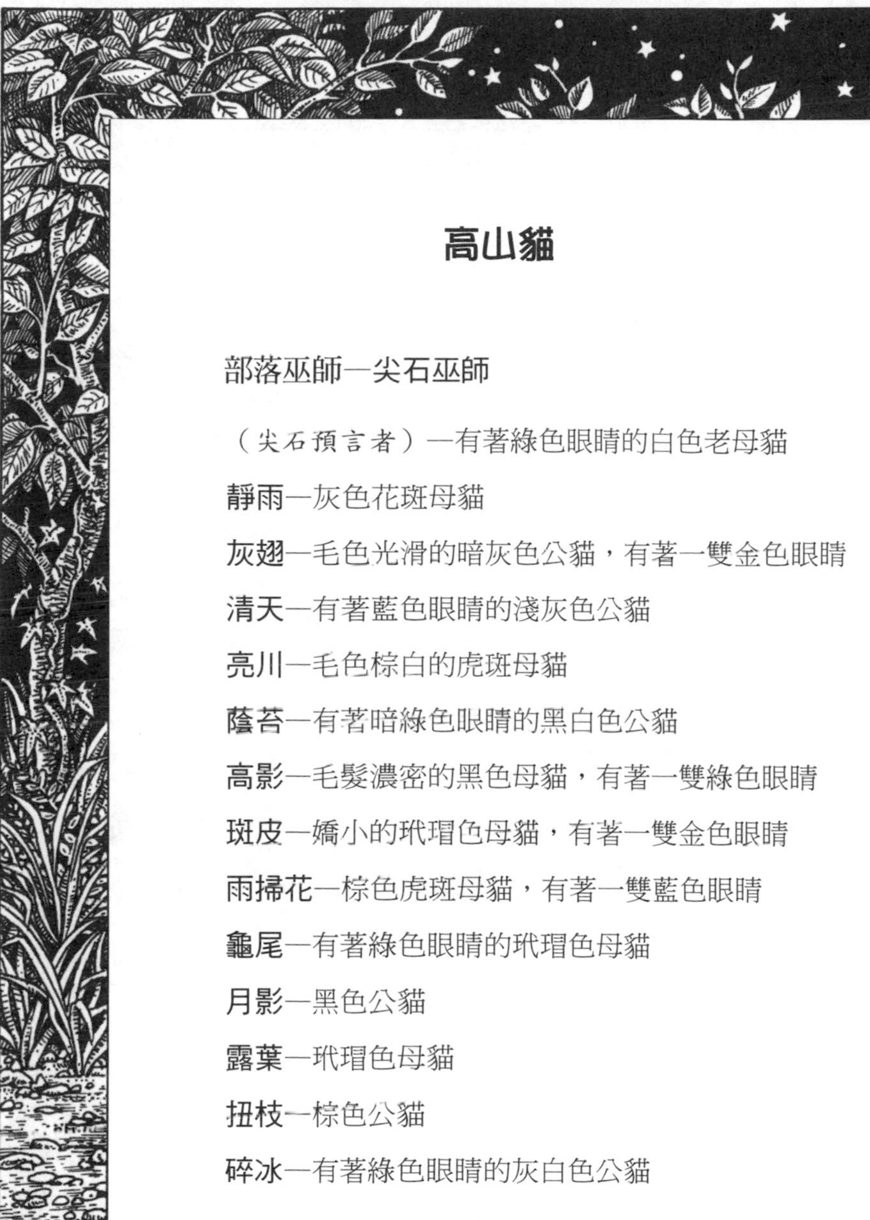

高山貓

部落巫師—尖石巫師

（尖石預言者）—有著綠色眼睛的白色老母貓

靜雨—灰色花斑母貓

灰翅—毛色光滑的暗灰色公貓，有著一雙金色眼睛

清天—有著藍色眼睛的淺灰色公貓

亮川—毛色棕白的虎斑母貓

蔭苔—有著暗綠色眼睛的黑白色公貓

高影—毛髮濃密的黑色母貓，有著一雙綠色眼睛

斑皮—嬌小的玳瑁色母貓，有著一雙金色眼睛

雨掃花—棕色虎斑母貓，有著一雙藍色眼睛

龜尾—有著綠色眼睛的玳瑁色母貓

月影—黑色公貓

露葉—玳瑁色母貓

扭枝—棕色公貓

碎冰—有著綠色眼睛的灰白色公貓

新狩獵場
高岩山
轟雷路
四喬木
瀑布
河流

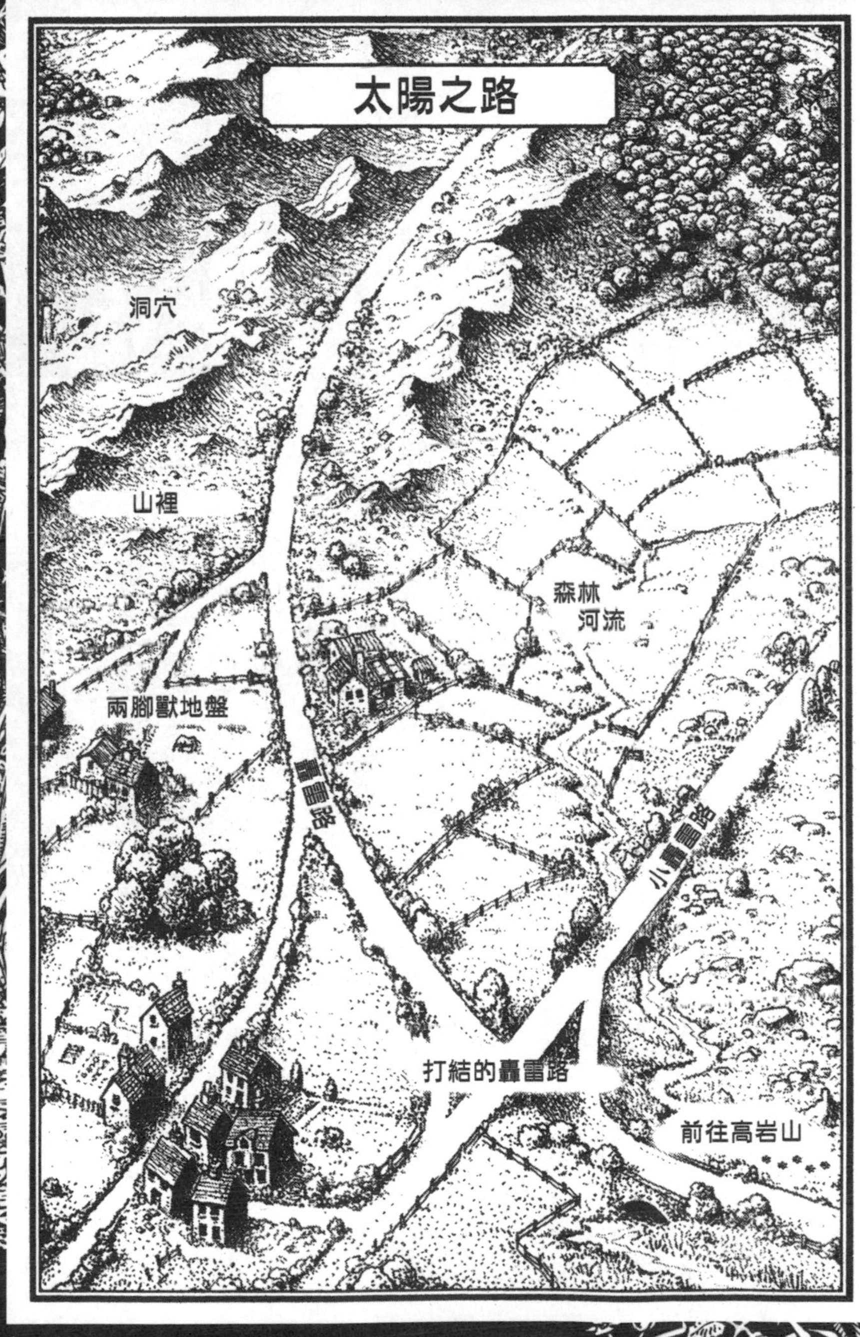
太陽之路
洞穴
山裡
森林
河流
兩腳獸地盤
轟雷路
小轟雷路
打結的轟雷路
前往高岩山

灰冷的光猶如水波漣漪漾映在山洞地面上，面積廣闊到連穴頂都消失在陰影裡。永無止盡的水幕垂掛洞口，水聲迴盪岩間。

山洞裡幾近最深處蹲伏著一隻衰弱的白色母貓。雖然年事已高，但那雙充滿智慧的綠色眼睛仍炯炯有神，掃視著山洞裡一大群骨瘦如柴的貓兒，他們正在粼粼閃爍的瀑布前面不安地踱步：老貓們挨擠於睡坑裡，小貓們絕望哀號，向筋疲力竭的的貓媽媽們乞食。

「我們不能再這樣下去了。」老母貓自言自語道。

幾條尾巴以距的地方，幾隻小貓為了一付老鷹屍骸起口角。屍骸上的肉早在前一天他們的貓媽媽們捕獵到的時候便分食光了。一隻小虎斑貓原本在那裡啃骨頭，被一隻體型較大的小黃貓給推開。

「這給我吃！」他大聲說道。

小虎斑貓撲上去，咬住小黃貓的尾巴。「你的腦袋長跳蚤嗎？我們也要吃啊！」她大聲喝斥發出哭號的黃色小公貓。

一隻瘦到毛髮下肋骨歷歷可見的灰白色老母貓，小碎步地朝小貓們跑過來，趁機搶走骨頭。

「嘿！」小黃貓出聲抗議。

老母貓怒瞪他，開口吼道：「我已經做了好幾個季節的狩獵工作，難道沒有資格多

分點骨頭嗎？」說完轉身昂首闊步地離去，嘴裡緊咬著骨頭。

小黃貓瞪她一眼，隨即哭著朝他母親奔去。可是他母親沒有安慰他，反倒像是在喝斥他什麼，尾巴還憤怒地彈動。

白色老母貓離得太遠，聽不見那隻貓媽媽說什麼，只能嘆口氣。

每隻貓兒都已經到達忍耐的極限了，她心想道。

她看著灰白色老貓快步穿過洞穴，將老鷹骨骸丟在一隻更老的母貓面前，後者蹲伏睡坑裡，鼻子擱在前爪上，目光呆滯地看著盡頭的穴壁。

「給妳，霧水。」灰白色老母貓伸出一隻腳把骨頭挪近她。「吃吧，份量不多，但多少有點幫助。」

霧水的目光無動於衷地略過她朋友，移向別處。「銀霜，不用了，謝謝。我沒有胃口，自從斷羽死後我就沒胃口了。」她的聲音沙啞，帶著憂傷。「要是獵物夠多，有東西給他吃，他就不會死了。」然後又嘆口氣。「現在我只等著跟他相會。」

「霧水，妳不能……」

這時洞口出現一群貓兒正在甩掉身上的雪花，吸引了原本在聽老貓對話的白色母貓的注意力。洞裡有幾隻貓兒跳了起來，跑過去找他們。

「你們有沒有抓到什麼？」其中一隻熱切喊道。

「是啊，你們的獵物呢？」另一隻追問道。

為首的貓兒悲傷地搖搖頭。「對不起，獵物不夠多，沒能帶回來。」

貓兒們懷抱的希望頓時像烈日下的薄霧瞬間散去。他們互看一眼，垂頭喪氣地各自走開，尾巴拖在地上。

白色母貓遠遠看著他們，這時她發現有隻貓兒正快步朝她走來，趕緊轉頭。來者年事已高，鼻口已然灰白，金色虎斑毛髮稀疏斑駁，但走起路來仍虎虎生風，顯見以前也曾是隻強壯又高貴的貓兒。

「半月。」他向白色母貓致意之後，便在她旁邊安坐下來，尾巴圈住四隻腳爪。

白色母貓饒富興味地輕輕喵嗚。「獅吼，你不能這樣叫我，」她抗議道。「我已經當了好幾個季節的尖石巫師了。」

金色虎斑公貓哼了一聲。「我才不管你當了多久的尖石巫師，反正對我來說，你就是半月。」

半月沒有回答，只是伸出尾巴擱在她老友的肩膀上。

「我在這山洞裡出生，」獅吼繼續說道。「但我母親羞鹿曾告訴我來山區之前的事……那時你們住在湖邊，有林子可以遮風避雨。」

半月輕嘆口氣。「還記得那座湖的貓只剩下我了，我還記得我們千里跋涉地來到這裡。只是我住在山裡的歲月已經比湖邊還久，怕有三倍長的時間了吧，再說這永無止盡的瀑布聲也早已烙印進我心裡。」她停頓一下，眨眨眼又說：「你為什麼現在跟我說這些？」

獅吼遲疑了一會兒才回答：「我們可能在太陽再度現身之前就餓死了，更何況這山洞也沒有更多空間容納貓兒了。」他伸出一隻腳爪，刷刷半月的肩毛。「有些事情勢在必行。」

半月瞪大眼睛看著他。「可是我們不能離開！」她反駁，語氣驚駭到喘不過氣來。「松鴉羽允諾過的。他要我當尖石巫師，就是因為這裡是我們命中註定的家園。」

獅吼迎視她那緊張的綠色目光。「你確定松鴉羽是對的？」他問道。「他怎麼知道未來會發生什麼事？」

「他一定是對的。」半月喃喃低語。

她的心飛回好幾個季節前的那場大典，當時松鴉羽封她為尖石巫師。她渾身顫抖，因為她又聽到了他的聲音……那對她充滿愛意但卻悲傷的聲音，因為她的天命意謂他們永遠不能長相廝守。「別的貓兒將追隨你，月復一月。好好挑選和好好訓練他們……把你部落的未來交託給他們。」

如果他不想要我們留在這裡，絕對不會說這種話。

半月目光瞟向其他貓兒……也是她的貓兒們，如今的他們又瘦又餓。她難過地搖搖頭。獅吼說得對：如果他們要活下去，有些事勢在必行。

她發現洞裡原本灰冷的光正逐漸亮成溫暖的金色，猶如太陽正在水幕後方升起……但半月知道其實夜色正在降臨。

獅吼淡定地坐在她旁邊梳洗耳朵，山洞裡的其他貓兒也都絲毫未察那逐漸濃烈的金色光芒。

貓兒們都看不到，只有我看得到。這代表什麼意思呢？

沐浴在強光下的半月猶記得她剛當上尖石巫師時，松鴉羽曾說祖靈會引導她做出該做的決策。因此有時她會看見一些奇怪的異象。她從來不曾直接感受到祖靈們的存在，但她已經學會尋找異象。

幾個可能的代表意義浮現半月心裡，猶如雪花迎面撲來。也許是在告訴她溫暖的天氣將提早降臨。可是我們貓口數這麼多，能等得了這麼久嗎？然後她又想是不是太陽正照著別的地方？那裡氣候溫暖而且有獵物，還有可以遮風避雨之處。可是我們住在山裡，遠水救不了近火？

陽光越來越強，直到半月幾乎睜不開眼睛。這時有個新點子浮現出來，她頓時鬆了口氣。

也許獅吼說得沒錯，我們當中只有一些貓兒屬於這裡，其他貓兒應該遠行到太陽升起之處，在陽光最燦爛的地方打造新的家園。那是一個很安全、可以吃得飽、還有空間養育下一代小貓的地方。

正晒著溫暖陽光的半月在心裡找到一種她所需要的篤定。有些貓可以留下來，數量得少到這座山養得活他們。其他部落貓則必須朝太陽升起之處跋涉遠行，尋找新的家園。

但我不會離開山洞，她心想道。我要在這裡迎接我生命裡的暮色晚年，一輩子遠離我的出生地。這樣也許……也許我還能與再見到松鴉羽。

第一章

灰翅正在通往山脊的邊坡上跋涉，那裡覆滿白雪，山脊宛若一排尖牙咬住蒼穹。他小心翼翼地踏出每一步，深怕踩破冰封的地面，陷入底下的雪堆裡。輕盈的雪花正在飄落，斑駁灑在他暗灰色的毛髮上。他冷到腳掌一點感覺也沒有，肚子也餓得咕嚕咕嚕叫。

我不記得我上次吃飽的滋味還有暖和的感覺是什麼了。

在上一個陽光普照的季節，他還只是隻小貓，成天和他同窩出生的哥哥清天在山洞外面的水潭邊玩耍。現在卻感覺那好像是上輩子的事了。對於山裡綠色的灌木叢以及岩石上的陽光，灰翅只有一點模糊的印象。

他停下腳步嗅聞空氣裡獵物的味道，掃視白雪皚皚的山巒，只見峰峰相連，往遠方綿亙。頭頂上厚重的灰色天空預告將會下更多的雪。

可是空氣裡完全沒有獵物的味道。灰翅繼續往前跋涉。清天從一塊裸岩後方現身，淺灰色毛髮幾乎隱身在雪地裡。他的嘴裡空無一物，沒有叼任何東西，一看見灰翅，便搖搖頭。

「到處都聞不到獵物！」他喊道。「我們何不……」

上方突然傳來尖嚎聲，打斷他的談話。一個黑影掠過灰翅。他抬頭望見一隻老鷹低空飛過山坡，爪子彎曲森冷。

清天趕緊趁老鷹飛掠而過時，迅速地往空中一躍，伸直前爪，勾住老鷹的羽毛，一把拉了下來。老鷹掉在雪地上，發出粗啞的嚎聲，翅膀胡亂拍打。

灰翅衝上坡，腳下雪花四濺。他趕忙過去接應他哥哥，前爪按住其中一隻正猛力拍打的翅膀。老鷹怒瞪他，黃色眼睛充滿恨意，灰翅低下身子，躲開爪子的攻擊。

清天伸頭過去，尖牙戳進老鷹脖子。只見牠扭動一下，隨即癱軟，眼神立刻渙散，鮮血自傷口汩汩流出，染紅了雪地。

灰翅氣喘吁吁地看著他哥哥。「抓得好！」他大聲說，得意到全身都暖和了起來。

清天搖搖頭。「可是你看牠好瘦。山裡根本沒東西可以吃，在雪融之前都不會有了。」

他蹲在獵物旁邊，打算咬下第一口。灰翅在他旁邊坐下來，一想到大口咬肉的滋味，便忍不住流口水。

然而這時他卻想起山洞裡那群餓腸轆轆的貓兒們為了一點食物碎屑，常起口角。「我們應該把牠帶回去給其他貓兒吃。」他喵聲道。「他們需要體力才能出外狩獵。」

「我們也需要體力。」清天咕噥道，同時撕咬了一口肉下來。

「我們沒問題的。」灰翅戳戳他的腰。「我們是部落裡最厲害的狩獵貓。只要我們連手出擊，沒有逮不到的獵物。就算想再抓別的獵物，還不簡單嗎？」

清天翻翻白眼，吞下嘴裡的肉。「你幹嘛老是這麼慷慨無私呢？」他咕噥道。「好啦，好啦，我們回去啦。」

兩隻貓兒合力將老鷹拖下山坡，在隘谷底部的礫石堆上攀爬，最後抵達瀑布聲隆隆的水潭邊。儘管這隻大鳥不重，但還是很難搬動，垂在地上的翅膀和爪子常不期然地被看不見的石頭和灌木絆住。

「要是我們吃掉牠，就不用這麼麻煩了。」清天沿著那條通往瀑布後方的小路前進，一邊費力地搬動著老鷹，嘴裡不停咕噥抱怨。「只希望他們會感激我們。」

灰翅心想，**清天雖然抱怨，但他知道這是我們該做的事。**

當這兩兄弟回到山洞時，迎接他們的是驚訝的叫聲。好幾隻貓兒衝過來圍看獵物。

「牠好大哦！」龜尾大聲喊道，同時朝灰翅跳了過去。「我不敢相信你們竟然為了我們把牠拖回來。」

灰翅垂下頭，有點不好意思她這麼熱情。「恐怕餵不飽所有貓兒。」他喵聲道。

灰白色公貓碎冰擠到貓群前面來。「有誰要出去狩獵？」他問道。「要去狩獵的貓應該先吃。」

貓群裡傳出低語聲，這時響起一聲尖銳哭號。「可是我肚子餓了！為什麼我不能吃？我也可以出去狩獵！」

灰翅認出那聲音，那是他最小的弟弟鋸峰。他們的母親靜雨快步走上前來，輕輕推走她的小貓，帶回睡坑。「你太小，不會狩獵。」她低聲道。「要是不給大貓先吃，就捕不到更多獵物給我們吃了。」

「不公平！」被他母親帶開的鋸峰，嘴裡仍在咕噥。

這時候，包括碎冰和龜尾在內的狩獵貓全都在老鷹屍體旁邊排起隊來。他們每一個都咬一口肉，再退到後面輪下一隻貓吃。等到他們全都吃過了，就沿著瀑布後方的小路魚貫走出去。如今獵物只剩下一點肉了。

清天坐在灰翅旁邊看，氣惱地哼了一聲。「我還是覺得我們當初應該吃掉牠。」私底下，灰翅雖然同意他的看法，但他知道光抱怨沒有用。**食物就是不夠，每隻貓兒都很虛弱，都在挨餓，只是苦撐著等太陽回來。**

他身後傳來急促的腳步聲，他回頭瞥見亮川快步朝清天走來。「這隻大老鷹真的是你自己抓的嗎？」

清天在美麗的虎斑母貓仰慕的目光下遲疑了一下。灰翅故意喵嗚一聲。

「沒有啦，」清天承認道。「灰翅也有幫忙。」

亮川向灰翅點個頭，目光又立刻移回清天身上。灰翅退後兩步，讓他們獨處。

「他們看起來真登對。」他肩後有個聲音出現。灰翅轉頭看見老貓銀霜站在旁邊。「等到季節很溫暖的時候，就會有小貓出生了。」

灰翅點點頭。只要眼睛沒全瞎的貓兒都看得出來他哥哥和亮川有多要好，因為他們倆就站在那裡挨著頭，低聲說話。

「也許不只一窩小貓哦，」銀霜繼續說道，同時意有所指地推推灰翅。「那個龜尾也挺漂亮的。」

灰翅羞赧到全身發燙，不知道該說什麼，正好這時看見尖石巫師朝他們走來，心裡暗自慶幸。只見巫師迂迴穿行在貓群中，不時停下來和每隻貓兒打招呼。雖然巫師年紀大了，步履有點蹣跚，但灰翅看得出來那雙綠色眼睛深藏著經驗智慧還有她對每隻部落貓的殷切關懷。

「還剩下一些老鷹肉，」灰翅聽見她低聲對正在睡坑裡伸懶腰和舔洗肚子的雪兔說話。「妳應該去吃一點。」

雪兔停下舔洗動作。「還是把食物留給年輕的貓兒吃吧，」她回答道。「他們需要體力去狩獵。」

尖石巫師垂頭用鼻子輕觸老貓的耳朵。「妳的付出早已超過我們所能回報妳的。」

「也許這座山已經餵養我們夠久了。」這是仍坐在原地、離他們有一條尾巴之距的獅吼說的話。

尖石巫師瞥了他一眼，那眼神意味深長。

究竟怎麼回事？灰翅反問自己。

他的思緒被走過來坐在他旁邊的靜雨打斷。「你有沒有吃點東西？」她問道。

我們總是聊食物，不然就是聊食物短缺的問題。灰翅試著壓抑住不耐的心情，回答道：「我出去之前會再吃一點。」

還好他的母親沒繼續堅持。「你很棒，竟然抓到老鷹。」她喵聲道。

「不是單靠我，」灰翅告訴她。「是清天很厲害地跳上去，把牠拉下來的。」

「你們兩個都很棒。」靜雨喵嗚道，然後轉身看著她那兩隻正在附近扭打的小貓。

「我希望鋸峰和翩鳥長大狩獵的時候，也能像你們一樣厲害。」

這時只見鋸峰從下方橫掃他姊姊的腳，翩鳥哀叫一聲，跌倒在地，頭顱撞上岩石，但沒有立刻爬起來，反而動也不動地躺在那裡嗚咽啜泣。

「妳真是一隻小笨貓！」鋸峰大聲喊道。

靜雨趕緊過去，邊舔女兒邊安慰。灰翅注意到翩鳥的身形好小，看起來弱不禁風。那顆頭顱大到似乎跟身體有點不成比例。她奮力爬起來，但四條腿仍搖搖晃晃。相形之下，鋸峰看上去強壯結實，灰色的虎斑毛髮豐厚健康。

鋸峰趁靜雨照顧他姊姊的時候，蹦蹦跳跳地跑來找灰翅。「說說老鷹的事吧，」他要求道。「你們怎麼抓到牠的？我敢說要是他們准我離開這愚蠢的山洞，我一定也抓得到。」

灰翅喵嗚一笑，興致勃勃地說：「你應該見識一下清天跳躍的功夫……」

這時一個中氣十足的吼聲打斷了灰翅要說的故事。「請所有貓兒安靜下來，尖石巫師有話要說！」

做出宣布的是蔭苔，這隻黑白相間的公貓是部落裡最強壯也最受尊敬的貓兒之一。他站在山洞深處的一座巨石上，尖石巫師等在旁邊。相較於他那身強壯的體格，老貓的身形看起來更顯羸弱。

灰翅鑽進四周的貓群裡，擠到最前面，一路上聽見其他貓兒都在好奇地竊竊私語。

「也許尖石巫師要把她的位子傳給蔭苔。」銀霜揣測道。

「該是時候指派繼承者了。」雪兔附和道。「我們已經等了好幾個月了。」

灰翅發現自己就坐在清天和亮川旁邊，於是抬頭看著尖石巫師和蔭苔。尖石巫師站起來，目光掃視部落貓們，直到下方的低語聲歸於寂靜。

「我很感激大家這麼努力打拼，」她開口道，但聲音微弱到幾乎蓋不過瀑布的水聲。「能當你們的巫師是我的榮幸。可是我必須承認有些事情是我沒辦法處理的。空間不足和食物的匱乏都非我所能控制。」

「這不是妳的錯，」銀霜喊道。「別輕易放棄！」

尖石巫師垂下頭，向老貓的言語支持致謝。「我們的家園無法再供應溫飽給所有的貓兒。」她繼續說道。「但有另一個地方正等著其中一些貓兒前往探索，那裡陽光溫暖，四季都有獵物。我看過它……就在我夢裡。」

回應她的是一片沉默。灰翅不懂巫師那番話的意思。**夢裡？這是什麼意思？我也夢過我宰了一隻大老鷹，而且全吃進我的肚子裡，可是醒來還是很餓啊。**

他注意到尖石巫師說話的同時，獅吼突然坐得筆直，而且瞪大眼睛、驚訝地看著她。

「我相信在你們當中不管是誰，只要有足夠的勇氣願意長途遠征，一定有一片美好的土地正在等著你們。」尖石巫師繼續說道：「蔭苔會帶著我的祝福擔任這支隊伍的領隊。」

白色老母貓再次環顧她的部落貓，眼裡充滿悲傷與痛苦，然後從巨石上慢慢滑下來，消失在山洞盡頭的地道，回到她的窩穴。

驚愕的低語聲淹漫洞穴，過了一會兒，蔭苔走上前來，抬起尾巴要大家安靜。

「我一輩子都住在這裡，」他等大家都噤聲了，才開口說話，語氣嚴肅。「我一直以為我會在這裡老死。但如果尖石巫師相信我們當中有些貓兒必須離開這裡，尋找她夢想中的家園，那麼我義不容辭，我將盡全力保護隊員們的安全。」

斑皮跳了起來，金色眼睛閃閃發亮。「我跟你去！」

「我也去！」高影也說道，光滑的黑色身子因亢奮而繃得很緊。

「你們的腦袋都長跳蚤了嗎？」骨瘦如柴的棕色公貓扭枝一臉不可置信地瞪著那兩隻母貓。「還不知道目的地在哪裡，就莽撞前往？」

灰翅沒有吭氣，但他同意扭枝的說法。這座山是他的家：他熟悉每一塊岩石、每一株灌木、每一條小溪。如果因為尖石巫師做了一個夢，我就必須離開自己的家，我的心一定會被撕裂。

他朝清天轉頭，竟看見他哥哥眼裡閃著興奮的光芒。「你不會正在認真考慮這件事吧？」他問道。

「為什麼不能認真考慮？」清天反問道。「這可以一次解決我們的所有問題。如果還有別條路可走，為什麼還要留在這裡掙扎求生，試圖餵飽每一張嘴？」他的鬍鬚熱切地顫抖。「這會是場冒險！」他向蔭苔喊道。「我也去！」他朝亮川看了一眼，追問道：「妳也會去吧？」

亮川挨近清天。「我不知道欸……如果我不去，你還是要去嗎？」

清天還沒來得及回答，小鋸峰就從兩個哥哥中間擠進來，後面跟著翩鳥，開口大聲地說：「我要去！」

翩鳥興奮地點點頭。「我也要去！」她吱吱尖叫。

靜雨跟在後面，尾巴一掃，把他們拉近自己。「絕對不可以！」她喵聲道。「你們兩個就待在這裡。」

「妳可以跟我們一起去。」鋸峰提議道。

他的母親搖搖頭。「這裡是我的家，」她說道。「我們以前不也活下來了？等季節溫暖了，就有足夠的食物可以吃了。」

灰翅垂頭表示同意。**他們怎能忘了靜雨曾告訴我的故事？當年我們被一隻貓從遙遠的湖邊帶到這裡來，而這兒就是他所允諾我們的地方。我們怎麼可以離開這裡呢？**

蔭苔中氣十足的聲音再度響起，蓋過大夥兒的喧鬧聲。「你們不必現在就決定，」他宣布道。「先想清楚自己要什麼。弦月才剛過，我會等到下一次月圓時再……」

他突然打住，目光落在山洞遠處。灰翅轉過頭去，看見狩獵隊正走進來，身上沾滿雪花，個個垂頭喪氣。

他們都沒帶獵物回來。

「很抱歉，」碎冰喊道。「雪積得比以前厚，連一隻獵物也沒……」

「我們要離開這裡了！」有隻貓兒從蔭苔旁邊的貓群裡出聲喊道。

狩獵隊站立不動好一會兒，他們面面相覷，不知所以，然後才衝進洞裡，豎耳恭聽同伴們解釋尖石巫師剛剛說過的話，還有蔭苔打算要做的事。

龜尾擠到灰翅旁邊，噗通坐下，開始清理身上的雪花。「這不是很棒嗎？」她一邊舔一邊說。「有個溫暖的地方，那裡有很多獵物，正等我們前往？你要去嗎？灰翅？」

「我要去。」清天趕在灰翅開口前回答。「亮川也要去。」年輕母貓不太確定地看了他一眼，但清天沒注意到。「這會是場艱辛的旅程，不過我覺得會很值得。」

「一定很棒！」龜尾開心眨著眼睛。「去吧，灰翅，你覺得怎麼樣？」

灰翅沒有給她想聽的答案。他環顧洞穴，看著這群他認識了一輩子的貓兒，無法想像就為了尖石巫師夢到一個可能存在的地方，便決然地棄他們而去。

灰翅被肚子的咕嚕叫聲喚醒。自從尖石巫師幾天前的宣布之後，饑餓的感覺每況愈下。山洞裡一直都有竊竊私語聲，討論離開山區究竟是不是個好主意，還有新的家園會是什麼樣子。

仍蜷伏在睡坑裡的灰翅聽到附近貓兒興奮的閒聊聲。

「你覺得我們以後會抓到什麼獵物？」灰翅認出斑皮的聲音。「也許是不同種類的鳥，也或者……是老貓們以前在故事裡常提到的松鼠？」

「我們得很小心行事才行。」那是雲點的聲音，聽起來就跟平常一樣什麼事都要考慮周詳。「萬一我們吃得太好，就會胖到無法狩獵，到時會有什麼下場呢？」

灰翅聽見雪兔噗嗤一笑。「我倒希望這下場發生在我身上。」

他抬起頭來，看見那三隻貓兒挨坐在一起，旁邊還有高影，後者優雅地伸展黑色四肢，站了起來。「我很好奇我們在那裡得學會什麼新的狩獵技巧。那地方要求的狩獵技巧一定不太一樣。」

「唉呀！你最神出鬼沒了。」雪兔揶揄道。「所以你一定能趁獵物睡著的時候偷偷接近牠。」

高影得意洋洋地舔舔胸毛。「也許我會這麼做。」

灰翅爬出睡坑，甩掉身上的青苔屑和羽毛，弓起背，伸個懶腰，決定出去狩獵。**現在都自顧不暇了，哪還有時間想別地方有什麼獵物，這根本無濟於事。**

陽光斜射進山洞，水幕變得閃閃發亮。灰翅從瀑布後方的小路走了出來，看見天空終於湛藍。他望著蒼穹下美麗的峰影，興奮到腳掌微微刺痛。他大口吞進冰冷的空氣，覺得那空氣就像水一樣漫進毛髮，很是舒暢。

我怎麼捨得離開這一切？

他繼續沿著覆滿白雪的岩架往前走，路上的積雪早因貓兒連日來的踩踏而變得堅實，這時灰翅聽見上方某處傳來聲音。

「亮川，妳一定要跟我去。」

他抬頭看見清天和亮川站在崖頂，瀑布的水從崖頂的岩石邊緣傾洩而下。

「一起去探索新的地方，這種經驗很難得的。」清天繼續說道

亮川轉過頭去。「我不知道……這裡是我的家，這麼久以來，我們不也活下來了嗎？」

「你不會只想要活下去而已吧？」清天問道，同時用尾巴圈住亮川的肩膀，試圖說服她。「我想去，可是沒有妳同行，感覺就不一樣了。」

亮川兩眼發亮，又隨即搖搖頭。「我還有幾天時間可以考慮。」她喵聲道。

她輕盈地跳下岩石，獨自留下清天在背後目送她。灰翅看見她走近，心跳忍不住加快。**她好漂亮……但她終將成為清天的伴侶貓。清天真幸運，這是可以肯定的。**

「我可以跟你一起狩獵嗎？」亮川跳下最後一塊岩石，站在灰翅旁邊問道。「但別像清天一樣老想說服我跟著蔭苔離開山裡。」

「我不會。」灰翅承諾道。「我自己也還沒決定。」

「我真心希望你們這一次抓不到獵物！」清天從崖頂喊道。「這樣你們就會明白為什麼我們必須離開這裡。」

灰翅沒好氣地朝他揮揮尾巴，往山脊走去。亮川跟在他後面攀爬。就在快爬到山頂時，冰冷的山風瞬間撲來，拂亂他們的毛髮，吹落岩石上的積雪，徒留光裸的灰色岩面。地平線上堆滿暗黃色的烏雲，預告將會降下更多的雪。

灰翅背對著風，環顧四周，望見山谷底還有另外三隻貓兒正在追捕一隻老鷹，後者從山坡低飛而過，逐漸消失在視線裡，但貓兒們的身影太小，離他很遠，根本看不出來究竟是誰。

亮川的聲音打破山區裡巨大的沉默。「灰翅……你對尖石巫師的夢有什麼看法？」

灰翅猶疑了一下才回答。「我不知道。」他終於承認道。「尖石巫師真的找到了一個新地方讓我們住嗎？但她又不知道確實地點。為什麼別的貓沒有做同樣的夢？」

「也許這是尖石巫師才有的本領，」亮川表示，然後停頓一下，若有所思地眨眨眼睛。灰翅看得出來那雙美麗的綠色眼睛布滿焦慮。「雖然這裡很冷，又常挨餓，但我喜歡住在山裡，」她繼續說道。「我一直以為我會在這裡生養小貓……可是我又一直認定他們的父親會是清天。」

她說完趕緊轉頭，有點不好意思地舔舔肩膀。灰翅很訝異她竟然對他吐露心事。她總是那麼自信、獨立。他突然覺得嫉妒，她敢鼓起勇氣撇下自己的夢想，陪清天去闖蕩未知的領域，而且她對他哥哥的用情竟如此之深。

他還沒決定要如何回答她，亮川便甩了甩身子。「也許你該忘掉我剛說過的話！」她喵聲道。「還有不准告訴清天！我不希望他現在就認定我已經做了決定。」

「我一個字也不會說。」灰翅承諾道。

我快精神分裂了，他心想道，**我和清天向來形影不離，但我現在卻得選擇是要跟他去還是跟我弟弟妹妹留在這個……這個我稱之為家的地方。**

這時突然有個動靜吸引他的注意，問題暫時拋開。是雪兔！他旋身一轉，衝過山坡，去追獵物。獵物一身豐厚的白色毛髮，很容易藏身雪地，只是這裡是野風四起的山脊，一躍過岩堆，便曝露了行蹤。

亮川也加入追逐，但灰翅跑得比她快，岩堆上奔馳的他加快速度，感覺野風刷過鬍鬚，滋味很是暢快。

最後灰翅奮力一跳，撲向獵物，利牙鎖喉，兔子驚恐的尖叫聲瞬間消失。

「好厲害！」亮川氣喘吁吁。「你速度好快！」

「還好啦。」灰翅喵聲道，同時用單腳戳戳獵物。這隻兔子似乎還蠻有肉的。「我們可以先吃，剩下的再帶回山洞。」

他和亮川肩並肩地坐下來大啖兔肉。而享用的同時，眼前巍峨的山峰和壯麗的山谷也盡攬眼底。

「你會留下來，對不對？」亮川問道，那雙綠色明眸直直盯著他。

灰翅深吸口氣。「是啊，我會留下來。」

等他們吃完自己的那一份，便叼起剩下的獵物走回山洞。灰翅一想到有獵物可以帶回去給部落裡的同伴吃，頓時感到得意。

瀑布一映入眼簾，他便瞄見一群貓兒正費力爬上山坡，朝他們而來。蔭苔在前面帶路，清天走在他旁邊。高影、斑皮和雨掃花緊跟在後，龜尾殿後。

「嗨！」跟著隊伍前進的清天喵聲道。「嘿，你們抓到一隻兔子。」

灰翅得意地點點頭。「是啊，我們正要帶回去。」

「我們要爬到山脊那裡，」清天解釋道，尾巴同時掃了一圈，意指這些同伴都要去。「我們想先查看一下哪條路最適合下山，前往日升之處。」

「你要不要一起來？」龜尾跳到灰翅旁邊問道。

灰翅猶豫一下。他現在很確定自己要留在山裡，但他還不想告訴別的貓兒。「打獵有點累了，」他回答道。「晚點再看好了。」

灰翅走進山洞，感覺得到部落裡的貓兒都很不安。洞穴邊緣貓兒三兩成群地小聲交談。其他貓兒也似乎心神不寧地來回踱步，怎麼樣也坐不住。洞穴裡沒有尖石巫師的蹤影。

「你覺得他們真的要離開？」石歌和他的伴侶貓空心樹從旁邊走過時這樣咕噥道。

「我猜他們會走。」空心樹回答道。「他們腦袋是長了跳蚤嗎？對外面的狀況不瞭解也就算了，甚至也不知道要去的那地方究竟存不存在？」

灰翅知道他們的這番話反映出許多部落貓的心情。他真希望尖石巫師沒做過那個夢，再不然就別說出來。難道她不知道部落會因此撕裂嗎？

「我為什麼不能去？」鋸峰正往洞口走去，卻被靜雨攔下。

「我最後一次告訴你，」他的母親喵聲道，尾尖不耐地抽動。「你太小，還不能出山洞。」

「不公平！」鋸峰的肩毛豎得筆直，兩眼怒瞪他母親。

「別這樣，鋸峰，」雪兔快步上前，一邊向靜雨垂頭招呼。「我跟你玩個新的遊戲，看看你能不能接到這塊石頭。」說完腳爪一掃，一塊扁平的石子飛了出去，拂過洞穴地面。

鋸峰興奮尖叫，追在後面。

「謝謝你，雪兔，」靜雨低聲道。「地上的雪積得那麼深，我不能讓他出去。」

「不客氣。」老貓回答道。

灰翅叼著剩下的兔子朝他母親走去，丟在腳下。「你要不要吃一點？」他問道。

靜雨喵嗚感激。「你真厲害。」她告訴他。「我拿一些給鷁鳥吃好了。」她聲音顫抖地補充道。「今天早上她沒有力氣從窩裡出來。不過吃點東西應該就有力氣了。」

灰翅的母親叼起兔子穿過洞穴，走向鷁鳥蜷伏的睡坑，灰翅跟在後面。

「你要跟蔭苔去嗎？」靜雨把獵物擱在睡坑邊緣，順道問他。「我知道清天會去……」她顯然試著裝出輕鬆的語調，可是說到最後，仍免不了傷心地嘆了口氣。

「我會留下來。」灰翅告訴她，鼻頭輕觸她的耳朵。「這裡是我的家。我會抓獵物給留下來的貓兒吃，讓大家都能活下去。我們的祖先在好幾個季節前離開大湖來到這裡，我相信他們選擇定居這裡，一定有他們的道理。」

靜雨將鼻口擱在他額頭上。「你讓我覺得好驕傲。」她低聲道。那當下，灰翅感覺自己好像又回到偎在母親懷裡吃奶的小貓一樣，舒服又安全。

靜雨彎腰探進睡坑，舔舔鷗鳥的肩膀。「起床了，小丫頭，」她喵聲道。「我幫你帶食物來了。」

灰翅看著鷗鳥，突然覺得不安，她好像沒有在呼吸。

「鷗鳥！」靜雨用前爪戳戳她。但小貓仍然不醒。「灰翅，去叫尖石巫師來。」他的母親語調驚慌。

灰翅快步穿過山洞，衝下地道，前往尖石巫師的洞穴。他以前只進去過一次。可是他一到洞口，便慢下腳步，儘管十萬火急，他還是有點害怕。

他悄聲走進洞穴裡，看見一束束的陽光從穴頂的洞斜射而入，地上矗立了幾根擎天石柱，約有幾條尾巴疊起來那麼高。地上的水池映照著陽光，偌大的空間裡到處都是滴滴答答的水滴聲。

一開始灰翅沒看到尖石巫師，後來才瞄見她坐在暗處，尾巴圈住腳爪，兩眼緊閉。

她睡著了嗎？他好奇地趨近。

他越走越近，尖石巫師突然睜開眼睛。「灰翅……出了什麼事嗎？」她喵聲道。

「是鷸鳥，」灰翅解釋道，一顆心跳得很快。「我們叫不醒她。」

尖石巫師立刻站起來，朝岩石上的一處縫隙轉身，從裡頭掏出幾片枯萎的葉子。灰翅瞄到裡頭的藥草庫存少得可憐，這才知道在雪融之前和溫暖的天候來臨之前，恐怕再無足夠的藥草。

他跟著尖石巫師回到鷸鳥躺臥的地方。靜雨站在她女兒旁邊，腳爪不耐地張張合合。灰翅盯著靜雨的眼睛，知道此刻的她有多絕望和悲痛。

尖石巫師彎腰探視小貓，伸出一隻腳爪擱在小貓胸膛，檢查呼吸心跳，隨即嚼爛葉子，扳開小貓的嘴，塞進葉泥。「乖，小丫頭，」她低聲道。「吞下去，你就會舒服多了。」

可是鷸鳥還是動也不動，連眼睛也沒睜開。

尖石巫師抬眼看著靜雨，低聲道：「她離我們很遠很遠了。她體內的饑餓太強大了，靜雨，妳要有心理準備。」

灰翅的母親癱坐地上，腳爪狠刮洞穴地面。「都是我的錯，」她喵聲道。「我應該把我的食物都留給她吃。我腦袋到底在想什麼，為什麼要選在這麼寒冷的天氣生小貓？」

灰翅的心漲滿憂傷，走到靜雨旁邊，緊偎著她。「這不是妳的錯。」他喵聲道。

「我早該……」

尖石巫師抬起一隻腳爪，打斷靜雨。「安靜，靜雨，鷸鳥可能聽得到妳的聲音，別讓她離世時知道妳的害怕和憤怒。」

灰翅看得出來他母親很努力地壓抑住自己的情緒，鑽進睡坑，蜷在翩鳥身旁，不停舔她、安慰她。「我唯一的寶貝女兒，我好為妳感到驕傲。」她喃喃說道。「妳對我們來說很重要，我們永遠不會忘記妳。」

灰翅心痛地看著眼前情象，只見他妹妹的脅腹又鼓起一次，便再也不動了。「再會了，翩鳥。」他低聲道。

尖石巫師向靜雨垂頭致哀，隨即離開朝地道走去。

灰翅轉向他母親。「要不要我幫你把翩鳥抬到外面埋掉？」他問道。

靜雨緊抱著她女兒的屍體。「不要現在，她身體還是熱的，」她回答道。「拜託你去幫我叫鋸峰回來。」

灰翅環顧四周，看見鋸峰正在山洞深處跟其他小貓一起玩耍，趕緊跑過去，彈動尾巴，示意他弟弟。

「什麼事？」正在和一隻虎斑母貓玩角力遊戲的鋸峰抬頭問道。

「我們的母親要你回去。」灰翅回答道。

鋸峰爬了起來，快步穿過山洞，回到睡坑。靜雨小聲告知鋸峰。鋸峰瞪著她看，隨即張大嘴巴，淒厲哭號。

靜雨伸長尾巴，將鋸峰攬了過來，灰翅看見她緊緊抱著兩隻小貓，鼻子埋進他們的毛髮裡，一隻死了，一隻還活著，這幅景象令他心痛。

他想靜雨恐怕永遠不會答應讓鋸峰離開山裡。

灰翅聽見山洞入口傳來聲響，趕緊轉身，看見蔭苔帶著清天以及其他前往勘察下山路線的貓兒們回來了。

「太棒了！」清天甩甩身子，雪花灑得到處都是。「我們找到可以下山的路了。」

「就在山谷旁邊，那裡有條路。」蔭苔喵聲道，語氣謹慎多了。「它會通到一個缺口，應該可以帶我們下山。但路上會遇到一條冰封的河，必須橫越它，所以要很小心。」

「可是那是目前為止最快的一條路！」龜尾打斷道，同時興奮地揮動尾巴。

「看來是如此。」蔭苔同意道。「幸運的話，我們可以避開厚重的積雪。」

灰翅趁其他貓兒圍上來詢問蔭苔時，趕緊過去用尾尖拍拍清天的肩膀。清天轉頭張望，看見靜雨和兩隻小貓仍留在睡坑裡，遂瞪大著眼睛。

「發生什麼事了？」他問道。

「翩鳥死了。」灰翅告訴他。

清天倒吸口氣，頓了一下，隨即越過山洞，來到他母親身邊。灰翅緩步跟在後面。

「我很遺憾！」清天說道，同時低下頭去，鼻頭輕觸他妹妹的耳朵。「翩鳥，我們會想念妳的。」然後直起身子，低頭對他母親說：「如果我們抵達新的家園，這種事就不會再發生了。妳要是加入我們，我保證我這一輩子會好好保護妳，幫妳狩獵。拜託妳跟我一起去。」

靜雨搖搖頭。「我不會把我女兒單獨留在這裡。」

她爬出睡坑，要灰翅和清天把瘦弱的翩鳥抬出來，搬到山洞外面。他們朝入口走去，沿著岩架走到瀑步後面，其他貓兒見狀都退到後面，站在兩旁致哀目送。

他們扛著翩鳥的屍體，沿著小路走，靜雨和鋸峰跟在後面。水滴落在翩鳥的毛髮上。灰翅皺起眉頭，他突然想到她再也不能舔乾它們了。

他們小心翼翼地攀上結冰的岩石，一路攀爬到山洞上方的高原，將翩鳥暫擱在溪邊。灰翅和清天刨開冰封的土石，挖出小小的洞，靜雨將小貓放了進去。最後一次用鼻子輕觸女兒的屍體，然後退到後面，讓兩個兒子覆蓋沙土，再用較大的石頭壓在上面。

過了一會兒，四隻貓兒站在墓邊，全都低著頭。

鋸峰第一個移動身子。他環顧四周，一臉訝異地望著四面八方綿亙的山巒，瞪大著眼睛，蓬起毛髮。巨石旁的他看上去好小。

「那些山，你們都登過頂了嗎？」他小聲問道。

「還有一些沒登頂。」清天走過來，站在他旁邊，用尾巴指。「在那幾座山之間有個缺口，我們會從那裡下山。」

鋸峰眼睛瞪得更大了。「我也好想去。」他喵聲道。

「不要胡說八道了，小朋友。」靜雨走了過來，尾巴圈住小貓的背。「這是你第一次出洞，你在外面待太久了，我跟你回山洞。」

「可是我不要回山洞！」鋸峰抗議道。「還有好多東西沒看到。」

清天親切地推推他弟弟。「改天你就會看到了。那些山又不會跑掉。現在先讓我們見識你爬下岩堆的技術厲不厲害。」

嘴裡仍在咕噥抱怨的鋸峰只得跟著他哥哥走。

灰翅在崖邊待了一會兒，眺望那大片的起伏山巒，憤怒宛若烏雲堆疊心裡。這麼美麗的地方何以如此殘酷？最後那憤怒的尖刃竟指向自己。

早知道我就該捕捉更多獵物，不該讓翩鳥挨餓。

他察覺到靜雨走了過來站在他旁邊。「這是一個殘酷的地方，」她嘆口氣，附和他的思緒。「但不管好壞，終究是我的家。」

「我不會再讓這種事發生了，」灰翅喵聲道，沙啞的聲音充滿憂傷、憤怒。「一定有更好的狩獵方法。我們……」

「你們必須離開，」靜雨打斷道。「鋸峰年紀太小，沒辦法長途旅行，但你必須跟清天一起離開，去找一處更適合居住的地方。我不希望以後也眼睜睜地看著你的小貓死去。」

灰翅驚愕地瞪著她。「我以為你要我留下來！」他大聲說道。

靜雨冷靜地凝視他。「我很想你留下來，可是我太愛你了，」她喵聲道。「所以聽我的話，離開這裡吧。」

第三章

雖然黎明曙光已經隔著水幕滲了進來，但山洞兩側邊緣仍然幽暗。灰翅吃力地爬出睡坑，瞄見蔭苔和清天及其他想離開山裡的貓兒都蜷縮在一處。這個團體的成員數量更甚以往。

灰翅走過去找他們，後者全都轉頭看他，眼裡沒有一絲驚訝。

「你改變主意了？」清天問道，滿懷希望地眨眨眼睛。

灰翅垂下頭。「我還在考慮。」他勉強回答。

龜尾過來坐在他旁邊。「我真高興你來找我們。」她兩眼發亮地喵嗚道。

「再過不久，我們就要出發了。」蔭苔喵聲道，目光逐一掃過每隻貓兒。「你們要多休息，盡量多吃點。」

「你要我們沒事躺在這裡，等別的貓兒抓獵物來給我們吃？」斑皮反對道。「我不喜歡這主意。」

蔭苔不耐地彈動尾巴。「只是這一兩天而已，」他指出道。「等我們離開了，他們就有足夠的獵物可以分食。但如果我們出發前沒有吃飽……」

山洞另一頭傳來的尖叫聲打斷了他的話。灰翅轉頭看見玳瑁色母貓露葉穿過山洞，朝他們跑來，在月影面前停下腳步，她四隻腳站得筆直，表情憤怒，頸毛倒豎。

「你偷偷摸摸地在這裡做什麼？」她質問道。「你的小貓都快出生了，你不是答應要陪在我身邊嗎？」

「呃……這下麻煩了。」龜尾小聲對灰翅說。

月影縮起身子。「這裡的食物不夠，」他尷尬解釋。「要是貓口數能少一點，對我們的小貓會比較好。」

露葉齜牙咧嘴，大聲吼道：「那我在哺育小貓的時候，誰去抓獵物回來給我們吃？」

其他貓兒聽見她的抱怨，也紛紛過來查探。

「她說得沒錯，」扭枝怒瞪月影，跟著幫腔：「要是有責任感就應該留下來。」

「你是說我們沒有責任感，所以才要離開囉？」高影厲聲回嗆。

「這太可笑了，」碎冰跳起來站在黑色母貓旁邊，綠色眼睛瞇成一條線。「我們為了讓你和其他留下來的貓兒在這裡過得好一點，甘冒危險移居到另一個未知的地方，而你們卻什麼事也不用做。」

尖雹擠到前面來，甩著尾巴。「你錯了……我們是坐在這裡挨餓！」

正當大家吵鬧不休之際，灰翅注意到亮川躊躇不定，不幫腔任何一方，不加入爭辯。

她真的下定決心要跟清天走嗎？他反問自己，**她看起來好像不知道自己要什麼**。他為她感到心痛，也為鷗鳥感到心痛，更為所有準備要在未來靠尖牙利爪爭個你死我活的部落貓感到心痛。

「夠了！」山洞後方傳來聲音，雖然不是中氣十足，卻充滿權威，所有爭吵瞬間打住。貓兒們噤聲不語，自動退到兩旁，讓尖石巫師一跛一跛地走進貓群中央。「我不忍看見你們這樣繼續爭吵，」她繼續說道。「我的異象告訴我有個更好的地方正在等待那些願意去追尋探索的貓兒們，但我也可能錯了。」她搖搖頭，顯然心裡充滿疑惑。「也許我們應該忘了這件事，別去找新的家園……」

她說話的同時，獅吼走到後面，挨著她站，低下頭，在她耳邊低語，雖然聲音很小，但灰翅勉強聽得到。

「你要相信你所看見的。」說完獅吼隨即抬頭對所有貓兒說道：「我母親告訴我，在她和貓兒們離開那座湖之前，曾經投票表決他們的共同未來。我們何不現在也來投票表決？」他提議道。「要是多數貓兒決定留在這裡，願意再跟這裡的嚴寒天候賭一把，那麼蔭苔就留下來。你覺得怎麼樣？尖石巫師？」

白色老母貓若有所思地瞇起眼睛，最後朝蔭苔轉身。「你願意接受投票的結果嗎？」她問道。

蔭苔點點頭。「要完成這趟旅程，得靠夠多的同伴同心協力地辦到，如果同伴不夠多，我也不想去。」

尖石巫師環顧其他貓兒。灰翅看得出來大夥兒的怒氣已消。「灰翅、亮川，」巫師喵聲道。「你們數一下這裡有多少隻貓，就去收集多少小石頭回來。」

「連我也算嗎？」鋸峰吱吱尖叫，興奮地跳來跳去。

靜雨伸長尾巴，撫摸她兒子的耳朵：「小貓不算。」

「小貓也算。」尖石巫師輕聲打斷。「每隻貓兒的意見都算數。這麼久以來，我們始終是共同體，也是朋友和家人。對於我們的未來，我們都得共同參與和決定。」

灰翅向尖石巫師垂頭致意，隨即偕同亮川走出山洞。他們找到一塊地方到處都是小石頭，離瀑布不遠，就在一座突岩底下，於是他們將小石頭全堆在一起。

「靜雨希望我離開。」忙了一會兒之後，他才告訴亮川。

亮川瞪大眼睛，驚訝地彈彈耳朵。「我還以為她希望你和清天留下來。」

灰翅搖搖頭。「她相信尖石巫師說的那個新家園，可以讓我們有更多的機會活下來。」

亮川又放了一顆小石頭到石堆裡，這才回應他。「所以你要去嗎？」她遲疑地問道。

「我不知道。」灰翅發現自己的內心還在掙扎。「鷚鳥的死讓我看清了住在山裡的我們有多脆弱。可是……逃走是不是太懦弱了？」

「灰翅，不會有貓兒認為你是懦夫。」亮川告訴他。

等他們收集到足夠的小石頭之後，便來回幾趟將它們帶回山洞。蔭苔和高影幫忙將小石頭堆在尖石巫師的腳下，神色慎重地完成任務。

「現在，」尖石巫師喵聲道，「每隻貓兒都叼起一顆石子，如果覺得蔭苔和想離開這裡的貓兒應該下山，就把小石頭放在靠瀑布的地方；但若認為他們應該留下來，就放在靠洞穴牆邊這裡。蔭苔，你先放。」

蔭苔上前一步，垂頭向尖石巫師深深致意，「我用我的生命相信妳，」他告訴她。「如果妳曾在夢裡看到一個更好的地方可以住，我保證我一定會找到它。」

他叼起一顆小石子，帶到洞穴臨近瀑布的地方，然後放下來，那裡離水幕很近，水花直接濺在石子上。

其他部落貓也排隊依序投票。隊伍中的鋸峰不停用爪子搔刮地面，似乎興奮難耐。

獅吼緊接在蔭苔後面，他叼起石子，也放在臨近瀑布的地方。「我這把老骨頭是沒辦法長途跋涉了，」他粗嘎說道。「但要是我再年輕一點，一定一馬當先。」

雪兔和霧水跟在後面，兩者都投票要留下來。接著清天偕同斑皮、龜尾，都把石子放在瀑布邊。接下來是鋸峰，他蹦蹦跳跳地來到石堆邊，叼起一顆，小心翼翼地拿去放在他哥哥的石頭旁邊。

靜雨搖搖頭。「我親愛的兒子，我不會讓你離開的，但大貓們應該有機會離開。」她叼起石子，放在水邊靠近她兒子們放石頭的地方。

一臉桀驁的鋸峰，氣憤難平地一路跺腳，走回睡坑，尾巴抬得老高。

亮川接著叼起石子，毫不猶豫地走到瀑布邊，跟其他貓兒的石子擺在一起。

清天驚訝地看著她，全身毛髮蓬了起來，眼裡滿是愛意。「謝謝妳。」他對著走過來找他的亮川說道，兩隻貓靠得很近，毛髮刷拂著彼此。

「我是為我們未來的小貓著想。」她回答道。

灰翅知道輪到自己了。他有點反胃，彷彿有石頭在肚子裡翻攪。**我不能再拖延自己**

的決定。

他環顧四周，再次注意到身旁貓兒們的形銷骨立、眼神呆滯，還有疲憊的神情。最後他望著母親，卻看見她懇求的目光。他知道她始終相信唯有離開這裡，他才有未來。

可是誰來保護她的安全？保護鋸峰的安全？以及所有留在原地的貓兒他們的安全？這裡需要有強壯的狩獵貓留下來。

灰翅叼起小石頭，頓時覺得彷彿正試圖搬動整座山。但他仍步履沉穩地走到洞穴牆邊，將石頭放下來。

他避開他母親的目光，直接回到尖石巫師旁邊和其他貓兒們為伍，結果即看見月影叼起石子，一臉決然地快步走到瀑布邊。

露葉緩步上前。「你的小貓將永遠不會知道他們的父親是誰。」她嘶聲道。月影沒有回答。露葉隨即轉身叼起石子，帶到洞穴牆邊。

其他貓兒沉默地依序投票。等到最後一顆小石頭歸位，尖石巫師才緩步上前盤點兩堆石子。灰翅大概瞄了一下，覺得兩邊數量恐怕相當。

要是贊成和反對離開的票數一樣，那該怎麼決定？

最後尖石巫師一跛一跛地回到洞穴中央。「贊成離開的石子數量比較多。」她大聲宣布。

低語聲從四周的貓群傳出，宛若野風吹刮岩石。他們不安地看著彼此，彷彿現在才明白他們所做的決定有重大。

「我在此祝福那些準備離去的貓兒，」尖石巫師繼續說道。「我們永遠不會忘了你們。」

山洞裡瀰漫著陰鬱的氣氛。灰翅感受不到這個決定所帶來的勝利與喜悅心情，就連鬆了一口氣的氛圍也沒有。

「來吧，」蔭苔最後開口道。「我們再去查看一次路線。在我們最後出發之前，得先確實訂出整個計畫。」

他帶頭走向洞口，決定離開的貓兒們也都跟在後面。

灰翅留了下來，看著清天和他們消失在水幕後方的微光裡，感覺很奇怪。過了一會兒，他發現靜雨來到他身邊。

「我不是告訴你要離開嗎？」她低聲道。「你得為自己的未來著想。」

灰翅伸長脖子與他母親互觸鼻子。「我的未來在這裡。」他告訴她，說完迅速點個頭，走出洞外，朝山脊而去。一路上他豎直耳朵，張開嘴巴，嗅聞可能的獵物氣味。

正在攀爬的灰翅突然瞄見蔭苔和他的夥伴們立於山脊頂。蔭苔揮動著尾巴，似乎正在跟他們解說什麼，只見其他貓兒不時提出意見。**他們正在準備行前計畫**，灰翅心想道，心裡頓時有股失落。

他不想跟他們打照面，於是轉身下到山谷，希望能找到野兔。這時眼角餘光瞄見動靜，趕緊改向衝了過去，腳爪在雪地上打滑。

那是一隻小動物──可能是老鼠或田鼠──正倉皇地竄逃於結冰的地面上。灰翅加速往前衝，但還沒趕到，獵物就鑽進兩座巨石中間的窄縫裡消失不見。灰翅試著擠進去，但空間太小。

他停下動作，喪氣地放聲大吼，尾巴垂了下來。那瞬間，他突然感到好絕望。為什麼住在這裡要這麼辛苦？為什麼有這麼多貓兒要離開？

一個微弱的聲音自後方傳來，他趕緊轉身，伸長爪子，卻驚訝地愣在原地。站在面前的是尖石巫師，白色毛髮幾乎隱身雪地裡。灰翅不記得她上次離開山洞是什麼時候的事了。

「妳……還好吧？」他結結巴巴。

「我很好。」尖石巫師回答他，緩步從他身邊走過，笨拙地爬上附近一塊平坦的岩石。「我只需要一點新鮮空氣。」她繼續說道。「我好久……」

灰翅跳上去坐在旁邊。「尖石巫師，」他脫口而出，「妳確定日出之處真的是更美好的地方嗎？」

尖石巫師的綠色目光轉向他。「這是我這輩子做過最有把握的一個夢。」她向他保證道。「當然看見這麼多貓兒離開，我也很難過，但我真的相信我們會因此得到更高的生存機會。」

「那麼以前你們為什麼要離開那座湖？」灰翅問道。他畢恭畢敬地請教尖石巫師那件久遠的事。**她以前住在湖邊……全都記得很清楚。**「我們千里涉地來到這裡定居，這一切值得嗎？」

「值得，」尖石巫師回答道，語帶傷感。「當初我們的離開是有正當的理由，而這裡的山也的確待我們不薄，讓我們自給自足了很久。能在新的領地裡領導部落貓始終是我的榮幸。」

灰翅很同情老母貓。**尖石巫師一生都在為我們服務，從來沒有伴侶貓和小貓。**

「妳本來可以有不一樣的生活，」他尷尬地假設道。「妳有沒有為自己想過？」

尖石巫師搖搖頭，似乎能理解他的意思。「所有部落貓都是我的孩子，連老貓們也是。至於伴侶貓……我以前也愛過，一生愛過一次就夠了。灰翅，對於未來，我們永遠都沒把握，」她輕聲說道。「我們能做的只是去相信我們現在認為對的事情。」

「我相信我留在這裡是對的。」灰翅喵聲道。

尖石巫師沒有回答，只是點點頭，但這就足以解答他所有的疑惑了。

第四章

淺色曙光下，灰翅站在岩堆頂端，野風拍打毛髮。尖石巫師立於瀑布附近的巨石上，貓兒們都圍著她，連小貓也不例外。打算跟蔭苔離開此地的貓兒們群聚而立。灰翅看見他們不耐地縮張著爪子，互換興奮又惶恐的眼神。

清天趁大夥兒在等尖石巫師開口說話時，從蔭苔那裡擠了出來，快步過來找灰翅和他們的母親及弟弟。

「再會了。」他低聲道，鼻口輕輕抵住靜雨的肩膀，然後是灰翅，最後低頭用鼻子輕觸鋸峰的耳朵。「希望你們在這裡一切都好。不過世事難料……」他補充道，顯然想故作輕鬆。「搞不好有一天，換我要回來找你們。」

灰翅和靜雨互看一眼，他看得出來他母親很清楚這事不可能發生。但他們都不願意點破。

「兒子，一路平安。」靜雨喵聲道。

「我為什麼不能跟你去？」鋸峰大聲打斷。

靜雨瞪他一眼，要他安靜。小貓悶悶不樂地耙著溪邊鬆散的小石子。靜雨的目光越過他，望向翩鳥墳上的石堆。

「你確定你不跟我們一起去？」清天喵聲對灰翅說。「沒有你同行，感覺不一樣。」

灰翅用鼻口輕觸清天的鼻口，兩兄弟尾巴交纏。「很抱歉我不能同行。」灰翅回答道，失落感像老鷹的爪子直戳他的心。「但我的舞台在這裡，和靜雨、鋸峰住在一起。」

「我很高興他們有你照顧。」清天告訴他。

他最後一次垂頭致意，隨即走回去找亮川。亮川雖然頭抬得高高的，但灰翅看著出來她眼裡充滿不確定。

最後尖石巫師朝蔭苔揮揮尾巴。「今晚將是月圓之夜，」她喵聲道。「該是時候讓你們離開了。蔭苔，你有什麼話要說嗎？」

體格結實的黑白色公貓跳上巨石，站在巫師旁邊，環顧底下的貓群。「我們相信尖石巫師已經看見我們的未來，」他開口道。「我們會循著那條路朝東升的太陽前進，但我們絕不會忘記這座山還有你們，這一切永留我們心中。」

「可是我們會很想念你們。」霧水咕噥道。

蔭苔垂頭向那隻老貓致意，然後才又說：「我希望這裡的貓口數變少了之後，狩獵情況可以改善。」

蔭苔說完後，尖石巫師用尾尖輕觸他的肩膀，然後退後一步。「蔭苔，謝謝你，也謝謝所有即將離去的貓兒們，謝謝你們無私的勇氣。這是你們送給我們的一份大禮。我們永遠不會忘記你們。」她深吸一口氣，炯亮的綠色目光落在即將與蔭苔同行的貓兒身上。「旅程中你們將遇到奇怪的生物，」她繼續說道。「那種生物沒有毛，叫做兩腳獸，因為牠們總是用兩隻後腳在行走。還有全身發亮又愛吼叫的野獸，看起來猶如怪獸，總是奔馳在我們稱為轟雷路的黑色路面上。」

龜尾瞪大眼，發出驚愕聲。「你的意思是牠們真的存在？」她問道。「我還以為那只是長老們編出來的故事。」

尖石巫師搖搖頭。「牠們真的存在，不過可以避開牠們。怪獸似乎離不開轟雷路，不過你們還是得臨場應變。」她的聲音此刻聽起來顯得焦慮。「別忘了也會出現新的仇敵……不光是鳥，還有狐狸和野獾。另外我有沒有告訴過你們，有可能遇到其他愛挑釁的貓兒？」

蔭苔點點頭。「尖石巫師，這些我們都討論過了。」

「也別忘了，」雲點插嘴道。「我和斑皮懂得治病，也懂很多藥草，所以真要出了什麼事，我們可以幫得上忙。」

白色老貓的鬍鬚抽了抽，肩毛聳了起來。灰翅這才明白她其實不像平常那樣有信心，於是也不免跟著擔心起來。

「不要相信任何事情，」尖石巫師緊張地說道，「但要相信自己的直覺。」

蔭苔很有自信地用尾巴撫過尖石巫師的背。「我們會邊走邊學，」他溫柔說道。「我們相信你所指引的日升之處，所以現在也請你相信我們會平安抵達，找到新家園。」

尖石巫師長嘆一口氣，隨即從岩石上滑下來，緩步走向那幾隻即將與蔭苔同行離去的貓兒，她用鼻頭輕觸每隻貓兒的肩膀，開口說：「找一處你們都覺得適合居住的地方，」她喵聲道。「高影，妳擅長潛行和詐術；清天，逮住空中飛鳥是你的最大本領；龜尾，妳的速度和眼力最好；雨掃花，妳可以只憑氣味就聞到遠處的獵物。我相信你們各自擁有的天賦都能找到可以發揮的地方。」她注視著這群貓兒，綠色眼睛充滿慈愛與憂傷，最後開口說：「祝你們好運。」

蔭苔揮揮尾巴，領著他的團隊步下岩堆，朝瀑布下方的水潭走去。

「再會了！」灰翅喊道，目光尾隨著他哥哥。「一路平安。」

「我只想說謝天謝地！」露葉齜牙低吼。「一群懦夫！竟然留我們在這裡挨餓！」

「沒錯，」扭枝附和道。「我們不需要他們。」

灰翅站在靜雨旁邊，目送著離去的貓兒們繞著山路往坡下走去，直到消失視線裡。留下的貓兒們靜靜地站了一會兒，他們看看彼此。如今只剩為數不多的貓兒留在山裡，整個部落規模似乎變小了。灰翅很清楚現在小貓和老貓的數量超過年輕力壯的貓兒數量。他很是不安，腳掌微微刺痛，但強壓下這股情緒。

「我們總不能一整天站在這裡。」他終於開口。「石歌、扭枝、露葉，趁現在天還亮，我們去狩獵吧。」

「什麼？」露葉甩著尾巴。「你忘了我懷孕嗎？」

你打死也不會讓我們忘記的，灰翅心想道，不過他忍住不說出來。「現在剩下我們三個最身強體壯，」他輕聲說道。「我們必須抓到足夠的獵物給所有貓兒吃。」

扭枝點點頭，琥珀色眼睛裡有種決然的神色。

「你不是尖石巫師，你沒有權利對我發號施令。」露葉咕噥道。她停頓一下，但最後還是聳聳肩。「好吧，我去狩獵。」

當尖石巫師帶著剩下的部落貓往下走回山洞時，尖雹和銀霜卻留在原地。「我們也去狩獵。」銀霜大聲說道。「我們可能不像你們那麼年輕，但我們的爪子還很利。」

「沒錯，」尖雹附和道。「我們得為那些剛離開的貓兒們著想，絕對不能就此放棄。我們得找到新的生存之道。」

「謝謝你。」灰翅回答道，很是感激老公貓的智慧。

灰翅撇下其他貓兒，徒步沿崖邊走，離溪邊漸行漸遠。山裡似乎比平常來得安靜。他不時停下來，豎直耳朵，那些遠行的貓兒應該已走到山谷處，他試著尋找他們的蹤影，並頻頻環顧四周，希望還能捕捉到最後的身影，但他們早已消失在雪地和岩間。

我再也見不到他們了。

這時有暗色身影掠過灰翅頭頂，他抬頭望見一隻年輕的老鷹低飛雪地，好似也在搜找獵物，就在牠又想飛高時，灰翅倏地搬出清天那一招，蹬腿往上一躍。

他的爪子勾到老鷹翅膀，雙雙跌在地上，雪地裡翻滾。灰翅感覺到老鷹利爪劃過身上。他痛極了，氣極敗壞地大吼一聲，爪子戳進老鷹胸膛，張嘴一咬，尖牙迅速鎖喉。老鷹頓時癱軟。灰翅深呼口氣，爬了起來，甩掉身上雪花。叼起老鷹的頸子，就往山洞拖，一對大翅膀亂七八糟地一路耙著雪地。

等到他抵達瀑布後方的小路時，其他狩獵貓兒也回來了。石歌和銀霜各自抓到一隻老鼠，扭枝和露葉則合力拖著一隻雪兔。

「我們一起抓到的，」扭枝一嘴兔毛地咕噥說道。「我一追牠，牠就調頭往回跑，剛好衝進露葉的爪子裡，根本就是手到擒來。」

狩獵貓將獵物放在山洞地上，其他貓兒全都圍了上來。即便如此，灰翅還是覺得山洞冷清空盪，只剩為數不多的貓兒。他們分食獵物，大啖野味，互相交換，但發出的聲響竟然有奇怪的迴音。

「我明天也去狩獵。」靜雨承諾道。

「我也去。」空心樹附和道，尾巴掃過她伴侶貓石歌的腰腹。

「何不用輪流的方式？」石歌提議道。「這樣一來，每隻貓兒都能磨練自己的狩獵技術，但又不必每天都出去。」

尖石巫師點頭稱許暗灰色虎斑公貓。「石歌，這主意不錯，你可以幫忙排輪值表嗎？」

石歌聽見巫師的讚美，眼睛一亮。「我很樂意。」

灰翅看了部落貓們一眼，發現他們的臉上都有種決然的神情。他開始相信那些自願離開的貓兒所做的犧牲終於有了代價。

我們一定可以熬過這一關。

第二天早上，灰翅被一隻不斷戳他腰腹的腳爪喚醒。微光從水幕斜射而入，他眨著惺忪的睡眼，看見石歌俯望著他。

「你可以去狩獵嗎？」虎斑公貓問道。「我在排輪值表，就從今天開始。靜雨和空心樹同在一組，我單獨行動。可是我想確定一天派四隻貓兒出去夠不夠。」

「當然可以。」

洞口的光線比灰翅這幾天看到的光線來得強，彷彿太陽就在外面照耀。**也許這是個好兆頭，他心想，反正總好過於在暴風雪裡狩獵。**

他一路跳躍地跑向洞口，這時聽見後面傳來啪答啪答的腳步聲，鋸峰的聲音尖銳響起。「灰翅，等等我！」

灰翅轉身，鋸峰及時在他旁邊煞住腳步。「我想跟你一起去狩獵。」小貓大聲說道。

灰翅很想嘆口氣，但強忍住。「你還太小，」他回答道。「回去跟小貓玩吧。」

「他們只會做一些很笨的事情。」鋸峰咕噥道。「假裝小石頭是老鷹，然後撲上去。可是我想抓真的老鷹！」

「老鷹可以一口就吃掉你。」灰翅喵聲道。

「不會！」鋸峰反駁道。「我個子很大！我是年紀最大的小貓，我應該可以狩獵了。」

灰翅承認他弟弟說得不無道理，**也許該是時候訓練他了。這樣就又多了一隻狩獵貓。**

「怎麼了？」靜雨走上前來問道。「鋸峰，你又在找碴了？」

「他想學狩獵。」灰翅趕在鋸峰開口前解釋道。

他看見他母親眼裡閃過一絲驚懼，彷彿滿腦子想到的都是洞穴外面有各種危險可能傷害鋸峰這樣的小貓。「他太小了……」

鋸峰豎起毛髮。「我是年紀最大的……」

灰翅尾巴甩過小貓的嘴巴，結果被狠瞪了一眼。

「他已經夠大了，」他告訴靜雨。但他的母親仍有疑色，於是他又說：「讓他跟著我，總比自己偷溜出去好吧。」

靜雨遲疑了好一會兒，才心不甘情不願地點點頭。「好吧。」她朝鋸峰轉身，又補充道：「跟緊灰翅，一定要聽他的話。」

鋸峰猛力點頭，兩眼發亮，興奮地走來走去，「我們走吧！」

灰翅伸出尾巴把鋸峰拉到後面，因為這隻小貓莽撞地想跳上水幕後方的那條路。他說：「你要學的第一件事就是走路不要莽莽撞撞。你要跟著我，保持安靜。」

鋸峰雖然還是很亢奮，兩眼發亮，但總算安靜下來，緩步跟在灰翅後面。靜雨殿後。石歌和空心樹已經先行離開。灰翅一走進高原，便看見他們正相偕爬上對面的山坡。

靜雨趕上鋸峰，遲疑了一下，才喵聲說：「祝你們狩獵順利。」說完隨即朝通往崖頂的岩堆走去。

灰翅知道她很想陪在她小貓身邊，但她也知道自己必須專心狩獵。

「好了，」他開口說：「在外面，有件事你必須記住，那就是你也可能變成獵物。有些老鷹大到利爪一伸就能抓起一隻大貓。所以隨時注意頭頂上的動靜。懂了嗎？」

鋸峰睜大眼睛。「我懂！」

灰翅很慶幸他弟弟肯把他的話當一回事。

「接下來要學的是尋找獵物。」他繼續說道。「到處跑來跑去沒有意義，只會把獵物嚇回洞裡。你要利用自己的眼睛和鼻子，嗅聞空氣裡的味道。你現在試試看，有沒有聞到什麼？」

鋸峰站立不動，豎直耳朵，張開下顎，目光掃視四周環境，眺望覆滿白雪的山坡。灰翅欣慰他並未忘記不時察看頭頂動靜。

「有找到什麼嗎？」過了一會兒他才問道。

鋸峰低下頭，一臉失望。「沒有。」

「別擔心，我也沒有。」灰翅告訴他。「獵物通常不會跑到我們的山洞附近。我們得往前走，到別地方找找看，不過我想先教你潛行的技巧。你必須學會在不被察覺的情況下盡可能地靠近獵物。你認為要怎麼樣才能辦到？」

鋸峰蹲伏雪地裡。「盡量把自己縮得小小的？」他提議道。

「沒錯，但地上有積雪，不能蹲太低，免得被毛髮拖住，走不快。要像這樣移動……」

灰翅低下身子，就定位置，肚皮上的毛剛好輕刷雪地表面，然後小心翼翼地慢慢匍

匐前進。旁邊的鋸峰也依樣畫葫蘆。

「很好，」灰翅告訴他，對他弟弟那很強的學習能力感到刮目相看。「那你的味道怎麼辦？當你離獵物近到可以飛撲上去之前，要怎麼樣讓獵物聞不到你？」

鋸峰想了一下，鬍鬚微微抖動，然後才咕噥地說：「我不知道欸。」

「從風的方向去想。」灰翅給他提示。

「風……」鋸峰再度陷入沉思。「我知道了！」他大聲說道。「風會把味道吹過來，所以我必須確定所在的風向會把獵物的味道吹到我這裡來，而不是我的味道吹過去？」

灰翅發出滿意的喵嗚聲。「相信你很快就要成為狩獵貓了。我們現在走吧，看看能找到什麼。別忘了要時常察看天空的動靜哦。」

他帶頭爬上通往山脊的斜坡。「這裡是抓雪兔的好地方，」他告訴鋸峰。「記住，牠們的毛色會在寒冷的季節變成白色，所以很難發現牠們，除非牠們站在光裸的岩石旁。雪兔速度很快，所以你必須趕在牠們察覺到你的時候先盡量趨近，如果最後得靠追的，多半抓不到。」

灰翅說話的同時，注意到鋸峰不時分心地凝視遠方。「嘿，專心點！」他喵聲道。

「對不起。」可是走了幾步之後，鋸峰又犯了。

灰翅停下腳步，有點惱火，正要開口訓斥，突然瞄見上方岩間出現動靜。兩塊大岩石中間出現白絨絨的兔子身影。

他推推鋸峰，把耳朵朝兔子的方向彈動。「要不要去抓抓看？」他低聲道。

鋸峰亢奮地瞪大眼睛，小心翼翼地蹲下來，悄悄爬近獵物。

他忘了查探風向。灰翅發現到這一點，不過他什麼也沒說。

鋸峰往前推進了一半，兔子突然坐了起來，長耳朵豎得筆直，鼻子不停抽動，隨即從岩石底下衝出來，往山坡處逃竄，雪花在腳下飛濺。

鋸峰氣餒地大吼一聲，追了上去。他個子小體重輕，腳爪飛快地掠過雪地，灰翅追在後面。

一開始，鋸峰似乎逐漸逼近，但雪兔個子又大又壯，沒多久速度便超過他。**我們抓不到的**，灰翅心想，同時繃緊全身肌肉，試圖奮力一博。

過了一會兒，突有淒厲叫聲，一隻老鷹空中俯衝而下，伸長鳥爪。兔子驚聲尖叫，倏地調頭朝鋸峰的方向衝了回來。

小貓撲了上去，撞上兔子，雪花四濺。灰翅看見雙方的腿奮力扭打交纏，鋸峰的尾巴瘋狂擺動。

但老鷹沒有放棄，牠又俯衝而下。灰翅知道牠若抓不到兔子，一定會改弦易轍，拿鋸峰當目標。

灰翅大吼一聲，趁老鷹衝下來之際，一躍而上。他感覺到爪子劃到老鷹的內翅。大鳥淒厲怒吼，拍翅升空，越飛越高，直到天空只剩一個小黑點。

灰翅一確定危機解除，立刻衝到他弟弟那裡。他看見鋸峰踉蹌站著，雪兔動也不動地躺在他腳前。

「我抓到牠了！」他大聲喊道。「我是狩獵貓了！」

「太棒了！」灰翅稱許他。「你真的很棒！但別忘了……」他補充道。「你要學的東西還很多。」

兔子體型比鋸峰大，得靠灰翅的幫忙拖回山洞。他們回到山洞，所有部落貓都圍了過來，當灰翅告訴他們鋸峰是如何抓到兔子時，大夥兒都嘖嘖稱奇。

「從此以後獵物也要小心你囉！」獅吼用尾巴親暱地戳戳鋸峰。

「這是你抓的獵物，」灰翅指著他弟弟。「所以你可以第一個吃。」

鋸峰兩眼發亮地大口一咬。灰翅看見他囫圇吞棗地一口接一口，才想到這孩子已經餓了很久。**這可能是他這輩子吃過最豐盛的一餐。**

鋸峰吃完後，還剩下很多兔肉。「我吃飽了。」他大聲說道。

其他部落貓正要張嘴大快朵頤，靜雨回來了，嘴裡叼著一隻老鷹。

「你們的成績不錯哦。」她說道，同時將她的獵物放在兔肉旁邊。

「是鋸峰抓到的！」灰翅告訴她。鋸峰一臉驕傲地挺起胸膛。

靜雨兩眼炯亮，注視著她的小兒子。「太厲害了，」她大聲說道。「灰翅，謝謝你的調教有方。」

灰翅正要坐下來分食獵物，這時不免又想到離開山裡的部落貓們，不知近況如何。一想到山洞裡只剩下為數不多的部落貓，那種感覺很奇怪。希望他們一切平安，有足夠的食物可以溫飽。

「我們可以再出去一次嗎？」灰翅剛吃完東西，就聽見鋸峰這樣問道。「狩獵真的好刺激哦。」

灰翅望向山洞入口，看見白日將盡，暮色正在瀑布外徘徊。

「現在不行，」靜雨搶在他開口前回答。「回坑裡睡覺的時間到了。你可以明天再去。」

「可是我還不累！」鋸峰抗議道。「我可以……」話還沒說完就被自己的大呵欠打斷。

「別再爭辯了。」靜雨厲聲回答。

她把鋸峰往山洞裡的睡坑裡推。灰翅跟在後面進去，等到躺好了，才又發現這睡坑現在變得好空。他好想念偎著他哥哥旁邊睡覺的滋味。

我真好奇那些遠行的貓兒現在怎麼樣了……

✦✦✦

灰翅乍地醒來，看見淺色曙光滲進水幕。靜雨在旁邊緊張地踱步，他這才知道是她的低吼聲吵醒了他。

「怎麼了？」他問道，同時跳出睡坑。

「鋸峰的臥鋪是空的。」他的母親回答道。「他一定是自己跑出去了……他知道他不能自己出去。」

灰翅把尾尖擱在他母親背上，試圖安撫她。「他不會走遠的，」他喵聲道。「我會帶他回來。」

他從瀑布後方出來，掃視山坡，雪地上一個影子也沒有。

「鋸峰！鋸峰！」他喊道。

一片寂靜。

小笨貓！他一邊想，一邊攀爬岩堆，前往崖頂的高原。他一步上崖頂，野風立刻襲來，拍打毛髮。他小心打量四周，沒有他弟弟的蹤影，他放聲大喊，也沒有任何回應。

灰翅開始緊張了，忙不迭地回到山洞，發現他母親焦急地等在瀑布旁，其他貓兒都圍著她。「對不起，」他喵聲道。「我找不到。他不在潭邊，也不在高原。」

靜雨又開始踱步。「一定是被老鷹抓走了！」她哭號道。「再不然就是被雪堆活埋了。」

銀霜的尾巴輕輕刷過靜雨的腰側。「鋸峰年輕力壯，」她說道。「更何況他沒那麼笨。他知道怎麼避開危險。」

「沒錯。」獅吼附和道。「他可能馬上就出現了，嘴裡還叼著體型比他大兩倍的獵物。」

「我希望你說的是真的。」靜雨喃喃低語。

灰翅也很擔心。「我再出去找找看。」他承諾道。「霧水，」他轉身對老貓說道：「妳跟我一起去好嗎？」

「什麼？」雪兔走過來擋在霧水和灰翅中間。「她太老了，視力也不好。」她在灰翅耳邊嘶聲道。「她幫不了你的忙。」

「誰說的。」灰翅輕輕推開雪兔。「霧水，」他喵聲道。「斷羽曾多次告訴我，說妳是他所見過最厲害的氣味追蹤者。若說誰有本領追蹤鋸峰，那一定非妳莫屬。」

霧水的藍色眼睛對他眨了眨，回答他：「我陪你去。」

灰翅帶路走出山洞，霧水跟在後面，腳步僵硬蹣跚。她一抵達小路盡頭，便全身警戒，伸鼻嗅聞岩架，張嘴吸入氣味。「他走這個方向。」她一邊大聲說，一邊笨拙地爬上通往高原的岩堆。「要是被我逮到那小子，我絕對不饒他。」她氣喘吁吁。「我的老骨頭都快散了。」

在她身旁攀爬的灰翅質疑道：「不可能吧，」他有點懷疑她所指的這個方向。「鋸峰兩天前才跟我們爬到這裡來跟其他貓兒道別。」

霧水停下腳步，怒瞪著他。「你覺得我分不出來兩天前的味道和剛留下的味道嗎？」她質問他。「這味道是蓋在舊的味道上面。你們這些小夥子總自以為是萬事通。」

灰翅沒有吭氣，老貓費力撐起身子爬上高原邊緣，緩步走向鷂鳥墳上的小石堆。灰翅緊跟在後。

「鋸峰兩天前來過這裡？」她問道。

灰翅在心裡回想當天情景，最後回答：「沒有。」

「那麼他今天來過了。」霧水喵聲道。「他的氣味集中在這裡，表示他在這裡逗留了一會兒……」她停頓一下，嗅聞石堆四周，接著又從瀑布旁邊爬下去。「然後他走這個方向。」

老貓改變走向，爬上巨岩。

灰翅驚愕地瞪著她。「妳確定？」

霧水瞥他一眼，瞇起眼睛，冷冷地瞪他。「你是說我老到追蹤不到氣味了？」

「我不是這意思，可是……這條路是離開部落的貓兒所走的路。」

灰翅說話的同時，太陽終於從烏雲後方射出萬丈金光，灑在山腰上。他突然恍然大悟。「鋸峰去追他們了！」他大聲說道。「他朝太陽之路去了。」

霧水又聞了巨岩最後一次，然後回到灰翅身旁。「小笨貓，」她咕噥道。「等他肚子咕嚕咕嚕叫的時候就會回來了。」

灰翅希望自己也那麼有自信他會自己回來。但鋸峰很拗。**打從他抓到那隻兔子之後，恐怕就以為自己想要什麼都抓得到。**

他幫忙霧水滑上巨岩，隨即跑回山洞，發現靜雨正焦急地告訴尖石巫師所發生的事。灰翅朝她跑過去，她聞聲連忙轉頭過來。「你找到他了嗎？」她問道。

灰翅搖搖頭。「霧水聞到鋸峰的氣味，」他解釋道。「看來他曾在翩鳥墳前向她道別，然後跟著其他貓兒下山去了。」

靜雨驚恐地倒抽口氣，瞪大眼睛。「哦，不……」傷心的她語調發抖。「他熬不過的！」

灰翅的鼻口緊緊抵住他母親的肩膀。「鋸峰會照顧自己……」

「他不會！」靜雨開始哭嚎。「他年紀太小了，」她直起身子，深吸口氣，顯然正努力克制。「灰翅，」她喵聲道。「以前我要你離開，你不肯，但現在你一定得離開。你必須找到你弟弟，確保他安全地抵達新家園。」

灰翅看了尖石巫師一眼。白色老母貓沒有說話，但他看得出來那雙綠色眼睛鼓勵他去。他環顧山洞，看見扭枝和露葉正要出外狩獵。這個部落有他們兩個在，應該不會缺少獵物。

然後他想起他在山谷裡看到的那條金色陽光大道，似乎正慫恿他遠離山洞裡的家。他轉身迎視他母親的目光。「好吧，」他同意道。「我去找鋸峰。」

第五章

灰翅走向山洞入口，卻看見剛離開洞裡的露葉和扭枝又折了回來，於是停下腳步。兩隻貓兒身上布滿雪花，正在甩動身子。

「外面是暴風雪，」扭枝大聲說道。「得等它停了，才能去抓獵物。」

露葉一臉嫌惡地說道：「那風大到差點把我吹到山腳下。」

靜雨走到灰翅旁邊。「這種天氣你不能走。」她喵聲道，聲音裡盡是焦慮。

灰翅知道她一定很擔心鋸峰，尤其現在暴風雪又來了。「我可以試試看……」

「不！」靜雨打斷他。「你認為我會想要我所有的孩子都凍死在外面嗎？」

「她說得對，」尖石巫師趨近，用鼻子輕觸靜雨的耳朵。「鋸峰會找到地方躲暴風雪，蔭苔和他的夥伴們也是。就算等暴風雪過了你再走，腳程也不會落後太遠。」

天候還是不好，灰濛的天空下，雪花宛若白色羽毛漫天飛舞，灰翅不耐久候。等到暴風雪歇止了，暗紅色的太陽也已經躲在山頭後方。尖石和空心樹出外狩獵，灰翅知道自己現在才出發，恐怕為時已晚。

憂傷和不安像低氣壓似地籠罩洞穴，大家都擔心鋸峰的安危。灰翅只希望尖石巫師說得沒錯，他弟弟真的找到了地方躲暴風雪。

他的母親不發一語地默默等候，但眼色黯然，表情悲苦。灰翅緩步走向蹲伏在山洞入口的她。

「你失去了所有的小貓，這對你好像不太公平了。」他低聲道，同時在她身邊坐下來。

「這由不得我選擇，」靜雨嘆口氣。「不過翩鳥還留在我身邊，就在石堆底下。」灰翅挨近他母親，毛髮輕輕刷拂她的。他陪著她坐在洞口等候，灰色水幕外的天光漸漸消失，幾近黑暗。他的心被憂傷填滿到隨時可能爆炸。

腳步聲驚動了他，他看見空心樹和尖雹回來了，腿上和腹部的毛髮沾滿雪花。空心樹叼了一隻瘦弱的小鳥回來。

「灰翅，這給你吃。」她喵聲道，將獵物丟在他面前。「這樣才有體力追蹤鋸峰的下落。」

「我不能吃。」灰翅回拒道，同時看看洞穴深處的部落貓。「今天他們都還沒吃。」

尖雹用單腳把獵物往灰翅推。「這獵物這麼小，連一隻貓都餵不飽，更何況要餵飽整個部落。」

「你得吃飽才行。」尖石巫師從暗處現身，同時開口附和。「我們不會介意的。」

「謝謝你。」灰翅喵聲道。

他兩三口就吞下那隻鳥，然後回到自己的睡坑。他知道自己必須早點休息才有足夠的體力應付這場遠行，但還是花了很久時間才入睡。耳邊盡是吵雜的瀑布聲，他在睡坑裡昏昏欲睡，心裡仍不免想，這會不會是他最後一次聽到這個聲音。

快近黎明時，他才睡熟，後來才又被貓兒的腳步聲吵醒。他轉頭，看見尖石巫師朝山洞入口走去，坐在洞口，凝視隆隆作響的水幕。灰翅走過去找她。

他坐了下來，尖石巫師瞥他一眼。「我不知道我要求這麼多貓兒離開山區的這個決定究竟是對是錯，」她承認道。「但我夢裡看到的太陽之路似乎能幫忙解決嚴寒季節部落貓餓死的問題……」

她的聲音很小，就像在自言自語。灰翅幾乎不知道該怎麼回答：「我們都不知道未來會發生什麼事，」他終於開口，「我們只能相信自己的直覺。」

尖石巫師感激地垂下頭。「灰翅，我們會想念你的。」

「我不想離開，」灰翅承認道。「可是我知道此刻的我有任務必須完成。我保證我一定會找到鋸峰，帶他加入遠征隊的行伍，找到新家園。」

天光慢慢滲入瀑布，灰翅聽到部落貓的騷動聲。他們逐一走過來圍住他和尖石巫師。

「路上要小心，」獅吼建議道。「剛下的雪可能暗藏各種危機。」

我又不是小貓，灰翅心想，不過他沒大聲說出來，他知道老貓們只是擔心他的安危。

「要是我，我才不想單獨上路。」石歌承認道，同時親切地推推他。「你真是勇敢。」

空心樹點點頭。「我們會想念你的。」

灰翅不覺得自己勇敢。該是離開的時候了，他緊張到肚子不停翻攪。但他沒有選擇，鋸峰需要他。

他看見露葉也在貓群裡。「妳要一起去嗎？」他問她。「這是妳最後一次機會可以再跟月影長相廝守。」

露葉遲疑了一下，看了自己的肚子一眼，隨即搖搖頭。「我的小貓屬於山裡。」她回答道，語氣並不尖酸，但似乎不再抱任何希望。「而且我覺得我們現在正漸入佳境。不過當你見到月影時，還是幫我轉告他，我希望他在新的家園裡找到幸福。」

「我會的。」灰翅承諾道。

霧水擠到前面來。「別忘了我告訴你的那條路，」她喵聲道。「先越過那些巨岩，再繞過山腰。」

「我知道，」灰翅垂頭表示敬意。「如果沒有你幫忙，根本不知道鋸峰的下落。」

霧水滿意地哼了一聲。

靜雨最後一個上前。「我陪你走一段路吧。」她低聲道，同時舔舔灰翅的耳朵。

灰翅最後一次與貓兒們道別，隨即帶頭走出洞口，靜雨緩步跟在後面。山腰上的曙光仍灰濛濛的，天上的雲層很厚，但地平線上的積雲有光透出，顯示太陽即將從那裡升起。寒冽的冷風吹起地上鬆軟的白雪，打在他們臉上。

灰翅和靜雨爬上通往高原的岩堆，停在鋸峰曾經繞過的巨岩上。「你在這裡等一下。」灰翅低聲道，然後繼續往上爬，走到翩鳥墓前的石堆處。

「我不知道妳還能不能聽到我的聲音或看到我，」灰翅垂頭鞠躬，低聲說道。「但我保證我不會忘記妳。」

過了一會兒，他才又轉身爬下岩堆，回到母親旁邊。他們肩併肩地繞過巨岩，沿著岩架往前走，那裡是他們最後一次看見蔭苔和其同伴們身影的地方。

灰翅本來擔心剛下過的雪會阻斷這條路，但還好到處都有岩縫，縫裡的積雪不深，仍可聞到上面留有遠行的貓兒及鋸峰的味道。

「他真的走這條路。」靜雨喵聲道，語氣聽起來有信心多了。

鋸峰微弱的氣味引領著他們繞過山腰。灰翅回頭看了瀑布最後一眼，不由得全身發抖。此刻這裡的環境仍近似平常狩獵的地方，但相信還不到日正當中的時候，他就會步入新的景地，那裡的一草一木將是陌生的。

小路通向山谷，他聽見溪水的聲音。他偕同靜雨停在溪邊。滾滾急流從山腰處傾瀉而下，兩岸之間的水面結了一層薄冰，底下是汨汨橫流的暗色溪水。

「這冰層這麼薄，只能承載一隻貓兒的重量。」靜雨喵聲道。「我就送到這裡吧。」

雖然她的聲音冷靜，但眼裡布滿憂傷。灰翅知道這一切對她來說有多艱難，她必須跟她最後一個孩子道別了。他緊挨著她，交纏尾巴，張開嘴巴，深吸她的味道。

「我會找到鋸峰的。」他承諾道。「我絕對不會讓他和清天忘了我們的老家。」

靜雨長嘆一聲，推他離開。「快去吧！」她告訴他。「免得水面上的冰層被升起的太陽融化了。」

灰翅最後一次道別，隨即踏上冰封的水面，但又很不安它的脆弱。萬一踩破了，滾滾溪水必定將他一路捲下山，淹死在溪底的岩堆上。他小心踏出每一步，不敢停留也不敢回頭看，目光一逕望著彼岸的岩堆。

這時腳下突然傳來不祥的龜裂聲。

靜雨尖聲大叫：「快跑！」

灰翅往前一躍，頭也不回地衝向對岸，他聽見身後冰面逐一碎裂，墜入溪裡，溪流滔滔作響，驚天動地，水浪四濺，波及前方。說時遲那時快，他的前爪才剛觸岸，河面冰層便徹底碎裂，冰冽的溪水襲上他後腳，他前爪慌亂扒抓，好不容易撐上岸，旋即轉身，隔著驚濤駭浪窺見靜雨仍在彼端，但大霧瞬間升漫，從中阻斷，再也看不見她。

「我還活著！」他扯著喉嚨大喊。

他在岸邊來回跑了好一會兒，試圖讓對岸的母親看見他，但水勢太猛，濤浪太大，有好幾次他都站不住腳，差點從溼滑的岩石上跌進急流。他又一次扯著喉嚨大喊，希望靜雨聽見他的聲音。他怕她以為他死了，他沒辦法忍受他母親再次傷心欲絕。「我不會忘記妳，也不會忘記山裡的老家！」

灰翅轉身離開溪邊，開始盤算下一步該怎麼走。雲層後方的太陽像只淺色圓盤，很難為他指引方向。**希望鋸峰也是朝這方向走**，他心想道。

到了日正當中，灰翅覺得非休息不可了，因為腳爪很痛。「我這輩子從沒走過這麼遠的路。」他一邊尋找遮蔽處，一邊嘴裡咕噥。也許這正是問題所在，他心想道，**我們總是在離家很近的地方狩獵，如果我們把搜尋獵物的地域範圍再擴大一點，或許就能抓到更多獵物。但也不是說我在這裡有看到很多獵物啦……**

原本徐徐的微風突然增強，變得寒冽徹骨，不時捲起地上鬆軟的雪。灰翅趕緊找到岩縫鑽進去。一趴下，發現這裡充斥著熟悉的氣味。

他們曾來過這裡。

但他聞不到鋸峰的味道。**那味道應該比較強烈和新鮮，理當蓋過其他貓兒的味道，可是我聞不到。**

他想到那條冰封的溪流。**鋸峰從沒在冰面上走過，也許他會因為害怕而不敢嘗試。**灰翅好奇鋸峰是不是改走山谷的另一頭，試圖找出一條比較安全的路。

他決心找到他弟弟，於是硬著頭皮再度迎風前進。現在沒有再下雪了，只有被強風捲起的雪花漫天飛舞。

風中的灰翅毛髮貼平，他瞇起眼睛往下窺看山谷，再抬頭眺望其他貓兒所經之路，他知道他們可能就在不遠處……

沒有找到鋸峰之前，我不能繼續走那條路。

灰翅飛快衝下山坡，躍過一座又一座的巨岩。但因跑得太急，落地時沒站穩，滑了一跤，痛得嘶聲尖叫，腳掌的皮磨掉一塊，一陣劇痛，但跛行了幾步之後，腳上的痛楚反而因冰冷的氣溫而變得麻木了。

還好當他抵達山谷時，風已經停歇。眼前是開闊的野地，布滿深淺不一的溪流，溪裡有巨岩零星散佈。雪地上突起幾根粗矮的樹木和灌木。灰翅感覺到饑餓正在啃蝕他的胃，於是一邊搜尋鋸峰的氣味，一邊留意獵物的蹤影。但什麼也沒找到。他只看到一根灌木底下有隻老雪兔的屍體。

真噁心！他一聞到那味道，立刻皺起鼻子。**貓吃的是新鮮獵物，不是腐屍**。但在沒有任何東西可以止饑的情況下，他不得不咬了一口那已然結凍的兔肉。

他再也吞不下去了，只覺得肚子冷冰冰的，很不舒服。灰翅打量山谷，回頭打量來時路，望見溪流從山腰處流竄而下，心想鋸峰會不會落在他後面。他弟弟可能得花更久的時間沿溪邊的岩堆走。

灰翅開始往山谷爬，但腳程很慢，因為他得繞過很多大岩石。他垂頭喪氣地跛行前進，不時四處張望，找到一塊最大的岩石，然後爬了上去。

這裡的視野有利於他掃視山谷兩邊。在他和溪流之間，完全不見鋸峰的身影。不過他弟弟的個子很小，也許躲在岩縫裡。

他轉身眺望遠征的貓兒可能走的山谷方向，發現那裡沒有任何蹤影，只有頭頂上出現一點動靜，原來是隻老鷹正從懸崖上俯衝而下。他盯著牠的俯衝方向，想找到牠獵物的藏身處。要是老鷹失敗了，就可以換他過去抓那獵物了，他心想道。

老鷹撲了下來，灰翅聽到牠憤怒尖叫，兩爪落空地再度飛高。灰翅覺得在那尖叫聲底下，似乎隱約聽得到微弱的吼聲。

他的心猛地一抽。**鋸峰？**

灰翅跳下巨岩，無視腳掌傷口已然裂開，逕往那隻老鷹的方向奔，後者再度俯衝。他快跑到時，才發現那隻大鳥年紀其實很輕，臉上和腿上的羽毛仍然柔軟。

太好了，這表示牠很好對付。

他死命地在岩間攀爬，現在那驚恐的喵叫聲聽得更清楚了。

「走開！救命啊！」

「我來了！」灰翅吼聲回答。「撐住！」

老鷹飛了下來，棲在一塊岩石上，伸長單隻爪子，試圖從底下的岩縫裡勾出鋸峰。灰翅只勉強看得到他弟弟的耳尖，這才明白他被困在很小的縫裡。

我得分散老鷹的注意，鋸峰才好脫身。

灰翅跳上前去，在老鷹面前蹲伏下來，齜牙咧嘴。老鷹笨拙地移動身軀，轉身過來，那雙像珠子一樣的黃色眼睛緊緊盯住他，嘴喙突然啄了過來，粗聲嘎叫。灰翅試圖躲開，但因腳掌受傷，反而絆了一跤，頓時一陣痛楚，感覺鷹爪逮住了他鬆軟的頸毛。他掙扎脫身，卻跌在岩堆裡，還來不及爬起來，老鷹便拍著有力的翅膀，再度逮住他。

「灰翅！我來了！」

灰翅聽見他弟弟的尖叫聲，瞥到鋸峰爬出岩縫，一無所懼地撲上老鷹。大鳥瘋狂地抖動翅膀，反制兩隻貓兒重量的拉扯。但灰翅感覺到自己正緩緩離開地面。頸子上的痛楚貫穿全身，眼前紅霧瀰漫。他死命地保持清醒。這時突然覺察到老鷹有點鬆爪，想去抓鋸峰。

他設法扭身，後腿猛踢老鷹下腹。大鳥尖叫出聲，終於鬆爪，他墜了下來，撞上岩堆，骨頭嘎答作響。

哈！他心想道，**笨鳥，你犯了大錯了！**

灰翅抬頭一看，發現鋸峰正用爪子緊緊抓住老鷹的翅膀。「鋸峰，放手！」他大吼道。

鋸峰看了地面一眼，鬆開爪子，墜在岩堆上。老鷹再次俯衝而下，憤怒尖嚎。灰翅趕緊將鋸峰一把推進岩縫，雙雙擠在狹小的縫裡，老鷹在頭頂尖嚎。

鋸峰又痛又怕，全身發抖，看上去就像隻小貓。灰翅蜷起身子抱住他，不停地舔他，安慰他。

「沒事了，」他低聲道。「我找到你了，你安全了。」

尖嚎聲漸漸消失，灰翅探頭出去。天空危機解除，老鷹不見蹤影。「好了，我們可以離開了。」他對鋸峰喵聲道。

鋸峰一臉愁容地抬頭看他。「要是老鷹等在旁邊抓我們怎麼辦？」

「不會的，牠走了。」

灰翅鑽到外面，鋸峰遲疑了一會兒，才跟著鑽出來。他靜靜地站著，還在發抖。他哥哥將他全身上下檢查一遍，小心翼翼地用鼻子嗅聞完這一邊，再換另一邊。

「你有點擦傷，」灰翅終於說道，渾身微微顫抖，心裡暗自慶幸情況還算可以。「但沒什麼大礙。」這時他突然怒火中燒，壓過了原本緊張的情緒。「你在搞什麼啊？竟然不聲不響地離開，你有沒有腦袋啊？」

本來還在恐懼的鋸峰迅速恢復理智，一臉桀驁不馴地看著他。「我要跟他們一起去！靜雨沒有權利阻止我。」

「她是你母親！」灰翅喵聲道。「她知道什麼對你才是最好的安排。」

鋸峰瞇起眼睛，退後一步。「你不會是來帶我回去的吧？」他問道。「因為我不會回去。必要的話，就算得跟你打上一架，我也在所不惜。」

灰翅看見他弟弟甩著尾巴，伸出利爪，差點忍俊不住。「冷靜點，」他嘆口氣。「我不是來帶你回老家的，我們一起去找他們吧。」

鋸峰驚訝地瞪大眼睛。「可是你想留下來啊！」他反駁道。

「你比他們更需要我。」

鋸峰又蓬起頸毛，表情憤憤不平。

「你剛差點被老鷹抓走。」灰翅直言道。

鋸峰不屑地揮揮尾巴。「我找到一條安全的路可以進入山谷。」

灰翅知道現在沒有爭辯的必要。「我們下山之前，還有很長的路要走，」他繼續說道。「也許會越來越危險也不一定。」

「我們不會有事的，」鋸峰斷言道。「現在我們可以結伴同行了。你剛剛有沒有看到我怎麼對抗那隻老鷹？要不是我，你早就被牠吃掉了。」

小貓啟程出發，躍過一座又一座的大岩石。灰翅跟在後面，走得很慢，因為脖子很痛，腳掌上的傷也像針在刺。太陽已經消失在山的後面，暮色正在降臨。

「我們需要找個地方暫時休息。」他向鋸峰喊道。

他的弟弟停下腳步，轉身看他：「我想繼續趕路。」他固執地說道。「他們已經超前太多。」

「夜裡趕路太危險，」灰翅堅持道。「雖然我們已經在山谷裡，但有些地方還是不太穩當。明天我們會沿著岩架爬到那裡。」他補充道，同時用耳朵指指那裡。

鋸峰看起來好像還想爭辯什麼，但終於放棄，垂下頭。灰翅帶路，走向一株矮樹根部的凹陷處。他耙了一些沙土出來，把穴挖大。這時他聽見鋸峰的肚子咕嚕咕嚕叫。

「你餓了嗎？你想去狩獵嗎？」他問道。

鋸峰搖搖頭。「我可以忍到明天早上。」他勇敢地喵聲道。

灰翅不再指望鋸峰為了逃家的事向他道歉。可是等他們在穴裡安頓好之後，鋸峰卻偎著他，有些昏昏欲睡地喃喃說道：「我真高興你來了。」

我想這應該就算是道歉吧，他心想道。

✦✦✦

灰翅在灰冷的清晨醒來，隔著頭頂的枝葉，看見天空烏雲密佈，擔心又要下大雪。鋸峰縮成一團，尾巴覆在鼻子上，仍在熟睡。這場旅程對這麼小的貓來說想必很艱辛。灰翅聽著他弟弟那帶著鼻音的呼吸聲，不得不承認這孩子獨自離家，奮戰老鷹，表現得真的很勇敢。

如果他執意找到新家園，我一定會幫忙他抵達目的地。

沒多久，鋸峰動了動，抬起頭來，睡眼惺忪地眨眨眼睛。「媽媽呢？」他邊打呵欠邊問道。「她出去狩獵了嗎？」

「你不住在山洞了。」灰翅提醒他。「待在這裡，別急著起來，我去外頭看看有沒有獵物。」

他爬出穴坑，走上山谷，瞄見一隻老鼠在一株多刺灌木底下的垃圾堆裡搔抓。運氣

總算沒那麼背了，他心想道，立刻撲上去宰了牠

他回到臨時睡坑，發現鋸峰坐在樹根上梳洗。小貓看見哥哥嘴裡叼著獵物回來，眼睛立刻亮了起來。

「你抓到獵物了！」他大聲說道。

「是啊，都給你吃。」灰翅喵聲道，無視自己的肚子也在咕嚕咕嚕叫，直接將獵物丟在他面前。「你得有體力才行。」

鋸峰顯然不需要他提醒。「謝了！」他咕噥道，三兩下就把獵物吞進肚子裡。他嚥下最後一口鼠肉，用舌頭舔舔嘴巴，藍色眼睛炯炯有神。「今天一定會很順利！」他大聲說道。「等我們趕上他們時，他們一定很驚訝。」

灰翅一邊低聲附和，一邊打量周遭環境，尋找一條可以爬上岩架的路。雲層看起來比平常還厚，空氣裡充滿了雪的味道。**又要下雪了，我們得爬高點，而且要盡快，**他心想道，**免得被困在雪堆裡。**

可是沒有什麼明顯的小徑。灰翅決定直驅而上岩架。「走這裡。」他喵聲道，揮動著尾巴要鋸峰跟著他。

但一出發，他就發現這路不像他想得那麼好走，他們必須攀爬過一座又一座的大岩石。他們一度遇到一條很寬的溪，溪水汩汩流過石堆，溪的兩岸已經結冰，只剩中間一條渠道。灰翅一躍而過，轉身看著對岸的鋸峰。

「盡可能跳遠一點。」他建議道。

鋸峰表情堅定地先退後幾步，再往溪邊猛衝，尖聲大吼，向前一躍，身子騰空，前爪伸長，落在結冰的岸面上。灰翅聽見冰面碎裂的聲音，趕緊一把抓住鋸峰的頸背，免得他掉進湍急的水裡。

「謝了！」鋸峰倒抽口氣，站好身子，隨即又補一句：「嘿，我剛跳得不錯吧？」

「是很厲害。」灰翅誇獎他。

再前面一點的路開始變得陡峭。最後他們停在一面幾近垂直的岩壁前，壁面竟寬到兩邊看不到盡頭。

鋸峰氣餒地抬眼望著崖頂。「現在該怎麼辦？」

灰翅小心打量岩壁，這才發現它不像他當初想得那麼陡峭，上面有些壁架只有貓爪那麼寬，岩縫被叢生雜草的草根牢牢扎進。

「我想我們可以爬上去。」他喵聲道。

鋸峰瞪大眼睛。「你腦袋長跳蚤了嗎？我不要爬。」

灰翅聳聳肩。「好吧，那我們回家。」

鋸峰猶豫了一會兒，然後在不發一語的情況下，突然跳上岩面，靠著爪子一路往上爬。灰翅盯著他，怕他掉下來。沙石和草屑不斷灑在灰翅頭上，但最後鋸峰終於登頂。

灰翅也開始爬，爪子戳進岩縫，再靠有力的後腳往上蹬。但因腳掌受傷，整條腿痛到眉頭皺了起來。有一度他腳一滑，差點掉下來，但還是費力撐起身子爬上去，直到終於站上崖頂邊坡，與鋸峰會合。

從這裡，灰翅看到一條彎彎曲曲的小路可以通到他們要前往的岩架。「走吧。」他快步出發。

他以為鋸峰跟在他後面，直到他聽到遠遠的後方傳來哀號。「嘿，灰翅！」他回頭一看，發現他弟弟在後面追著跑。

「我們沒有整天的時間可以讓你到處游蕩。」他斥喝道。

「我沒有在游蕩，」鋸峰憤然地抗議道。「只是我的腿比你短。」

灰翅這才知道他弟弟是對的。他不只腿比較短，肌肉因為長居山洞，也還不夠結實。「好吧，我走慢一點。」他嘆口氣，心想其他貓兒恐怕越走越遠了。

灰翅試著配合他弟弟的腳步，卻漸漸覺得不耐。他們來到一座橫阻路面的巨石前面，他毫不客氣地一把叼起鋸峰的頸背，拖著他攀爬過去。

當灰翅把他放下來時，鋸峰不停抽動鬍鬚。「我自己可以爬過去。」

要不是你，我們也不必這麼辛苦，灰翅忍住心裡想說的話。

鋸峰怒氣沖沖地走在路上，尾巴抬得老高。跟在後面的灰翅這時注意到天空開始飄下雪花。他加快腳步，走到鋸峰旁邊。

「我們得找個地方躲，」他喵聲道。「試試那裡的大岩石吧。」

他指的那地方只離他們幾條尾巴的距離，可是等他們抵達那裡，已經開始下大雪，風在岩間呼嘯，灰翅很是擔心他弟弟體重較輕，恐怕會被吹走。

他先把鋸峰推進岩石和山腰之間的窄縫裡，再跟在後面倒著爬進去。他從縫裡朝外窺看，發現外頭白茫茫的一片，什麼也看不見。

「我們永遠追不上他們了。」鋸峰從他哥哥後面往外窺看，很害怕地咕噥道。「搞不好我們還會凍死。」

「我們不會。」灰翅向他保證道，原本惱火的心情不再。「天氣這麼惡劣，他們也走不遠。」

他希望自己是對的。

鋸峰蜷起身子，閉上眼睛，沒多久微微酣聲響起，灰翅知道他睡著了，最後連他自己也開始打瞌睡，夢到自己在綿延不斷的山峰之間追著其他貓兒，偶而聞到他們的氣味，但怎麼樣也追不上。他突然驚醒過來，原來是鋸峰戳他腰側。

「你看！」他弟弟喊道。「雪停了！」

光線刺眼，灰翅瞇起眼睛。天空已經晴朗，陽光灑在原封未動的的雪地上。他瞪大眼睛，感到氣餒，因為他發現這場風雪完全改變了眼前地形，他們打算要走的那條小路被雪蓋住了，就連想去的岩架也被大雪掩埋。

正當他在考慮怎麼走時，鋸峰突然擠到前面來，興奮地跳進雪地裡。腳下的雪立刻塌陷，害他陷進雪堆裡，嚇得吱吱尖叫。

灰翅小心趨近，設法找到雪堆裡可以踩踏的硬實地面，然後伸長脖子，從頸背叼住鋸峰。

「下一次，別再這麼莽莽撞撞。」他把弟弟放下來，同時這樣警告道。小貓用力甩甩身子，融雪灑了灰翅一身，害他渾身打顫。「鋸峰，聽好，每一步都要小心走。如果你仔細觀察，就會看到雪堆底下的岩堆形狀……才會知道走哪裡比較安全。要是你沒看到任何岩石，就先伸出一隻腳踩踩看雪的深度，不要冒然把整個重量放上去。」

「我懂了。」鋸峰喵聲道。

接下來的攀爬過程十分緩慢，很耗體力，灰翅認為自己應該還記得岩架的位置，於是帶路前往，試著踏出每一步，好不容易在前面岩堆附近找到一條安全的路。岩堆越來越稀疏，這時眼前突然出現一大片平坦的雪地。他先試踩幾步，發現前面這一小段路的路面很紮實。灰翅心想，**路總算比較好走了**。

他衝進白色雪地，慶幸終於有機會可以施展筋骨，享受野風迎面撲來的奔馳滋味。「來吧，要跟上哦！」他朝後面的鋸峰喊道。

這時腳下的雪地突然沒有預警地陷下去。他放聲尖叫，身子掉進冰水裡，他拼命打水，設法抬高頭，保持在水面上。他想爬起來，但四周的雪太深、太泥濘，每次把重量壓上去，馬上又滑掉。

灰翅被捲進溪裡，溪水帶著他緩緩流向山腰。他一邊設法讓自己浮在水面上，一邊四處張望尋找鋸峰。小貓沿著溪岸奔跑，驚慌失措地瞪大眼睛。

「我該怎麼做？」他喊道。

灰翅環顧四周，四條腿越來越無力的他試圖保持冷靜。他全身冰冷，這時看見再過去一點的山邊，有一根樹枝突起於雪地之上，心想應該是溪水氾濫時把它沖過來的。

「有沒有看到那根樹枝？」他喊道。「把它的其中一頭推向我。」

鋸峰跳上前去，死命地從雪地裡拉出樹枝，推向溪裡給正在等候救命的灰翅。後者已經凍到完全感覺不到四條腿的存在，浸了水的毛髮不斷拉扯著他

這招要是沒用，我就死定了。

「很好，」灰翅一看見樹枝被鋸峰拔出來，便這樣說道。「現在把它推進溪裡，橫在水面上，但要固定好。」

鋸峰慢慢拖動樹枝，直到它卡在溪面上，然後在另一頭蹲伏下來，用全身重量穩住它，爪子緊緊戳了進去。

水流把灰翅沖向樹枝的方向，卻差點錯身而過，灰翅嚇得趕緊拍打已然疼痛的四肢，伸長身子，用牙齒咬住樹枝的一端。

鋸峰從溪邊退後幾步，死命拉動樹枝。灰翅固然害怕，卻打從心底佩服他弟弟這股不畏艱難的決心與勇氣。小貓繼續跟樹枝博鬥，終於把灰翅從爛泥裡拉出來。灰翅四條腿拼命划動，直到腳下踩到硬實的地面。

灰翅一確定自己已經安全，隨即癱在地上。他全身溼透，渾身冰冷，動也不動地躺了好一會兒。後來在極度疲憊中，感覺到鋸峰正用力地舔他，就像他們小時候那樣被靜雨用力舔著。他察覺到他弟弟盡量蜷起身體包住他。灰翅長嘆一聲，全身放鬆，任由鋸峰用那粗糙的舌頭按摩他全身，直到毛髮被舔乾，全身溫暖起來。

灰翅終於覺得有體力可以坐起來。

「我沒事了，」灰翅說道。「謝謝你。」

一想到自己是被救起來的，他就覺得很尷尬。**真不敢相信我告誡了鋸峰那番話之後，自己竟然也那麼莽撞。**

他不想再靠近那條被雪冰封的溪流，於是索性直接往上走，小心踏出每一步，確保自己仍在岸上。

「你看！」

後面傳來鋸峰驚恐的聲音。灰翅轉身看見一隻老鷹正在頭頂盤旋，這裡根本沒有躲藏的地方。白雪覆蓋的山腰一片平坦，完全沒有大石頭矗立在地表之上。

灰翅再次抬頭張望。那隻老鷹還沒察覺到他們，不過那雙銳眼很快就會看到他們。

「我想到了！」他突然靈光一現，渾身抖擻地鬆了口氣。「我們在雪地裡挖個洞，把自己埋起來。」

老鷹傍著山飛高，兩隻珠子一樣的銳利眼睛掃視地表，尋找獵物。灰翅知道他們只剩一點時間隱藏自己，於是趕緊在雪地上揮爪挖洞，把鋸峰藏進去。

「我會悶死的！」鋸峰抗議灰翅把雪往他身上鏟。

「不會的，閉上嘴巴，不要動！」

他沒時間幫自己挖洞，只好蹲下來，鑽進雪堆裡，直到覺得自己完全被蓋住。他全身冰冷，但只能緊咬住牙根，不敢發抖，以免老鷹聽見。他的耳朵被雪蒙住，但仍看得到大鳥的黑影向他們俯衝而來。

他屏住呼吸，心裡想道，**這裡什麼也沒有，快飛走吧……**

黑影滑過白色雪地，直到消失在眼簾裡。他等了很久，才從洞裡出來。他掃視天空，覺得自己的骨頭像變成冰棍似的。天空危機解除，他總算鬆了口氣。

灰翅一邊提防天上的動靜，一邊朝他弟弟的藏身之處轉身，然後開始挖雪。

鋸峰爬了出來，甩掉身上的雪。「牠飛走了嗎？」

「目前看來是飛走了。來吧……我們得先讓自己暖和起來，再找個地方，免得老鷹又折回來了。」

兩隻貓移動著麻木的腳，蹣跚爬上山坡。灰翅一心只想找個地方躲，最後他停下來，環顧四周，這才發現他們已經爬得比想去的岩架還高了。山脊上嶙峋的岩塊離他們只剩下幾條尾巴之距了。

「對不起，」他氣喘吁吁地對鋸峰說：「我們爬得太高了。」

鋸峰抬頭望著山脊，興奮到眼睛發亮。「我們也可以爬到山頂啊，」他喵聲道。「我從來沒爬這麼高過。」

灰翅輕輕發出喵嗚聲，他能理解這隻小貓何以這麼興奮。「好啊，我們爬上去吧。」他同意道。

野風襲打他們的毛髮，兩隻貓兒撐起身子，攀上陡峭的岩石，抵達小小的頂峰，這裡幾乎沒有空間可以讓兩隻貓兒並肩而立。

「哇嗚！」鋸峰呼一口氣。他瞪大圓亮的眼睛，遠眺四周連綿的山峰。「我從來不知道有這麼多山，也不知道世界有這麼大。」他直起身子又說：「從這裡可以看到瀑布嗎？」

「看不到，」灰翅回答道。「我們已經走得很遠了，我想應該是在那邊那座懸崖的後面吧。」他伸出一隻腳爪指道。

灰翅轉向另一個方向，面向日升之處，不免感到亢奮。**就像尖石巫師所承諾的，我們的新家園就在遠方某處，我們一定會找到它。**

鋸峰突然尖叫，嚇得灰翅差點在頂峰處失去平衡。「怎麼了？」他質問道。「老鷹又來了嗎？」

「不是，我看到他們了！」

灰翅瞇起眼睛，朝鋸鋒指的方向看，看到山谷邊有一排小小的身影，在很遠處。

「來！」鋸峰很不安份地跳上跳下。「我們走吧！」

「冷靜點，別掉下去了。」灰翅告訴他。「我們必須小心規畫要走的路。這裡風太大，又沒有遮蔽物，所以得往下走，同時也繼續前進，這樣才追得上他們。」

兩隻貓兒肩並肩地研究地形。還好灰翅發現他們要走的方向有更多的遮蔽物。

「我們為什麼不先走到倒在地上的那棵樹那裡？」鋸峰提議道，同時用尾巴指著雪地上突起的一團殘枝敗葉。

「好啊，」灰翅同意道，很是刮目相看這隻小貓在路徑規畫上竟然能想出這麼好的點子，那條路絕對可以躲開大鳥的攻擊。「可是讓我來帶路。」

「只要你別再掉進什麼莫明其妙的河裡就行了。」鋸峰眼裡黠光一現地打趣道。

這次他們進度不錯，在一座又一座的大岩石上彈跳，小心踩著覆著白雪的碎石坡。還沒走多遠，鋸峰就停下腳步。「我聞到獵物的味道！」他大聲說道。

灰翅驚訝地看了他一眼，一開始認定他一定搞錯了，他什麼也沒看到，可是過了一會兒，就聞到了某種微弱的氣味。「哇嗚，你很厲害哦。」他告訴鋸峰。「你來追蹤好了。」

他弟弟本能地蹲伏下來，姿勢標準，他放輕腳步，追蹤氣味，灰翅暗地裡稱許。小貓慢慢趨近小石堆，這時一隻山裡的小地鼠衝出來，鋸峰立時撲上去，利爪直戳而下。

「我抓到了！」他驚訝地喊道，彷彿無法相信自己竟然成功了。他彎下腰咬了一口，隨即把剩下的地鼠推給灰翅。

「這是你抓的。」灰翅拒絕他。「應該你吃。」

鋸峰固執地搖搖頭。「我們一起吃，」他喵聲道。「這樣才對。」

灰翅大口咬下，伸出舌頭舔舔下巴，品味最後一口鮮美多汁的鼠肉滋味。「謝了，」他喵嗚道。「我現在覺得好多了。」

最後一段路，他們止不住腳步地一再地從大岩石上滑下來，只能靠腳下碎石緩衝止滑。還好最後在狹窄的岩架上煞住腳步，這裡剛好可以通往他們要去的那條路，灰翅心裡暗自慶幸。

他深吸口氣，熟悉的氣味灌入他鼻口。鋸峰這時也聞到了。「這是他們走過的路欸！」他大聲說道，語氣激動，彷彿已經追上他們的朋友。

「別太興奮了，」灰翅警告道，話雖這麼說，他自己也是興奮難耐。「還有好長一段路得走。」

後方的太陽正往山裡西沉，在前方投出長長的影子。

「我們得停下來，找個地方過夜。」灰翅喵聲道。

「不要啦，」鋸峰反對道。「我要繼續趕路。也許現在還看不到他們，但我可以追蹤他們的氣味！」他緊閉眼睛，鼻子沿著岩架上的這條小路一路嗅聞地上積雪。灰翅衝到他旁邊，怕他離邊緣太近，失足掉下去，打算隨時拉住他。但小貓很有自信地走著，尾巴抬得老高。

「你看吧！」鋸峰終於停下腳步，睜開眼睛說道。

灰翅強忍住想趕緊追上其他貓兒的念頭。「好，我知道，但如果太危險了，還是得停下來。」

鋸峰熱切地點頭同意，隨即帶頭出發。

夜空多雲，雖然幾近滿月，月光卻斷斷續續，有幾次暗到灰翅連自己的鬍鬚都看不到。鋸峰沿著岩架繼續前進，他走得很慢很小心，似乎很確定氣味的來向。灰翅始終落在他後面一步，直到突然撞上前面的鋸峰。「怎麼了？」他問道。

「我不確定。」鋸峰回答道。

幽光中，灰翅只勉強看得到鋸峰正低頭尋找，彷彿那味道不見了，最後才直起身

子，大聲說道：「他們在這裡轉向了。」

灰翅停下腳步，沒有回答，心裡盤算是不是該就此打住，等天亮再說。可是他知道鋸峰一定不同意，於是最後說道：「那就繼續追吧，但務必要小心。」

結果鋸峰往山上爬了一小段路，又折回岩架上的小路。

「怎麼回事？」灰翅惱怒地嘶聲問道，因為腳下是尖銳的石子，把他那隻受傷的腳掌折騰得很不舒服。「為什麼不直接沿著岩架上的小路走？這樣不是比較簡單？」

「我不知道，」鋸峰說道，這時他腳下的石子不斷塌陷，他滑了下來，又回到岩架上。「可是他們是這樣走的啊！」

灰翅也聞得到那氣味，但不像鋸峰聞得那麼精準。他走到他弟弟旁邊，一臉疑惑地回頭看。就在這時，一束月光突然破雲而出，照在後方一個裂開的大缺口上，原來那裡的路整條不見了。

「你看那裡！」他大聲說道，一想到剛剛可能發生的事，差點腿軟。「要不是你追著氣味走，我們恐怕早就掉下去了。」

鋸峰得意地兩眼發亮，這下更有自信地在前面帶路了。

但沒走多久，小貓的步履便開始蹣跚。灰翅也覺得腳痛，那隻受傷的腳掌快要撐不住。他想鋸峰一定也累了。

「今天走得夠遠了，」灰翅喵聲道。「我們得休息。相信明天應該就追上了。」

鋸峰張口想反對，最後還是嘆口氣。「我累了。」他承認道。

兩隻貓兒蜷在路旁的突岩底下休息。鋸峰幾乎立刻入睡，鬍鬚卻仍在抽動，彷彿還在夢裡追蹤氣味。

灰翅夢見自己回到了山洞，四周都是穴壁，穴頂黑漆漆的。周圍傳來其他貓兒的低語聲。

「我們該走了。」蔭苔喵聲道。

「可是我們應該先狩獵。」清天反對道。「我的肚子快餓死了。」

「不管怎麼樣，先叫月影起床吧。」龜尾說道。

更多聲音出現。灰翅心裡模模糊糊地想，這些聲音怎麼都是離家踏上太陽之路的那些貓兒呢？

他睜開眼睛，看見太陽已經爬上山頂，雲彩零星散佈於淺藍色的天空。他打了個大呵欠，伸長僵硬的四肢，想到又得在雪地上跋涉一天，便覺得喪氣。

這時他突然發現他還是聽得到夢裡的聲音。有幾隻貓兒的喵聲傳進他耳裡……接著是清天的聲音，那音量很高而且很清楚。「嘿，蔭苔，我們總算見到太陽了，今天的旅程應該會輕鬆點。」

「鋸峰！鋸峰！」灰翅跳了起來，完全忘記身體的疲累。他不斷戳著他弟弟的肋骨。「他們在這裡！」

鋸峰瞪著他，藍色眼睛猶帶睡意，然後才突然跳起來。「那我們還等什麼？」

灰翅帶著他沿著岩架上的小路跑，轉過一個彎，腳爪在硬實的雪地上打滑。

「我找到他們的氣味了！」鋸峰興奮地喊道。

灰翅也在這時瞄見就在坡下不遠處的他們正圍著一棵空心的樹幹走來走去。第一道陽光才剛灑向他們。更多貓兒從樹幹裡出來，個個弓起背，伸著懶腰。

這時亮川抬頭張望，尖聲大喊。「你們看！是灰翅和鋸峰！」其他貓兒都循著她的目光望過來，隨即朝他們跑來。

「灰翅！」龜尾第一個跑上來。「真的是你！」

「我真不敢相信！」清天大聲說道，喜悅全寫在他臉上，這時所有貓兒都圍了上來。「我還以為我再也見不到你。」

「你們很厲害欸，竟然追得上我們！」高影說道。

「可是你們來這裡做什麼？」蔭苔問道。

原本驚喜的喵聲消失了，灰翅看見他們不安地互看彼此。

「山洞那裡還好嗎？」亮川問道。

「靜雨沒事吧？」清天追問道。

「大家都很好。」灰翅向他們保證道。

鋸峰上前一步，很是驕傲地挺起胸膛。「是我要來找你們的。」他大聲說道，「記得嗎？我投的是離開的票。後來灰翅就跟在我後面來了。」

「哦，所以你是自己跑出來的？」清天喵聲道，一邊說一邊親暱地推推他的小弟。「我怎麼一點也不意外呢？還好灰翅找到你。」

過他一命啊！」

「是啊，」鋸峰感激地承認道，接著快樂地喵嗚一聲，又補充說道：「不過我也救過他一命啊！」

「這倒是真的，」灰翅喵聲道。他朝清天轉身。「你們都還好嗎？」

「我們很好。」他哥哥答道。「暴風雪拖慢了我們的腳程，不過我們相信，我們走的方向沒錯。」

「我們曾爬到峰頂，」灰翅回報道，同時用尾巴示意。「從那裡可以看到山區以外的地方。路還很遠，不過等你們越過第二座山脊，就會看到了。」

「太好了！」清天大聲說道，兩眼發亮。

「我們得盡快動身，」蔭苔喵聲道，同時環顧四周，揮動尾巴，集合同伴。

「吃完再走。」月影插嘴道。

他說話的同時，灰翅瞄見快水和寒鴉哭合力拖著一隻雪兔，吃力地爬上邊坡。

「你們真厲害！」蔭苔開口稱許剛放下獵物的兩隻貓兒，他們一看見灰翅和鋸峰，都驚訝地眨眨眼睛。

貓兒們齊聚分享獵物。龜尾坐在灰翅旁邊，緊緊挨著他。「我真高興你改變心意了。」她低聲道。

灰翅環顧其他貓兒，感覺到他們都很興奮，於是喵聲道：「我也很高興啊。」

貓兒們進食完，開始梳洗自己。蔭苔走過來站在灰翅和鋸峰旁邊。「尖石巫師還好嗎？」他的眼裡閃過一絲焦慮，然後又說道：「感覺我們離開山洞好像已經很久了。」

「她很好。」灰翅回答道。「不過她真的很擔心你們。她怕自己的決定是錯的。」

「是我們自己決定的。」蔭苔直言道。「是我們自己決定離開老家。尖石巫師只是提供了一個機會。」

那為什麼不直接告訴尖石巫師呢？灰翅無可奈何地想道。

貓兒們集合完畢，準備出發。蔭苔顯然是發號施令者，但灰翅注意到清天很喜歡表達意見。

「我們為什麼不往那棵樹的方向去呢？」他提議道，同時彈動尾巴。「然後就可以直接越過那條溪，避開那一大片岩堆。」

蔭苔同意道：「這主意不錯。」

貓兒們出發上路。蔭苔帶隊，清天和亮川緊跟在後。鋸峰很努力地快步跟上清天，顯然還很得意自己曾有過的歷險經驗。除了鋸峰之外，鷹衝、落羽和她的弟弟寒鴉哭也都是半大不小的貓兒，正因為還沒完全長大，所以攀爬大岩石對他們來說有點困難。於是碎冰和蔭苔的女兒雨掃花刻意走在他們旁邊，提供必要的協助。

再後面一點是快水和雲點，他們不太愛說話，隨時保持警戒。緊跟在他們後面的是並肩而行的斑皮和月影。「妳有沒有看到我昨天怎麼擊退老鷹的？」月影自誇地說道。

「要不是我在那裡，寒鴉哭說不定早被老鷹抓走了。」

斑皮翻翻白眼。「是啊，要不是你和我們都在那裡。」她低聲咕噥，音量小到只有灰翅聽見。

看來月影就算離開了山洞也仍是那付德性，灰翅心想到，**還是那麼討厭**。

月影的姊姊高影大步地往前走，對弟弟的自吹自擂不予置評。灰翅記得以前在山洞裡時，她向來鮮少開口，但每次開口，都有驚人之語。

為什麼同一個娘胎生出來的小貓，一個可以那麼聰明，一個卻那麼笨？

跟在蔭苔後面的貓兒們兩兩成伴地自動排成一行。灰翅往旁邊瞥了一眼，看見龜尾趕了上來。

「我可以跟你一起走嗎？」她輕聲問道。

「當然可以。」灰翅回答道。

「我喜歡殿後，」龜尾一邊走一邊偷偷告訴他。「我喜歡看見走在我前面的夥伴們都很安全。」

灰翅深有同感地喵嗚一笑。他們沿著山谷旁邊攀爬，太陽晒暖了他們的毛髮。

「這天氣比一個月前溫暖多了，」龜尾說道。「嚴寒的氣候真的快近尾聲。」

沒多久，他們來到一處溪水積成的水池，然後才往山下漫流。池面的冰層已經在強烈的陽光下慢慢融化。但仍有空間供貓兒們圍在池邊喝水和浸泡酸痛的腳掌。

灰翅在斑皮旁邊坐下來，伸長脖子舔了幾口冰涼的水。這水嚐起來有山裡空氣和石頭的味道。「我真高興我找到了你們，」他說道。「我本來還在擔心鋸峰。」

「是啊，他年紀真的太小，不適合遠行。」龜殼色貓兒回答道。「不過他表現得很好，而且……」

斑皮突然打住，一隻腳爪伸進水裡，迅速撈出一條肥美的銀魚，丟在腳邊的岩石上。魚身不停拍打，在空氣中死命扭動，她爪子猛力一擊，宰了牠。

「妳從哪裡學來這一招？」灰翅問道，其他貓兒也都圍上來，嘖嘖稱奇。

斑皮聳聳肩。「以前天氣不是很冷的時候，我偶而會在瀑布下面的水潭邊抓魚。」她解釋道，隨即低頭咬了一口魚肉，再把魚推給同伴們。「來，吃吃看吧。」

他們一個接一個地試吃。灰翅不確定自己喜歡這味道，他還是比較喜歡帶點土味的兔子。但落羽津津有味地大口吞下魚肉。

「妳以後教我怎麼抓魚，好不好？」她問斑皮。

母貓的金色眼睛炯亮地看著落羽。「當然好，等我們找到新家園再說。」

「我不太確定欸。」寒鴉哭舔舔舌頭，好像不是很喜歡這味道。「斑皮，我沒有冒犯的意思，但我想我還是吃兔子和老鷹好了。」

「嘿，這是食物欸。」月影開心地喵嗚道，一直覷著剩下的魚肉看，似乎很想再咬第二口。

「我覺得味道很棒。」亮川喵嗚道，雨掃花也點頭附和。

「我猜等我們找到新家園後，你會想多吃一點魚吧。」亮川繼續說道，有點調侃正在試吃魚肉的清天。

「嗯……」清天表情懷疑，然後用尾巴刷過他伴侶貓的背。「要是我們的小貓喜歡吃的話，我想我就會少數服從多數了。」他和亮川互換愉悅的眼神。

灰翅戳戳他哥哥。「亮川懷孕了？」他低聲問道。

清天點點頭，開心地眨眨眼睛。「她覺得自己懷孕了。我知道這時機不是很理想，旅程才要開始，不過……我等不及要當爸爸了。」

「亮川會是個很稱職的媽媽。」灰翅無視隱約的妒意，這樣喵聲道。

貓兒們吃過之後，強忍住想在池邊岩石上晒太陽小憩的念頭，決定立刻出發。

「嘿，龜尾！」快水指著水池對岸一隻正在做日光浴的烏龜。「原來妳家在這裡啊！」

好脾氣的龜尾用腳爪拍打灰白色母貓。「快水，所以只要下雨的地方，就是你家囉？」

這時候，清天望著頭頂上盤旋的飛鳥，開口問蔭苔：「要不要抓一隻下來？」

蔭苔看了看前面要走的路，搖搖頭回答：「我們走得還不夠遠。」

「幹嘛那麼急呢？」月影抱怨道。「不管那個新家園在哪裡，總不會自己跑掉吧？」

「對啊，」寒鴉哭附和道。「我們已經走了好久了。」

其他貓兒也都低聲附和。

「你們這群懶惰鬼，」龜尾大聲說道。「我們只走了四天，連山區都還沒離開呢。」她憤憤不平地蓬起毛髮。「誰告訴過你們這趟旅程很輕鬆的啊？」

高影站了起來，搶在別的貓兒爭辯之前，用尾巴指著遠處山腰的松樹林。「我們今晚就到那裡落腳吧。」她提議道。

「這主意不錯。」斑皮同意道。

原本緊繃的氣氛像陽光下的輕霧瞬間消散，灰翅鬆了一口氣。貓兒們都站起來，準備出發。離開的時候，灰翅剛好走在亮川旁邊。「清天告訴我，你懷孕了。」他喵聲道。「真是太好了。」

亮川一臉尷尬地看了自己的腳一眼。「我還不想讓別的貓兒知道。」她低聲說道。「我怕他們以為我會拖累他們。」

「他們不會這麼想的，」灰翅向她保證道。「更何況不管新家園在哪裡，妳的小貓都將成為我們未來的生力軍。」

剛過了正午，蔭苔停下腳步，後面的貓兒推擠成一團。灰翅看見原本的小路漸漸消失，取而代之的一大段滑溜的碎石坡，垂直而下山谷深處。

「我不喜歡這個坡。」鷹衝咕噥道。

「我也不喜歡。」寒鴉哭緊接著說。「我們一定得走這條路嗎？」

「沒錯。」蔭苔搶在別的貓兒還有意見之前先拍板定案。「我們可以慢慢走，兩兩結伴。比較年幼又沒有經驗的小貓靠裡側走。」

「我可以跟你一起嗎，清天？」鋸峰問道，同時鑽到前面來，站在碎石坡的邊緣。

灰翅很是欽佩他小弟的勇氣，心裡同時盤算著自己該如何幫忙，於是走向寒鴉哭。

「如果你願意的話，我們可以一起走。」他喵聲道。

寒鴉哭感激地看了他一眼。「謝謝，」雖然他的鬍鬚緊張地抽動，但聲音猶然鎮定：「我好怕掉進山谷裡。那裡好深哦！」

「那就別往下看，」灰翅提議道。「你要跟緊我，腳踩下去時要先確定土石夠穩，才能把重量放上去。」

寒鴉哭很認真地聽灰翅講解。「可以靠我的尾巴保持平衡嗎？」他問道。

「好主意。目光盡量看著遠方，不管你做什麼，都不要緊張。」灰翅補充。

寒鴉哭點點頭。「我準備好了。」

蔭苔開始橫越碎石坡，他緩緩前進，往另一頭的山腰推進，邊坡上零星散佈著幾顆大石頭和矮小的荊棘。清天跟在後面出發，鋸峰走在他旁邊。

亮川和落羽隨後跟上，亮川走在外側，比較靠近崖邊。清天緊張地回頭看了一眼，似乎很想幫忙他的伴侶貓。

「我沒事！」亮川朝他喊道。「你自己要小心。」

灰翅和寒鴉哭互看一眼，也跟著踏上碎石坡，年幼的黑色公貓跟在旁邊。灰翅沒有四處張望，但他知道離他兩三條尾巴的地方就是落差很大的峭壁，下方即是崖谷。這時他的腳突然滑了一下，踢到了幾片平板的石子，直墜崖底，那一瞬間，他還以為自己也會跟著掉下去，還好身子及時穩住。

「你還好嗎？」寒鴉哭問道，瞪大著眼睛，貼平耳朵。

「沒事。」灰翅簡單回答。「你繼續走。」

灰翅看了盡頭一眼，發現蔭苔已經安全抵達。清天正推著鋸峰攀上一塊覆雪的扁平石塊，然後爬離碎石坡，在他旁邊坐下來。

「快來吧！」鋸峰尖起嗓子打氣道。「沒有那麼難欸！」

過了一會兒，亮川和落羽也抵達盡頭。灰翅發現只剩幾步了。他冒險地回頭看了一眼，發現後面有一長排的貓兒正在緩緩前進。

應該都能安全抵達。

一聲尖叫突然劃破寧靜的空氣。「有老鷹！有老鷹！」

鋸峰在平坦的岩石上跳上跳下，尾巴朝空中揮舞。灰翅抬頭看見兩隻大鳥朝碎石坡上的貓兒們俯衝而下。

驚叫聲此起彼落，貓兒們開始奔逃，原本井然有序的隊伍頓時打亂，鬆散的碎石不斷從腳下滑落。可怕的畫面浮現灰翅心裡，他彷彿看見貓兒們紛紛墜落谷底，或者被老鷹的利爪抓走。

寒鴉哭嚇得停在原地，離盡頭只剩一條尾巴的距離。灰翅趕緊叼起他的頸背，奔過碎石坡，跑向清天和蔭苔。再旋身一轉，朝仍在半途中的夥伴們衝回去。

灰翅試圖加快腳步，腳爪卻打滑，這時他注意到斑皮完全找不到立足的地方，正無助地往下坡滑。她驚聲尖叫，胡亂地伸爪想抓住什麼。

「我來了！」灰翅喊道。

他在斑皮和隊伍之間奔馳，不時得閃躲其他貓兒踢落的碎石，好不容易抵達母貓上方一塊牢固的岩石上，然後朝著她的方向慢慢爬下去，想在下面找個地方撐住她，免得她繼續下滑。

斑皮瞪大眼睛，慌張地看著他，尾巴不停揮動，爪子胡亂地耙著碎石坡。

灰翅終於找到一處著力點，爪子緊緊戳進岩縫固定住，準備擋住正往下滑的斑皮重量。她滑下來的那一瞬間，他其實很驚慌，因為他感覺到腳爪下的岩面好像動了一下，不過他還是撐住了，終於把她擋下。

慌張的斑皮試圖爬回去，但沒有著力點可以讓她穩穩抓住。

「別動！」灰翅倒抽口氣，他看見兩隻老鷹越飛越低，亮出利爪，翅尖拂過貓兒頭頂，嚇得他肚子一陣抽緊。大部份的貓兒都已經安全抵達，只剩鷹衝和雨掃花落在後面，灰翅這邊也還在自顧不暇。

我們恐怕要被老鷹抓走了！

正當斑皮還在奮力掙扎時，月影從上面的邊坡跳了下來。「來吧……這裡！」

斑皮蹣跚爬上前去，一步一步地往碎石坡的盡頭爬過去，月影一路幫忙分擔她的重量。灰翅吃力跟在後面，穩住腳步。

他們一踩上扎實的地面，月影立刻將斑皮推進突岩底下，自己也爬了進去，灰翅緊跟在後。其他貓兒也都躲在這裡。雨掃花和鷹衝隨後也擠了進來，及時躲開老鷹伸長的利爪。

「大家都沒事吧？」蔭苔問道，同時環顧挨擠在岩石底下的貓兒們。

「我們都沒事。」清天回答道。

「只是受到驚嚇。」龜尾補充道。

斑皮低頭蹲在地上，仍然蓬著毛髮。「對不起，」她喃喃說道。「我剛剛在那裡嚇傻了，差點就害死你們兩個。」

「別這麼說。」月影挺起胸膛。「妳下次就知道該怎麼做了。」

龜尾貼近灰翅耳朵。「月影救了斑皮一命，讓我很刮目相看，不過我不打算告訴他。」

灰翅點點頭，懂她的幽默。「他是很英勇，但還是很討厭。」他低聲回答。

一直在突岩邊緣窺看動靜的快水，回頭看了大夥兒一眼。「老鷹還在，」她回報道。「牠們知道我們在這裡，似乎打算守株待兔。」

灰翅記得當時他被老鷹抓起來時，那種感覺有多無助。「如果這是唯一的自保方法，那也只能待在岩石底下了。」他直言道。

「待多久？」鷹衝追問道。「我是不知道你們怎麼想啦，不過我需要吃獵物。」

四周憤憤不平的低語聲顯示出其他貓兒也都同意她的看法。

「我們得先保護自己。」蔭苔做出決定，同時對灰翅點個頭。「只是需要時間等待而已。」

貓兒們咕噥抱怨了幾聲之後，終於安頓下來，舔舔剛在碎石坡上踩得酸痛的腳掌，不然就是蜷伏身子睡覺。一開始他們似乎很開心終於可以好好休息，但隨著時間的過去，又開始焦慮起來。

雲點把頭探出去，又縮了回來。「外面有另外兩隻老鷹，」他瞪大眼睛，表情緊張地說道。「牠們就坐在這座岩石上面。」

尖銳的叫聲劃破空氣，灰翅渾身發抖，覺得這些老鷹像是在挑戰藏身此處的貓兒們。牠們知道我們藏在哪裡。

天色漸暗，老鷹顯然沒有離去的意思。更糟的是，其中一隻竟然跳下來，把頭伸進突岩底下。灰翅嚇得心噗通噗通跳，趕緊將龜尾推到後面，以免她被尖銳的黃色嘴喙啄到。所有貓兒也都往後退，渾身發抖地抵著牆面。老鷹用那雙惡毒的黃色眼睛盯看了他們好一會兒，隨即拍拍翅膀消失眼前，但貓兒們都知道這四隻老鷹仍在守株待兔。

「我們又不是老鼠！」那隻老鷹一退開，清天立刻說道。「我們不能像獵物一樣躲著！我們得讓老鷹知道我們貓兒才是這裡的狩獵者。」

「要怎麼讓牠們知道呢？」雨掃花追問道。

清天的目光掃過這群畏首畏尾的貓兒們。「只要逮住其中一隻，就能讓牠們知道我們的厲害了。」他喵聲道。

灰翅強忍住驚愕的喘息聲。他環顧四周，發現其他貓兒也都一臉驚駭地看著彼此。

「這是不可能的，」蔭苔開口道，語氣不容反駁。「外面有四隻老鷹！」

清天頑強地反駁道：「我們的數量比牠們多。」

灰翅暗自佩服他哥哥的勇氣，對他的大膽提議不免有點心動。「我們至少先聽聽看清天的計畫是什麼。」他力勸他們。

蔭苔遲疑了一下，最後冷冷地點點頭。

「我相信靠四隻貓兒就能扳倒一隻老鷹，」清天解釋道。「我、高影、快水、和寒鴉哭。」他看了看他剛點到名的幾隻貓兒一眼，又接著補充道：「我們都能跳得很高，通力合作下，一定可以抓下一隻老鷹。」

灰翅上前一步。「我也想幫忙。」他喵聲道。

「你幫得上忙。」清天回答道。「你是我們當中速度最快的貓兒。我要你引走其他老鷹，找三隻貓兒跟你一起去。」

蔭苔擠到前面來，站在清天旁邊。他的聲音帶著權威。「你告訴我，你到底要怎麼做。」

清天伸出腳爪從地上刮了一些小石子過來，一邊說，一邊排列石子。「這裡有四隻老鷹。灰翅和他的隊員們引開其中三隻老鷹，我的團隊則包圍落單的第四隻。」

其他貓兒都圍了過來，仔細看著地上的石子。灰翅試著在腦袋裡想像整個計畫，最後點頭同意。「應該行得通。」

「不然我們等天黑了，再偷偷溜走。」龜尾提議道。

清天憤慨地轉向她。「然後讓牠們明天繼續追著我們，後天也是，大後天也是？我們現在就得扳倒牠們，牠們才不敢再惹我們。」

「清天說得沒錯。」高影大聲說道。

貓兒們的表情都不太確定，但後來都低語附和。

「好了，」清天俐落說道。「我們的動作一定要快，因為馬上就要天黑了。」

「龜尾、雲點、和亮川可以跟灰翅一起引開其中三隻老鷹。」蔭苔冷靜下達命令。「留下第四隻老鷹，讓牠盡可能離這塊岩石近一點，這樣一來，清天和他的隊員就能跳出去，逮住牠。」

清天一聽到他的伴侶貓被點到名，鬍鬚抽動了一下。「我不認為亮川的速度夠快。」他反對道。

蔭苔驚訝地彈彈耳朵。「她的速度幾乎跟灰翅一樣快。」

灰翅看著他哥哥，心知肚明清天為什麼不願意讓他的伴侶貓擔任這麼重要的工作。**他擔心他們的小貓。**

「我可以。」亮川堅持道，語氣意有所指。「灰翅會照顧我的，」她補充道，用尾尖玩笑地彈打清天的耳朵。

「那我們呢？」鋸峰惱怒地抽動尾巴問。「我也跟老鷹打過架，我也有經驗啊！」

「其他貓兒待在突岩底下，必要時可以衝出來幫忙。」蔭苔喵聲道。他語氣慎重地對鋸峰說：「你得做好準備，隨時準備撲上去。」

鋸峰熱切地點點頭，隨即在突岩下方邊緣蹲伏下來，做好準備。

灰翅彈動耳朵，示意龜尾、亮川和雲點，於是他們從突岩底下小心走了出去。低垂的夜色幫忙掩飾了貓兒們的岩間動靜。他們蹲低身子匍匐前進，直到拉出一段距離。

「衝啊！」灰翅放聲大喊。

他們相偕跳進空曠處，尖聲吶喊，吸引老鷹們的注意。四隻大鳥原本暫棲於上方峭壁，此刻全都鼓翅起飛，盤旋空中，朝灰翅和他的同伴們而來，灰翅渾身冷顫。

其中兩隻老鷹拍著笨重的翅膀先行飛高，再俯衝而下。

「雲點！龜尾！」灰翅喊道。「快跑到下一塊大岩石那裡，把那兩隻引走。」

兩隻貓兒拔腿就跑，在白雪覆蓋的山腰處奔馳。兩隻老鷹鼓翅尾隨在後。灰翅和亮川則趕緊鑽進岩石底下，躲開正從頭頂飛過的老鷹。

「我來引開另外兩隻。」亮川低聲道。

灰翅還來不及回答，她就鑽了出去，跑到空曠處，快步繞著圈子，假裝跛足。另外兩隻老鷹立刻起飛朝她而來，她趕緊衝回灰翅藏身處。

「這太冒險了。」他低聲道。

「不過很管用，不是嗎？」

兩隻老鷹飛了下來，一隻停在這座岩石的上方，另一隻落在地面上，往岩石裡頭窺看。灰翅瞄見清天和其他貓兒正偷偷地從突岩底下溜出來，準備攻擊岩石上的那隻老鷹。

我們得把地上這隻老鷹引得再遠一點，灰翅心想道。

他希望亮川懂他的意思，於是用尾巴指一指附近一棵灌木。亮川點點頭。「我準備好了。」

灰翅和亮川相偕跳到外面，將自己曝露在地上那隻老鷹的面前。灰翅聽見牠放聲尖叫，飛離地面準備追上來。他回頭張望，發現清天已經跳了上去，勾住岩石上那隻老鷹的脖子，老鷹試圖掙脫，但清天太重，壓得牠飛不起來。另外三隻貓兒也圍了上來，合力將那隻老鷹從岩石上面拖下來。

灰翅光顧著看，沒注意腳下的路，結果腿撞上某樣東西，絆了一跤。**免腦袋！**他嘶聲道，然後才發現原來是雪地裡一根多瘤的樹根。

他踉蹌幾步，那條腿劇痛難耐。他知道那隻追在後面的老鷹正朝他俯衝而來，他奮力掙扎，想趕緊起身逃開。突然間，亮川的淺白色虎斑身影現身幽光中，折回來幫忙。她用肩膀撐起灰翅，把他往灌木裡推，鑽進多刺的枝葉縫隙裡。

他嚇得視線一片模糊，慌張到淨顧著往深處爬，想騰出空間讓亮川也躲進來。可是轉身卻發現她的身軀不斷往後滑，爪子無力地耙著地面。

怎麼了？腿部的痛楚害灰翅一時之間反應不過來，然後才恍然大悟。是老鷹逮住了亮川，腰腿處被利爪戳了進去。亮川淒厲尖叫，漸被老鷹拖離地面。

「救救我，灰翅！」

灰翅忍痛爬出灌木，撲了上去，但搆不著，伸長的爪子只輕輕碰到亮川的尾巴，老鷹鼓翅騰空而去，得意嚎叫。

「快反擊！」灰翅不停地往前跑，朝亮川大喊。「想辦法讓爪子鬆開！」

這時他看見原本在追捕龜尾和雲點的兩隻老鷹在空中繞了一圈，飛回去找牠們的同伴。眼角餘光也瞄到清天和同伴們的利牙戳進了第四隻老鷹的頸子，徹底解決了牠。

剩下三隻老鷹越飛越高，被抓走的亮川淒厲尖叫，聲音漸漸消失於蒼穹。灰翅驚恐狂奔，不肯放棄，他躍過一座又一座的大岩石，腳掌在碎石路上不斷滑行，皮都磨破了。

「灰翅，快停下來！」他隱約聽見龜尾在後面尖聲喝止。

雲點和龜尾衝了過來，跑在他兩旁。「你幫不了她的。」雲點氣喘吁吁地喊道。

沮喪不已的灰翅放聲大吼，終於煞住腳步，發現自己就停在崖邊，再往前幾步便是萬丈深淵。

「亮川！」他氣喘吁吁地喊道。他悲痛難耐，愧疚自責，腰腹劇烈起伏。「都是我的錯！」

雲點緊挨灰翅旁邊。龜尾聲音顫抖地試圖安慰他。「你已經盡力了。」

崖邊的灰翅不肯離去，很想一不做二不休地直接跳下崖底，粉身碎骨。有一瞬間，他頭昏目眩地站不住腳，雲點趕緊伸爪將他拉了回去。

「走吧，」黑白色公貓喵聲道。「我們得回去找別的貓兒了。」

灰翅從懸崖轉身時，清天和高影正好跑過來會合。

「我們成功了！」清天洋洋得意地喊道。「我們宰了那隻老鷹！」

就連平常冷靜自持的高影也興奮異常，綠色眼睛閃閃發亮。

寒鴉哭跟在後面，雖然耳朵被扯破了，其他地方倒是毫髮無傷。「那些大鳥不敢再來煩我們了！」他得意地喊道。

清天停下腳步，環目四顧，一臉困惑。「亮川呢？」他問道。

灰翅張口想回答，卻說不出話來，憂傷再度襲捲而來。

「我很抱歉，」龜尾輕聲說道。「她被老鷹抓走了。」

清天瞪著她，整個身子像瞬間結了冰。「不可能！」他厲聲道。「灰翅，亮川速度那麼快，怎麼可能被抓到？」他朝他弟弟轉身，逼問道：「你為什麼沒幫她？」

「我的腳……受傷了。」灰翅結結巴巴。「她推我躲進灌木底下。」

清天的眼神驚恐。「所以你就把她留在外面？」

灰翅無助地搖頭。「不是這樣……」他想反駁，但聲音越說越小，因為他不知道還能說什麼來說服他們……，或至少說服自己亮川的死不是他的錯。

「別這樣，」雲點低聲道，單腳刷過灰翅的腰腹。「這真的不是誰的錯。」

「我知道。」清天直起身子，轉身掃視眼前景象。「老鷹往哪個方向飛走？」

貓兒們都看著他，不知道怎麼回答。灰翅看見蔭苔從藏身處的突岩底下走過來。高影跑回去找他，緊急說明目前狀況。

蔭苔走近他們，尾巴擱在清天背上。「我們救不了亮川。」他喵聲道。

「一定要救！」清天反駁道，那聲音裡頭有著柔情也有悲痛。「她懷了我的小貓！」

貓兒們發出驚呼聲，灰翅更加自責，因為他想到這些小生命已跟著他們的母親共赴黃泉。

他的尾巴仍放在清天背上，試圖勸他回到大夥兒等候的突岩底下。龜尾跑在前面，蔭苔搖搖頭。「這損失太慘重了……」他喃喃說道。

他們一鑽進突岩底下，沉默的憂傷便迎面撲來，就連平常多話的月影也驚愕到說不出話來。

先去告知大夥兒這不幸的消息。雲點陪著灰翅慢慢走。

他們全圍著清天，小聲安慰他，但灰翅知道不管再說什麼都撫慰不了他哥哥的傷痛。他們甚至沒辦法跟他保證亮川是立刻喪命，死得並不痛苦。

灰翅爬到角落躺了下來，將頭擱在腳上。過了一會兒，龜尾也在他旁邊坐下來，毛髮與他身子輕觸。

「這不是你的錯。」她低聲道。

可是明明就是他的錯，灰翅難過地想道。

那天晚上，大家都沒怎麼睡。灰冷的曙光一出現，他們就爬了出來。灰翅走出來時，蔭苔正在雪地上拖行老鷹的屍體。

「我們得吃點東西，」他大聲說道，同時將獵物丟在貓群中央。「才能保持體力。」

清天最後才出現，眼神悲切陰黯。起初他轉過身去，不肯接近那隻鳥。但高影把他推近，最後他才蹲下來，咬了幾口鷹肉。

「清天，」蔭苔一進食完就開口說道：「你要回山洞嗎？」這位向來很有自信的領隊這時的語氣也變得不太有把握。「亮川在這裡喪命，所以也許你想留在山裡。」

清天猶豫了一下，隨即搖搖頭。「我答應過亮川，我們會住在一個更美好的地方。我一定要找到它，實踐我的諾言……為了她，也為了我們的小貓。」

憂傷和愧疚像爪子一樣攫住灰翅的心，他哥哥的勇氣令他感佩。

「亮川犧牲了自己的性命，我們才得以逃脫老鷹的魔爪，」蔭苔喵聲道。「她雖死猶榮，將永遠留在我們心中。」

清天垂下頭，沒有回答。

「好吧，」蔭苔繼續說道，顯然發現自己很難像平常一樣俐落地發號施令。「我們繼續往松樹林前進，正午前應該能抵達。」

貓兒們再度出發，悲傷像濃霧籠罩他們。灰翅注意到只要清天在旁邊，大夥兒就有點不太自在。他提起精神，想走過去找他。**我不能不理他，就算他扯爛我的耳朵，也是**

我罪有應得。

月影卻在這時走上前去。「來吧，」他對清天低聲說道。「今天就讓我陪著你吧。」

他們往松樹林前進，雲點也來到灰翅身邊。他沒有開口表示同情，只是默默地陪著他走。

誠如蔭苔所言，他們真的在快日正當中的時候抵達那片迎風的松樹林。高影跳上最高一棵松樹上，小心翼翼地踩在一根多刺的細枝上，細枝被她的重量壓得搖擺不定。

「我看得到山區以外的地方。」她大喊道。

「哇，我們快到了！」龜尾大聲說道。

「那裡是什麼樣子？」快水問道。

但亢奮的聲音很快歸於寂靜。灰翅知道那是因為他們想起了亮川，感傷她不能一起圓夢。

「現在我們該走哪條路？」蔭苔抬頭看著樹上的高影，這樣問道。

「往山坡下面走。」高影回答道，同時以尾巴示意。她將爪子戳進樹皮，慢慢爬下來。「山肩附近有座很窄的山谷，可以通到山脊的盡頭。那裡的路很平坦。」她得意洋洋地說完之後，就從僅剩幾條尾巴距離的高處跳下來。

貓兒們繼續挺進，太陽直射眼睛，風吹亂了毛髮。他們開始橫越開闊的岩地，灰翅有點緊張，這時頭頂上有兩隻老鷹盤旋，不過沒有靠近。

「牠們學會教訓了，知道貓不好惹。」寒鴉哭大聲說道。

灰翅不免懷疑這話是否屬實？**也可能是因為牠們昨天已經飽餐了一頓？**

他希望自己能走到清天面前，告訴他，他有多愧疚，又有多難過亮川的死。可是他知道不管再多說什麼都無濟於事。於是刻意拉開距離，走在他哥哥後面，將所有的苦都往自己的肚子裡吞。

沒多久，地面石礫開始稀疏，積雪較薄的地方竄生著精瘦的綠色植物。這裡的山勢改變了，輪廓柔和的山巒取代嶙峋的峰頂。

還在山腰處趕路的貓兒們開始步下山谷。山下的樹林更為高聳。灰翅看習慣了瀑布旁那些迎風挺立的孤傲松樹，此刻也不免好奇這裡的樹木何以如此枝繁葉茂。

當他們更往下走時，灰翅瞄到有根樹幹出現動靜。一隻赤褐色的小動物正往上竄逃。**松鼠！**他心想道，**這跟老貓們形容得一樣。**

他想撲過去，但快水的速度更快，灰白色身影從他旁邊一閃而逝，飛快地爬上樹，追著正沿著枝葉竄逃的松鼠。她三兩下逮住牠，輕鬆咬斷獵物的頸子。

「太好了！」她大聲喊道，把獵物丟下來，得意洋洋地跟在後面跳下來。「我們還沒離開山裡，就已經找到獵物了。」

所有貓兒都圍了過來，分食松鼠，只有清天沒過來。他轉身離開，低聲說了句：「我不餓。」

灰翅勉強吃了一口，但味道嚐起來像土一樣。他瞥了清天一眼，希望自己知道該用什麼話來安慰他。

谷底有條很淺的河汩汩流竄於礫石間。對岸有綠色草徑通往廣陌的平原。

「我們真的辦到了！」雨掃花大聲喊道。「我們離開山區了。」

「快辦到了。」蔭苔的鼻頭輕觸他女兒的肩膀。「但首先，我們得找到方法橫渡這條河。」

貓兒們各自散開，在上下游的岸邊尋找可以安全渡河的地方。雖然岸邊的河水很淺，但河中央的渠道很深，那裡的急流似乎強勁到足以捲走貓兒。

「這裡！」鷹衝在上游遠處喊道。「你們看！」她繼續喊道，這時貓兒們都圍上來探查她到底發現了什麼。「我們可以踩著那些石頭過河！」

灰翅看見急流裡散佈了幾塊突出水面的石頭，不過有些石頭的間距很寬，河水甚至不時拍打其中一兩塊。

「我覺得這看起來不太好走。」寒鴉哭咕噥道。灰翅看出有幾隻貓兒也這麼想。

「我想恐怕沒有更好的辦法了。」蔭苔宣佈道。「鷹衝，表現不錯哦。我先走走看。」

灰翅看著蔭苔結實的身軀跳過河裡一塊又一塊的石頭，看起來好像沒那麼難。清天跟在後面，他過河的速度很快……甚至有點漫不經心，灰翅納悶他哥哥是不是已經不再在乎自己的安危。

灰翅等在後面，讓其他貓兒先過河，等到鋸峰跳上第一塊石頭，他才跟上去，心想萬一小貓遇到問題，可以隨時提供援手。不過鋸峰倒是跳得挺帶勁兒的，一路興奮地吱吱尖叫，幾乎沒有濺到任何一絲水花，就抵達了對岸，還很得意地抬高尾巴，在岸邊走來走去。

灰翅轉身看著其他貓兒過河。快水花的時間最久，她每次跳躍前都得費一番功夫準備，要是被水濺到，便嚇得縮起身子。才過了一半的河，就在一塊平坦的石頭上停下來。「我不喜歡河水一直弄溼我的腳。」她抱怨道。

「那就別杵在那裡！」月影毫不客氣地回頭喊道。

快水不悅地嘶聲回應，結果沒算好距離就往前跳，著地不順，腳爪在溼滑的岩面上胡亂抓耙，灰翅看得膽顫心驚。沒一會兒，驚慌失措的她尖聲一叫，掉進水裡，狂亂拍打水面。

灰翅想起自己上次的經驗，趕緊四處尋找樹枝想要救她。但眼前什麼也沒有。其他貓兒們還來不及反應，落羽便從岸邊跳進河裡，划動四肢朝快水游去。岸邊旁觀的灰翅嚇得喘不過氣來。落羽的泳姿並不優雅，卻沉穩冷靜，速度很快，趕在快水沉下去之前抓住她。

河面上的落羽叼住快水的頸背，盡量抬高頭。儘管快水的個子比較大，落羽還是游到了對岸，把灰白色母貓推上岸。

灰翅和蔭苔蹲在岸邊接應，將快水拖到安全的地方，落羽隨後爬了上來，甩甩身上的水珠。

「妳好厲害！」鋸峰大聲說道，藍色眼睛崇拜地看著落羽。「超勇敢的！」

「我只是做每隻貓兒都會做的事。」落羽喵聲道。

「大部份的貓兒都不敢跳進河裡。」鷹銜直言道。

快水躺在岸邊，渾身發抖，不斷咳出水來。「對不起，」她氣喘吁吁。「我太蠢了，差點也害到落羽。」

「好了，現在沒事了。」龜尾安慰快水，彎身用力舔乾她的毛髮。

灰翅和雲點也來幫忙舔乾快水。落羽這時也舔了舔自己，並對正要上前幫忙她舔乾毛髮的斑皮說：「我的乾了，沒事。走吧，別待在這裡一整天。」

這時陽光正慢慢消失，暮色降臨，沿著岸邊挺進的貓兒們開始出現疲態，寒意也跟著上身。

「我好冷哦，」快水抱怨道。「貓根本不應該沾到水。」

走在灰翅旁邊的鋸峰輕笑道：「我覺得快水應該改名成沒水！」

最後蔭苔在一叢灌木旁停下腳步，抬起尾巴示意大家該休息了。「我們今晚就在這裡過夜。」他大聲說道。「有誰想去狩獵？」

「這裡太暗了！」鷹銜反對道。

「可是我聞得到獵物的味道。」月影喵聲道，他舔舔下巴，滿心期待。「我看看我能找到什麼。」

「我也去！」鋸峰熱心地說道。

「你們想去狩獵，固然是好事，」斑皮說道。「不過你們恐怕抓不到什麼。」

兩隻狩獵貓出發後，其他貓兒就在灌木叢裡各自找到地方充當臨時臥鋪。灰翅朝他哥哥走去，想要像以前在山洞裡一樣跟他一起睡，但清天轉身離開，在低矮的樹枝底下蜷起身子。灰翅嘆口氣，只好自己找地方安頓。他正忙著把長草叢壓平的時候，蔭苔走過來找他。

「別再為亮川的死自責了。」黑白色公貓開口道。「選擇參加這趟旅程的貓兒都很清楚這當中的風險。」

「但這分明是我的錯。」灰翅頑固地說道。「她是為了救我才死的。」

蔭苔以同情和理解的目光看著灰翅。「如果換作是你，你也會捨身救她一命。要是她還活著，她也一定不會怪你。」

灰翅轉過頭去，無法直視對方那雙敏銳的眼睛。「要是她還活著，也用不著怪我了。」他粗聲回道。

蔭苔沒再吭氣，灰翅聽見他走遠的聲音，這才躺進自己的草鋪裡，閉上眼睛。過了一會兒，他感覺到另一隻貓兒在他旁邊躺了下來。龜尾的氣味迎面撲來。

就在他快睡著的時候，突然聽見蹦蹦跳跳的腳步聲，鋸峰正得意洋洋地說：「看我們抓了什麼好東西回來？」

灰翅蹣跚爬了起來，跟在龜尾和其他貓兒後面走出去，他們圍著鋸峰和月影，地上躺著一隻棕色小鳥，還有一隻體型幾乎跟小貓一樣大的肥老鼠。

「誰說我們不能在夜裡狩獵？」鋸峰喵聲道。

在山裡餓了幾天之後，這兩隻獵物頓時像場盛宴般提振了大夥兒的精神。就連清天也吃了好幾口。

「像這種時候，我們應該特別感念尖石巫師，」吃完獵物後，蔭苔大聲說道。「謝謝她指引我們離開山區，來到一處就算天候嚴寒也有食物可吃的地方。」

尖石巫師，我真的很感謝你，灰翅心想道，同時抬眼望向星群，**我真希望我能親口告訴你，我們已經快要成功了。**

✦✦✦

灰翅黎明即醒，他蹣跚爬了起來。四周的貓兒也紛紛走出灌木叢裡的臥鋪。太陽正在他們面前升起，金色光束漫向山谷。綠色平野在他們昨晚暫時棲身的灌木叢前方豁然開展，一路綿亙到隱約模糊的遠方地平線上。

「哇，是太陽之路，就像尖石巫師說的一樣。」

山谷微風徐徐，也帶來了各種奇怪又刺耳的聲音。灰翅豎起耳朵，試圖辨識遠方的嗡嗚聲，但似乎從來沒聽過那些聲音。

龜尾走過來站在他旁邊。「為什麼我總覺得這趟旅程最麻煩的部份才正要開始？」她問道。

灰翅點點頭。「我懂妳的意思。」

清天現身了，他從河邊過來，甩掉身上的水珠。灰翅發現他在行動上變得更果斷了，當他大步走向蔭苔時，臉上帶著某種決然的神情。「就是這兒了，」清天喵聲道。「我們今天算是正式脫離山區。為了亮川，我一定會協助你找到我們的新家園。」

「很好。」蔭苔用尾巴輕觸年輕小夥子的肩膀。

灰翅也忍不住挺起胸膛。要是清天在經歷了這一切之後，仍能走出傷痛，展開新家園的追尋之旅，那麼他也可以。昨晚的大餐撐得他到現在肚子都還很飽，他猜其他貓兒也一樣。他們在河邊喝完水，已經準備要再出發了。

快水步履輕快地走過來，她已經梳洗好自己，看起來神清氣爽，似乎已從落水事件中完全復元。

灰翅加快腳步，走在她旁邊。「妳還好嗎？」他問道。

「我很好，」快水尷尬地舔了舔胸毛。「只是還是覺得掉進水裡實在很蠢。」

「別想太多，」灰翅喵嗚道。「至少這讓我們發現到落羽很會游泳，以後或許派得上用場。」

貓兒們繼續前進，兩邊山巒漸漸消失，眼前殘雪不再。但他們一出山谷口，便愕然地瞪大眼睛，嚇得說不出話來。

只見那條河穿過綠野平疇，迤邐而去，間或點綴著枝繁葉茂的大片林子。離他們最近的一處草地被發亮的網狀物和排成一直線的濃密灌木叢圍了起來，裡頭有看起來像雲朵兒的奇怪動物，但腳爪和臉是黑的，全都低著頭吃草。

貓兒們小心趨近，隔著灌木窺看。有一隻離他們最近，突然轉頭瞪著他們，發出奇怪的咩咩叫聲。灰翅嚇得跳起來，退後一步。他覺得有點很不好意思，後來才發現大家都一樣。

「我想這應該是羊吧，」蔭苔喵聲道。「我記得老貓們提過，牠們並不危險。」

「只是個頭兒很大。」寒鴉哭吞吞口水。

鋸峰匍匐趨近那排成直線一樣的灌木。「我真好奇牠們的味道嚐起來怎麼樣？」

灰翅用尾巴輕彈他的耳朵。「你不准打牠們的主意。」

貓兒們轉身離開那群動物，沿著河邊繼續走。灰翅一想到要走進開闊的草地裡，便覺得有點緊張，心想他的同伴們應該也是。

「這有點可怕，」走過來找他的龜尾自承道。

「是啊，」灰翅附和道。「根本沒有地方可以躲！」**不過倒是可以讓我盡情奔馳，**他心裡不免升起某種渴望，**要跑多遠都可以。**

他環顧眼前景致，突然瞄見草叢間有個小小的棕色東西跳來跳去。是兔子！灰翅想都沒想，立刻追上去，在草地上開始狂奔，速度快到視線裡的地面和天空都糊成一片。兔子拔腿竄跑，但灰翅的目光仍緊緊鎖住獵物。

這一切似乎成慢動作。灰翅感覺得到毛髮下肌肉的收縮與伸張，腳爪從柔軟的草地上彈起，將他往前推進。這時兔子突然現身眼前，他飛撲而上，大口一咬，宰了獵物。

灰翅站了起來，有點頭暈。他的同伴們都在遠處張口結舌地望著他。羊的咩咩叫聲嚇了他一跳，他才知道自己離這群奇怪的動物很近。他快步走回河邊，腳步不時被叼在他嘴裡的兔子絆到。

「你……跑得好快哦！」雲點喵嗚道。

「太厲害了！」鋸峰緊接著說。

灰翅不知道剛剛自己究竟發了什麼瘋。他把兔子放下來，退後一步。「來吧，大家一起吃。」他揮動尾巴，吆喝大家開動。

斑皮搖搖頭。「謝了，不過我不餓。」她低聲道。

「我也不餓。」高影附和道。「我意思是……灰翅，你的狩獵技術超厲害，但是我們昨晚都吃太飽了。」

「即便如此，有機會吃點東西，還是得吃。」蔭苔在兔子旁邊蹲下來。「畢竟誰知道下一餐在哪裡呢。」

貓兒們看見他開始大啖兔子，也上前來分食。灰翅最後一個吃。可是等他吃飽的時候，仍剩下很多兔肉。他又勉強吃了一口，但實在飽到難以下嚥。

「我再也吃不下去了，」他喵聲道，很驚訝竟然還剩下這麼多。「要是你們都不吃了，那就只好丟在這裡了。」

碎冰也是一臉驚訝，開口問道：「這地方怎麼會食物多到吃不完啊？」

貓兒們沿著河邊挺進，這時太陽越爬越高。眼前依舊綿亙著一大片又一大片的草地，全都圈圍著亮色的網狀物或灌木。羊群好奇地看著他們經過。灰翅不再緊張牠們的瞪視，也看得出來同伴們跟他有一樣的想法。

蔭苔像以往一樣在前面領隊，清天和高影走在兩旁。過了沒多久，他在一棵大樹底下停下腳步，集合大家。

「現在我們已經離開山區了，」蔭苔開口道。「所以不太可能靠登高望遠找出前方的路。不過我們的方向仍會對準太陽升起來的地方。」他用尾巴示意。「所以我們會一直走到那些尖尖的石頭那裡。」

灰翅循著他指的方向看。前面的地形仍有點下坡，地平線上隱約可以看見暗色的峰頂襯在亮色的天空下。**好遠哦！**他心想道，不免有點擔心。

「我們永遠走不到那裡！」鋸峰大口吸氣。他抬頭看了灰翅一眼，藍色眼睛充滿疑慮。「到時我們的腳一定會磨破。」

「慢慢走就行了。」蔭苔語帶鼓勵。

他們繼續前進，仍沿著河岸而行。灰翅心想這裡是不是只有他覺得這水流聲很好聽。雖然這聲音比瀑布聲柔和多了，卻是異鄉裡唯一熟悉的聲響。

雲點和斑皮嗅聞著河邊垂生的蔥綠藥草。每次一找到新長出來的藥草，斑皮便興奮得抽動鬍鬚。

有好幾處地方的灌木叢都排成直線狀地一路延伸到水邊，貓兒們得鑽過去才行，結果被它的刺和尖銳的枝條扯落毛髮。小鳥也被新來乍到的貓兒們嚇得成群吱喳飛舞。

月影和鷹衝一看見鳥，就往前飛撲，直到蔭苔喝止他們，才一臉疑惑地停下來。

「我們還不餓，」他告訴他們。「沒必要浪費獵物。」

月影和鷹衝滿臉困惑地互看一眼。「可是就這樣讓獵物飛了，總覺得很怪。」月影喵聲道。

灰翅想起那隻沒被吃完的兔子，覺得黑色公貓這次總算說出了大家的心聲。

寒鴉哭走在灰翅旁邊，瞪大眼睛，環顧四周。「這裡的草地好柔軟！」他說道。「還有好多生物……不只有羊，還有鳥。」說到這裡，他的亢奮語調不再。「不過難保灌木叢後面不一定藏著什麼動物正在窺看我們。」他說完之後，不免渾身發抖。

灰翅懂這隻年輕公貓話中的意思。「別忘了我們的速度比多數動物快，」他低聲道。「我們可以迅速逃離。」

但大夥兒還是挨著彼此走，一聽見什麼風吹草動，便嚇得縮起身子。灰翅納悶這種緊張的氣氛到底得持續多久。而且就算能逃開，似乎也不能保證什麼。

他把耳朵往前伸，聽見前面傳來隆隆作響聲，而且隨著他前進的腳步越來越響亮。那聲音來自於帶刺灌木的另一頭。他嗅聞空氣，聞到一種刺鼻的味道。

「那是什麼噁心的味道啊？」鋸峰問道，伸舌舔舔嘴，彷彿嚐到什麼腐臭的東西。

「我不知道。」蔭苔以尾巴示意，集合貓兒們。「從現在起我們得集體行動，直到確定那聲音究竟是什麼為止。」

灰翅的肩毛豎了起來。他回頭看看同伴們，發現他們也一樣，眼睛也都瞪得斗大。

「我先過去看看另一頭究竟有什麼東西。」清天提議道。

灰翅害怕到胃縮了起來。他不能讓他哥哥單獨面對不可知的危險。「我跟你一起去，」他大聲說道，同時上前一步，站在他哥哥旁邊。

清天瞥了他一眼，隨即移開目光。「那就走吧。」他冷冷回答。

灰翅難過地垂下頭。**他還在怪我害死亮川……他會這麼想，也無可厚非。**

「謝謝你們兩位，」蔭苔稱許地點點頭。「要是有危險，立刻回來。」

灰翅跟著他哥哥穿過帶刺的緊密枝條。肩膀被尖銳的刺刮到，扯落一坨毛髮，氣得他嘶聲作響。

「我不懂，」清天停下腳步，抬起其中一隻腳，拔掉腳掌上的刺。「為什麼這些灌木都排得這麼直？沒道理啊。」

「我想這裡的東西就是長這樣吧。」灰翅回答道。

他的體型比他哥哥瘦，比較容易穿過這些灌木，所以從另一頭最先出來的是他。但他卻被嚇得腳像結冰似地動不了。僅離他一條尾巴之距的地方，有好幾頭龐然大物咆哮地在他面前來回奔馳。刺鼻臭味迎面撲來，他頓時呼吸困難。

我死定了！

他還沒來得及警告他哥哥，清天就從旁邊的灌木叢裡鑽了出來。「這刺真是討厭！」他嘶聲道。「我的毛快被扯光了……」

他突然住口，嚇得倒抽口氣。

陣陣強風襲來，灰翅穩住身子，抬高音量吼道：「這一定就是尖石巫師說過的轟雷路。」

清天點點頭。「聽起來的確像打雷。那些生物一定就是怪獸了。她要我們跟牠們保持距離。」

路面上突然安靜了一會兒，不再有任何怪獸呼嘯而過。灰翅前腳擱在轟雷路上。路面是用黑色石頭製成，感覺平滑。對面盡頭的矮樹叢濃密，漫生到路邊，再過去是高大的林子，要是過得去，那片林子就能為他們提供良好的防護。

「除非怪獸攻擊我們，不然我們應該都過得去。」他喵聲道。

但他話還沒說完，隆隆吼聲又起，而且音量迅速變大。「小心！」清天尖聲喊叫。

他伸爪勾住灰翅肩膀，一把拖了回來，另一頭怪獸立刻呼嘯而過。

「謝了！」灰翅倒抽口氣。「牠一定是躲在我們看不見的地方伺機而動，隨時準備撲上來。」

這頭怪獸經過之後，又是一段空檔。灰翅聽見蔭苔的聲音在灌木叢間響起。「你們看到了什麼？還好嗎？」

「等一下！」清天回答道，然後對灰翅說：「幫我看著，要是有任何怪獸的蹤影，立刻叫我。」

灰翅屏息看著清天走到轟雷路中央，那裡畫了一條很直的白線。

「那是雪嗎？」灰翅問道，好奇為什麼那裡有白線，別地方就沒有？

清天低頭嗅聞。「不是，」他回答道。「我不知道這是什麼。」

他說話的同時，灰翅聽見原本隱約的隆隆聲迅速變成怒吼。「有怪獸！」他大喊。

清天趕緊跳了回來，一頭全身發亮、有著黑色圓形腳爪的紅色怪獸瞬間呼嘯而過。

「要是牠們老等在旁邊想逮住我們，這條路我們永遠過不了。」

「牠們的視力顯然不是很好。」清天若有所思地說道。「因為牠們都是從我們旁邊直直地經過。在怪獸找到我之前，我其實有足夠的時間衝到對面。我想如果我們夠小心，應該過得去。」

灰翅不像他哥哥那麼有信心。「要是剛剛那頭怪獸其實是頭行動很慢的老怪獸呢？」他問道。「速度更快的年輕怪獸可能在我們還沒走到中間白線的時候就抓到我們了。」

清天一臉陰沉地看了他一眼。「這趟旅程本來就不是很輕鬆。」他喵聲道。「我們現在不能放棄。」

灰翅低聲同意。「我們最好回去跟他們報告。」

他們從灌木那裡鑽回去，向蔭苔和其他貓兒報告所見所聞。

「我們該怎麼辦？」寒鴉哭問道，緊張地瞪大眼睛。「那些玩意兒會吃掉我們！」

高影哼了一聲。「要是我們不能智取牠們，那算什麼好漢？牠們也許個頭兒很大，身上很臭，不過聽起來挺笨的。」

「尖石巫師說過，牠們好像離不開轟雷路。」雨掃花若有所思地說道。「看來她是對的……因為我們從來沒有在河邊的草地上看過牠們。所以只要我們能越過那條黑色的路，就安全了。」

「沒錯，」蔭苔對他女兒點頭稱許。「那就兩兩結伴進行。清天和灰翅，你們已經見識過那些怪獸，所以交由你們來監督。」

「我第一個，」斑皮立刻自願先走。「我想快點做完這件事。」

「我跟妳一起。」雨掃花喵聲道。

蔭苔垂下頭。「祝你們好運。」

灰翅和清天帶著兩隻母貓，走向那一整排的灌木叢那裡。當他們抵達轟雷路的路邊時，四周寂然無聲。

斑皮在草地上不耐地戳著爪子。「我們還等什麼？」

灰翅抬起尾巴要她安靜，然後蹲在路邊，豎起耳朵。遠方的隆隆聲響從兩個方向同時傳進耳裡。

怪獸來了。

吼聲和臭味迎面撲來的那一剎那，四隻貓兒全在灌木叢旁縮成一團。

「牠們體型好大哦！」雨掃花大聲說道。

她跟斑皮這下知道緊張了，她們相偕走回路邊。「我們一定得過去。」斑皮表情決然地低聲嘟囔。

「我跟你們一起過去，到時可以幫忙看兩邊的動靜。」清天大聲說道。

三隻貓兒肩並肩地站在路邊，豎直耳朵聽，瞪大眼睛看，小心提防。這次是一頭速度較慢的怪獸隆隆而過，在陽光的照耀下，閃亮的毛皮很是眩目。

「牠在搜找我們嗎？」蹲在長草堆裡的雨掃花問道。

另外三隻貓兒也在她旁邊蹲伏下來。怪獸繼續前進，沒有停下腳步。

「牠沒看到我們。」斑皮吁了一大口氣。「來吧，雨掃花。」

兩隻母貓衝上黑色路面，清天跟在後面。灰翅一聽見怪獸趨近的怒吼聲，立刻放聲警告。不過還好他的夥伴們已經在另外兩頭大怪獸呼嘯而過前就安全抵達了。

「所以還是行得通的。」他渾身發抖地自言自語，總算鬆了口氣。「他們成功了！」他朝灌木叢盡頭的其他貓兒喊道。「再派兩隻貓兒過來。」

雲點和快水走了過來，站在黑色路面旁。四周靜悄悄的。

「你那一邊好了嗎？」灰翅朝清天喊道。

清天揮揮尾巴。「沒問題，過來吧！」

雲點和快水順利穿越。四周仍然沒有聲響。灰翅不免納悶怪獸是不是放棄狩獵，回自己窩穴去了。

不過就在寒鴉哭和落羽從灌木叢那裡走過來時，又有一頭怪獸呼嘯而過。灰翅這才知道危機根本還沒解除。不過怪獸自己身上的味道太臭了，恐怕聞不到我們。

寂靜再度降臨，他先掃視轟雷路兩頭，然後朝清天大喊，後者再度揮動尾巴，表示安全無虞。於是寒鴉哭和落羽順利通過。碎冰和鷹衝也來到黑色路面的旁邊就定位。

灰翅和清天檢查過路面安全無虞後，碎冰和鷹衝就往前跑，但才跑到中線的地方，清天突然急喊：「有怪獸！」

碎冰和鷹衝趕緊回頭往灰翅那頭躲，但灰翅卻發現這頭也有怪獸衝來，而且速度比清天那邊的怪獸還快。

牠們現在竟然連手出擊了！

「不要回來！快過去！」他喊道。

鷹衝嚇得呆在原地，腳爪不停耙抓黑色地面，彷彿想把自己藏起來。碎冰趕緊撲了過去，一把叼起她的頸背。尖嚎作響的怪獸隆隆奔過，擋住灰翅的視線。

過一會兒煙塵消散，灰翅這才看見兩隻貓兒氣喘吁吁地跌坐在路面的另一頭，毫髮未傷，這才鬆了口氣，癱在地上。

「怪獸似乎知道我們在這裡。」

蔭苔的聲音嚇了灰翅一跳，他趕緊轉身，發現黑白色公貓就站在他後面。「剩下的貓兒們就一起過吧。」蔭苔追加了一句。

蔭苔喚來灌木叢那裡的其他貓兒，要他們沿著轟雷路排好，藏在長草叢底下。灰翅為了盯住鋸峰，刻意站在他旁邊。「除非我們要你往前跑，否則不要動。」他警告道。

龜尾的鼻子碰到草，打了個噴嚏。

「安靜點，妳這樣會引來所有怪獸！」月影嘶聲道。

可是黑色路面還是靜悄悄的。「我想應該沒問題了。」灰翅喵聲道。「清天？」對面的清天揮動尾巴。「可以，過來吧。」

其他貓兒立刻往前一躍，灰翅只覺得自己的腳爪快被轟雷路的炙熱路面烤焦。他趕緊衝進對面的灌木叢裡，慶幸四周都是夥伴們的味道。

跟清天一起合作的感覺真不錯，可是當他朝清天轉頭時，卻發現清天的態度又變回原來的冰冷，一逕看著前方的樹。

「大家都沒事吧？」月影問道。

「我有點擔心鷹衝。」斑皮回答道。「她剛剛在路中央受了驚嚇。」

「是我自己的錯。」鷹衝回答道，同時尷尬地舔舔胸前的毛髮。「不過我現在沒事了。」

「能進到林子裡真是太好了。」大夥兒出發時，龜尾這樣說道。「這樣怪獸就看不到我們了。」

「而且林子這麼深，我們不會再聽到牠們的聲音了。」寒鴉哭附和道。

可是在穿過矮木叢時，灰翅還是覺得怪。腳下植物老勾住他的腳，好像想絆住他。而且四周盡是各種聲響：鳥叫聲、枝葉喀吱作響聲、矮樹叢下獵物的搔抓聲。他渴望寂靜，也渴望山裡的清新空氣。

「還有多遠啊？」碎冰抱怨道。至少公貓的抱怨證明不是只有灰翅想念山區。「我腳爪上都是刺，我都快變成仙人掌了。」

「是啊，而且如果我們看不到天空，怎麼抓小鳥？」快水追問道。

「別再像小貓一樣抱怨了！」月影鑽進蕨葉叢裡。「這裡都是獵物。只要你張開嘴巴，獵物就會掉進嘴巴裡，就可以吃飽啦。」

「找地方過夜前，我想我們可以再走遠一點。」蔭苔回頭喊道。「現在沒有時間狩獵。」

月影不耐地發出嘶聲。

「我想我們應該先看看這片林子到底有多深，」清天說道。「我爬到樹上看一下。」他沒等回應，便跑向最近的一棵樹，往上一躍，爪子順勢戳進樹幹，高度幾近樹幹的一半。

「哇！」龜尾看著他。「我知道他能跳得很高，只是沒想到這麼高。」

沒過一會兒，清天就又爬了下來。「這樹不夠高，看不遠。」他說道。「我得找棵更高的樹。」

貓兒們分散去找更高的樹，直到蔭苔停在一棵巍峨的樹木前面，樹根結滿瘤塊，枝椏茂密。「試試這棵吧。」他向清天提議。「我想這應該是橡樹……我母親告訴過我部落貓以前住的地方有哪些樹種。」

清天用力一躍，跳了上去，高影也跟著跳上去，不過沒他跳得那麼高，得再多費點力往上爬。

「我也要去！」鋸峰興奮地吱吱叫。「我爬得上去。」

「你給我待在原地。」蔭苔下令道。

鋸峰懊惱地抽動著尾尖，沒有回嘴。

灰翅仰頭望著清天和高影，直到他們消失在光禿的枝椏間。過了一會兒，一個得意洋洋的吼聲從樹上傳來。

「清天爬到樹頂了，」鋸峰喵聲道，眼裡帶著一絲妒意。

過了一會兒清天和高影又出現了，他們跳下樹，小樹枝跟著應聲折斷，兩隻貓兒上氣不接下氣。

「我們快走到林子的盡頭了。」清天氣喘吁吁。

「太好了！」龜尾大聲說道，同時滿意地甩動尾巴。「我好想再看見天空哦。」

「林子再過去，有看到什麼嗎？」蔭苔問道。

「呃……」清天表情有點不安。「我不太確定，因為霧濛濛的。」

灰翅看見他哥哥和高影意味深長地互看一眼，好奇這兩隻貓兒究竟隱瞞了什麼。不過他很清楚不管再怎麼逼問，清天也不會講。以往他們那種哥倆好的感情已經不再。

貓兒們繼續跟著蔭苔和清天穿越林子，往樹林邊的光亮處走去。但還沒走到，蔭苔便停了下來。灰翅跟其他貓兒擠上前去探個究竟。

只見眼前有條平坦的小徑蜿蜒穿梭於林間，沒有矮木叢橫生。灰翅嗅聞空氣和路邊的草，聞不到任何熟悉的氣味。

夥伴們的表情也像他一樣困惑。灰翅聞到的似乎不是獵物。他沒有直覺想狩獵的那股衝動，反而感到毛骨聳然，想要快點逃開。

「我們應該走哪條路……」

鷹衝的提問被小路盡頭一串的粗啞聲響打斷，這聲音完全蓋過了林子裡的聲響。

「是狗！」碎冰喊道。

「什麼是狗？」鋸峰問道，目光探向聲音的來處。

「一種你不想遇見的動物，」蔭苔回答道，同時揮動尾巴，要大家挨近一點。「以前山裡天氣暖和時，偶而會在山谷裡看見狗，不過我們都會盡量躲開。」

他話剛說完，一頭棕色的龐然大物便從小路彎處跳出來，站在那裡齜牙咧嘴。低聲吼鳴。

蔭苔大叫一聲：「快散開！」

貓兒們全都四散奔逃，不是鑽進蕨葉叢裡，就是爬上樹。灰翅趕緊把鋸峰推進荊棘叢裡，再跟著擠進去，為了騰出空間，塞進他們兩個，他拼命用爪子耙掉枝葉上的刺。

完了！他心想道，**我們應該繼續往前跑，結果現在被困住了。**

他無助地拉扯著纏在身上的藤蔓。那條狗在荊棘叢的邊緣處嗅聞，僅離他們一條尾巴的距離。灰翅知道他們遲早會被發現。

這時他聽見另一個聲音：一個音調很高、很清脆的聲音，而且帶著一點怒氣。那條狗哀鳴回應。灰翅從荊棘叢裡窺看到一頭高高瘦瘦的動物，牠靠著兩條後腿走路，鬆垮的毛皮彩色繽紛，臉長得很奇怪，是粉紅色的，而且沒有毛。

鋸峰從灰翅後面探出頭來。「哇！」他喊道。「那是兩腳獸嗎？看起來好怪哦！」

兩腳獸似乎沒聞到貓兒們的氣味。牠快步走向那條狗。看來用兩條後腿走路對牠來說完全不成問題。然後牠拿出一條很軟的藤蔓，綁在狗的脖子上，把牠拖走。

狗再度哀鳴。牠不想離開，死命地想往貓兒們藏身所在的蕨葉叢走。

兩腳獸和狗終於消失在小徑上，但大夥兒還是有好一會兒不敢動，然後才慢慢地一個一個走出藏身處。

「我這輩子從沒見過這麼可怕的東西！」落羽全身發抖到差點站不住腳。「你們有沒有看到牠的牙齒？」

「沒事了，」寒鴉哭安慰她，輕舔她的耳朵。「我們本來就遲早會遇到狗和兩腳獸。」他喵聲道。「我們這不是挺過來了嗎？所以就繼續走吧。」

所有貓兒都很開心衝回林子裡，不必再理會那條沾有狗臭味的小徑，可是也已經煩透了濃密的矮樹叢和那些刺，它們似乎是存心等在那裡要讓他們的腳爪和鼻口受點罪。

「我還以為我們永遠也走不出林子了」灰翅喊道，他終於走到林子邊緣。

可是這才發現原來剛剛在林子裡的時候，天空就已經飄雨，站在林子邊緣的貓兒們沒多久身上就淋溼了。

「這比下雪還慘！」快水抱怨道。

灰翅瞪著前方，眼前景象令他的心噗通噗通跳。清天從樹頂上看到的就是這幅景象吧。前方是一堆正方形石頭砌成的東西，邊緣銳利，有的高度甚至比樹還要高，每一面都挖了方形的洞，可以透光。各種奇怪的味道迎面撲來。有些味道很溫暖很誘人，聞得他肚子咕嚕咕嚕叫。也有些味道聞得他齜牙咧嘴，覺得噁心。他甚至在這裡聞到了剛剛在路上碰到的那頭兩腳獸氣味。

「這一定就是兩腳獸的窩。」蔭苔解釋道。

「那麼這裡一定就是兩腳獸的巢穴了！」碎冰補充道。「霧水跟我形容過巢穴的樣子，我一直以為是她編出來的。」

灰翅心想他們說得沒錯。他看見雨中有幾頭兩腳獸雨中低著頭，在這些石堆砌成的窩穴之間走動。

「我們現在該怎麼辦？」雲點問道。「我不想走近。」

「我也不想，」落羽附和道。「可能有更多狗。」

蔭苔用尾巴指指窩穴後方遠處尖頂狀的山峰，那是他們要去的方向，只是如今隔著低垂的雲層和雨幕，幾乎快看不見。「我們要往那個方向去，」他喵聲道。「那裡是太陽升起的地方，可是馬上要天黑了，所以我們得在這些窩穴當中找個淋不到雨的地方過夜。」

雨中的貓兒們縮起身子，越過雜草叢生的空地，來到可通往兩腳獸窩穴的一條黑色道路上。

「這是轟雷路。」高影喵聲道，同時停下腳步。「恐怕會有更多怪獸出沒！」

但四周靜悄悄的，蔭苔帶隊沿著轟雷路的邊緣前進，其他貓兒跟在後面，毛髮全都豎得筆直。

突然間，嘶啞的吼聲響起，一頭怪獸朝他們奔來，起先速度很慢，然後越來越快。

「牠發現我們了！」雨掃花尖聲喊道。

「走這裡！」灰翅發現一條較窄的路，就夾在兩道高聳的紅色岩牆中間，於是帶頭衝了進去。「跟我走！怪獸沒辦法追進來！」

貓兒們跟著他魚貫跑進去，及時躲過朝他們衝來的怪獸。怪獸沮喪地呼嘯而過，兩眼射出刺眼的黃色強光。

「牠抓不到我們！」龜尾欣慰地喵聲道。「灰翅，你好厲害！」

「我們還是得找個安全又淋不到雨的地方過夜。」灰翅直言道。窩穴裡有宛若小太陽的光亮起，形狀方正地投射在小路上，顏色幽黃。相形之下，陰影處更顯幽暗。

灰翅帶隊沿著窄小的路繼續前進，但總覺得自己被困在兩面高牆之間，快要被窒息。小路的開口處是一方岩石空地，四周圍繞著幾座較小的窩穴。灰翅四處張望，發現其中一座窩穴門戶洞開，於是小心翼翼地走過去。裡頭很暗，怪獸的臭味濃到他幾乎無法呼吸。

「這一定是某一頭怪獸的窩，」跟在灰翅旁邊爬進去的鋸峰揣測道，他瞪大著眼睛探看幽暗處。

「不過這味道聞起很陳舊，不是很新鮮，」灰翅喵聲道。「也許怪獸不住這裡了。」

雨掃花從他旁邊跳進來，走進窩穴，四處張望。「我們就在這兒過夜吧，」她精神抖擻地大聲說道。「至少這裡淋不到雨，我們可以輪流擔任守衛。」

蔭苔朝他女兒點點頭，同時走過來站在她旁邊。灰翅看見他的尾巴垂在地上，眼露疲態。**這對蔭苔來說著實不容易**，他心想道，**既得帶隊，還得負責統籌所有事情**。

「你看起來好累，」雨掃花喃喃說道，鼻頭埋進她父親的肩毛裡。「先去睡一下吧，我先擔任守衛好了。」

「我跟妳一起。」灰翅立刻提議道。

「可是我餓了，」快水緩步走進窩穴，嘴裡嘟囔道。「就寢前，我們不先去狩獵嗎？」

「這裡太危險了，」清天直言道。「而且自從我們離開林子之後，就再也沒聞到任何獵物的氣味。」

「先前我想狩獵時，你們應該讓我去的。」月影沒好氣地說。

「他說得沒錯，」鷹衝也跟著附和。「走進兩腳獸巢穴這個決定太愚蠢了。」

「不，只有在這裡，我們才可能找到暫時的棲身之所，」高影直言道，同時惱怒地甩動尾巴。「這裡不會有狗，也可暫時遠離林子裡對我們虎視眈眈的玩意兒。」

灰翅默聲同意，**待在這裡可能比曝露在外來得安全多了，不過這地方還是很可怕。**他跟雨掃花相偕坐在窩穴入口，提防空地的動靜。灰翅耳裡不時聽見遠方怪獸的怒吼聲、兩腳獸的尖叫聲、狗的吠叫聲……這時突然傳來嚎叫聲，嚇得他毛髮豎得筆直。是貓！

雨掃花挨近他耳邊低語。「我從沒想過要是我們遇見別的貓兒會是什麼場面？你想他們是……寵物貓嗎？」

灰翅記得老貓們說過有些貓選擇跟兩腳獸住在一起，吃兩腳獸的食物，睡在兩腳獸的窩穴裡。以前在山洞的時候，灰翅總覺得老貓們的腦袋一定是壞掉了，才會這樣胡言亂語，但在這兒，一切都如此擁擠又危險，他開始覺得那些故事都是真的。

「妳覺得寵物貓長得像什麼樣子？」他問雨掃花。「他們能聽懂我們說的話嗎？」

「他們一定很嫉妒我們吧？」雨掃花回答道。「我們的見識比他們廣。」

灰翅聽見自己的肚子咕嚕咕嚕叫，低頭看了看自己這一身髒亂的毛髮。**他們真的會嫉妒我們嗎？**

嚎聲又起，但沒有朝這邊接近，灰翅快要耐不住瞌睡，卻在這時被更響亮的怪獸怒吼聲驚醒。他看見怪獸走進空地，黃色目光掃向牆面。

雨掃花和灰翅趕緊縮進窩穴裡。

「牠看到我們了嗎？」灰翅問道，強壓下倉皇的情緒。「我們佔用了牠的窩穴嗎？」

「引開牠的注意！」雨掃花下令道，同時跳了起來。「我去叫他們起床。」

灰翅渾身發抖。**引開注意？怎麼引啊？**

不過他還沒行動，另一座窩穴突然慢慢張開大口，怪獸爬了進去，隨後窩穴口就滑了下來，喀地一聲關上，怪獸吼聲不再。

「好險！」灰翅喊道。「牠一定是回去睡覺。」

雨掃花滿臉驚恐地看著他。「所以這些窩穴可能都有怪獸睡在裡面?!」她低聲道。

灰翅點點頭。「兩腳獸為什麼要把牠們的窩穴蓋得離怪獸這麼近？牠們不怕嗎？」

雨掃花聳聳肩，沒有回答，又安坐下來繼續守衛。仍在發抖的灰翅心想自己再也不敢閉上眼睛了。過了一會兒，雨掃花戳戳他的腰側。

「該輪班了，」她告訴他。「去補點眠吧。」

灰翅蹣跚走進窩穴後方，結果被睡在地上的鷹衝絆倒，於是叫醒她。「該妳去當守衛了。」他告訴她。

「好吧。」她昏昏欲睡地回答，爬起來去找雨掃花，後者也站起來叫寒鴉哭起床，然後才蜷伏下來補眠。

灰翅躺在鷹衝剛起身的地方，仍感覺得到地上的餘溫，於是閉上眼睛。

有隻大腳踩在他尾巴上，驚醒了他。他抬頭望見月影站在從窩穴口探進來的淺灰色

天光裡。

「對不起，」月影喵聲道。「我正要出去狩獵。」

灰翅點點頭，心想自己是不是也該去，可是他累到腿不想動。「祝你好運！」他說道，然後看著月影走出窩穴，低聲對正在守衛的龜尾和碎冰道別。

他一走，灰翅又睡著了。他夢見他和靜雨站在崖頂，遠眺山頂乍現的曙光。但這夢境隨即被可怕的嚎叫聲驚醒。

灰翅跳起身，這時碎冰和龜尾爭相跑出窩穴。「月影遭到攻擊！」碎冰緊張嚷道。

灰翅跟著其他貓兒衝出窩穴。他聽見月影在空地盡頭的圍牆後方憤怒尖嚎。尖叫聲裡攙雜著另外兩隻貓兒的聲音，好像正在打架。

灰翅、高影和清天跑過空地，速度快過其他貓兒，然後躍上牆頂。毛髮倒豎的灰翅往下一看，發現月影尖牙利爪盡出地在草地上翻滾，毛髮被兩隻貓兒狠力耙抓。

他們是寵物貓嗎？灰翅驚駭地想道。他發現對方體型很肥胖，脖子被藤蔓狀的東西圈圍。**可是老貓們從沒說過寵物貓有那麼兇狠！**

灰翅一躍而下，撲在離他最近的一隻寵物貓身上，這是一隻毛髮蓬鬆的黑白色公貓。清天和高影則跳下去對付另外一隻薑黃色母貓。

黑白色寵物貓身子一翻，將灰翅摔在地上，反過來狠刮他耳朵。灰翅一陣劇痛，他勃然大怒，立刻撐起後腿，張嘴就往寵物貓的喉嚨咬，結果只咬到一嘴毛，反被毛嗆到，對方更立時伸出前爪猛擊他肩膀。**這隻寵物貓還真不好惹。**

灰翅呸出嘴裡的毛，後腿一抬，狠踢寵物貓的肚子，心裡暗自得意自己的爪子夠利，肌肉結實。

寵物貓踉蹌躲開，笨拙地朝他胡亂揮拳。灰翅撐住身子，這時月影從他旁邊衝了過來，用頭撞擊寵物貓的腰側。黑白色寵物貓眼見寡不敵眾，趕緊夾著尾巴逃走。灰翅氣喘吁吁地環顧四周，看見清天和高影正連手攆走那隻薑黃色母貓。

兩隻寵物貓憤怒地尖聲大叫，爬上草地盡頭的一道薄木牆。木牆被他們的重量壓得搖搖晃晃，但他們竟然還能站穩身子，轉身過來，嘶聲叫囂。

「我們這裡不歡迎惡棍貓！」薑黃色母貓放聲警告。「要是你們今晚再不離開，你們的麻煩就大了。」

最後一次齜牙低吼之後，兩隻寵物貓隨即消失在籬笆的後方。

「太好了，總算滾了！」月影不甘示弱地回嗆。

「你在搞什麼鬼？」高影喵聲道，「自己跑出去狩獵？你腦袋是長跳蚤了嗎？」

「惡棍貓？」清天打斷道。「這些寵物貓在說什麼啊？惡棍貓？不跟兩腳獸住在一起的貓就被叫做惡棍貓嗎？」

灰翅也跟他一樣感到不解，不過還是很高興寵物貓跟他們的語言是相通的。這場架打得他肌肉酸痛，剛剛耳朵被大公貓耙過，到現在都還在滴血。**難不成我們得這樣一路跟貓兒打架，直到抵達新家園嗎？**這想法令他難以接受，**在山裡，只有我們，根本不需要跟別的貓兒對打。**

他和夥伴們翻牆回去，其他貓兒都等在窩穴口。

「誰會想得到寵物貓竟然也能打架？」寒鴉哭喵聲道。「在老貓們說的故事裡頭，寵物貓連隻麻雀都怕。」

「也許你們剛才應該好好跟他們溝通，」雨掃花建議道。「你們可以跟他們解釋我們只是路過而已。」

清天翻翻白眼，「哦，是嗎？那時他們巴不得割了我們的喉，哪會聽我們解釋啊？」

蔭苔仔細聽完事情的經過，腳爪不安地縮張。「我們得盡快離開這裡，」他大聲說道。「我們經不起這樣一再的打鬥。」

他立刻拔營出發，其他貓兒跟在後面。幾隻年紀較輕的貓兒已經累得腳步蹣跚。灰翅和龜尾壓隊殿後，神經繃得死緊，隨時提高警覺。

蔭苔帶隊走在一條狹窄的岩徑上，兩邊都是兩腳獸的窩穴，他們穿過了幾條寂靜無聲的轟雷路，越過了幾處被圍起來的草地。灰翅知道蔭苔現在決定沿直線朝先前所看到的山峰前進。

當他們橫過某兩腳獸窩穴旁邊的草地時，尖銳的吠叫聲突然劃破空氣。貓兒們都嚇得愣在原地。灰翅四處張望，發現原來有條狗：那是一隻白色的小動物，被關在一張發亮的薄片後面，那張薄片擋住了兩腳獸窩穴的入口。

「你們看！」月影喵聲道，同時上前一步。「嘿，跳蚤狗，你很想抓我們，對不對？」

「你腦袋長跳蚤啊？」雲點把月影往已經上路的隊伍那裡推回去。「要是兩腳獸放牠出來怎麼辦？」

灰翅跟在夥伴們後面，隨時提防寵物貓的來襲。他雖然沒看到他們，但他們的味道無處不在。

當他們抵達兩腳獸巢穴的邊緣時，眼前開闊的景致令他們無不鬆了口氣。如今總算可以一覽無遺那幾座嶙峋的山峰。

「它們不像我們老家的山那麼雄偉。」快水喵聲道，語氣有點失望。

「尖石巫師不會要我們去住跟老家一樣的地方。」斑皮說道。「我們的新家一定全然不同。」

「我好想念山裡的老家。」落羽低聲道。

灰翅的腳爪磨搓著黑色路面的邊緣，暗地裡同情這隻年輕的白色母貓。他想起山裡的夥伴們，不知道他們過得怎麼樣。**要是有方法可以讓他們知道我們很平安，那就好了。**

「來吧！」鋸峰突然大步向前。「如果我們繼續待在這裡，哪裡也到不了的。」

小貓的自信令灰翅忍俊不住，但他還是強忍住笑意，偕同其他貓兒一起跟上去。雲層遮蔽了天空，再也沒有太陽為他們指引方向，不過山峰的輪廓仍清晰可見。

在經歷過兩腳獸巢穴處的吵雜和惡臭之後，能再回到開闊的野地，被柔軟的草地和動物的氣味與聲響包圍，這種感覺真是幸福。沒多久他們又走到有成排灌木叢的地方。月影這時突然轉向，撲進枝葉裡，過了一會兒嘴裡叼了一隻棕色小鳥出現。

他把小鳥丟在地上，咬了一口，然後把剩下的推給蔭苔。蔭苔抬腳阻止他。「謝謝你，不用了，我們各自去狩獵吧，」他喵聲道。「這裡有足夠的獵物。」

貓兒們興奮地各自分散開來。灰翅往開闊的草地走去，搜尋可能有的獵物動靜。他看見清天往空中一躍，捕捉小鳥，鋸峰則低著頭追蹤氣味。

正在嗅聞空氣、尋找獵物的灰翅這時突然撞見一頭體型龐大的黑白色動物朝他逼近，他嚇得踉蹌後退，心噗通噗通地跳。他抬眼看牠，發現後面跟來更多牠的同伴，正緩慢吃力地從排成直線狀的灌木叢缺口處擠出來。

牠們的個頭兒比羊還大！他心想道，同時努力回想老貓們說過的故事，**也許牠們是牛？**其中一頭低沉地哞了一聲。灰翅這才想起霧水很愛模仿這個聲音，總是用來嚇唬那些正在聽她說故事的小貓們。

他蹲在長草堆裡，動也不敢動，深怕被這群牛看到，開始追他，那就慘了。不過這群龐然大物竟然看都不看他一眼，便從他旁邊行動遲緩地走過去。他趕緊低下身子，匍匐前進，繞過牠們，保持安全距離。

這時灰翅看見牛群後方有隻兔子從藏身處跳出來，他連忙拔腿追上去。雖然長草叢老是纏住他的腳，拖慢他的速度，但他還是很喜歡野風耳邊呼嘯的這種馳騁快感。

兔子跑到灌木叢那裡，一溜煙鑽進根部洞裡。**去它的兔大便！**灰翅暗自咒罵，沮喪地瞪著那個窄小的洞。

「嘿！」

灰翅轉身看見龜尾，她的腳下有隻小鳥。「我抓到的！」她大聲說道。「要不要一起吃？」

灰翅離開兔子洞，心裡仍在好奇自己有沒有辦法在地底下狩獵。其他貓兒齊聚灌木叢底下。他們抓了好多獵物，這樣一來，運氣不好的貓兒就不用餓肚子了。

「我抓到兩隻烏鴉！」清天得意說道，尾巴同時掃向兩坨黑鴉鴉的東西。

開動前，蔭苔回頭瞥了一眼老家所在的那片山巒一眼，如今只看得到地平線上模糊的山影。「謝謝你，尖石巫師，」他喵聲道。「感謝你指引我們來到這裡。」

貓兒們都吃飽了，但地上的獵物還沒吃完。

「就這樣丟在這裡，有點可惜了。」雨掃花懊惱地說道。

貓兒們啟程離開，灰翅回頭瞥見一隻瘦弱的紅毛動物鑽出草叢。他起先愣了一下，以為是條狗，不過牠的鼻口比較長，身上有股強烈的惡臭。只見牠抓起剩下的獵物肉，三兩下吞進肚子裡，兩隻眼睛猥瑣地來回掃視。灰翅推推走在他旁邊的碎冰。「你覺得那是什麼？」他問道。

「我不知道。」碎冰回答。

「看起來不是什麼好東西，」灰翅說，同時加快腳步，決定不出聲警告其他貓兒。

等到陽光開始消失時，貓兒們已經越過好幾條狹窄的轟雷路，繞過一大堆兩腳獸紅岩窩穴，那裡埋伏了好幾條狗，一直朝他們吠叫。兩腳獸窩穴再過去就是一大片下坡地，底部是覆滿青草的沼澤，蘆葦叢點綴其中。

「我們不能走這裡，」快水抗議，一臉嫌惡地瞪著凹陷的沼澤地。「腳會弄溼。」

蔭苔目光掃向兩邊，灰翅循著他的目光看，發現這片沼澤大到兩邊都沒有盡頭。

「沒別條路可走。」蔭苔作出決定。快水正要開口爭辯，蔭苔又說：「就算腳弄溼了，也沒有什麼大不了。」

可是等他們走下去，才發現腳溼還是小事。因為橫越沼澤時，竟發現泥地會晃動，越往深處走，身子就越發陷進泥地裡，最後竟淹上了肚子。四周充斥著泥漿的惡臭味，成群蚊子在空中嗡嗡飛舞。

「太可怕了！」鷹衝喊道。「我的毛永遠都弄不乾淨了。」

在草叢間奮力跋涉的快水嘴裡不停嘟囔。就連落羽也看起來很不舒服。

體重最輕的鋸峰反倒是貓群裡走得最輕鬆的一位，但沒想到竟在草叢裡滑了一跤，跌進泥漿，身子下沉，前腳胡亂拍打。

「救命啊！」他哭喊道。

雨掃花趕緊爬上草堆，彎下腰抓住鋸峰的頸背，將他拖了出來，讓他站穩，而這時的鋸峰全身已裹了一層泥。

「謝了！」他上氣不接下氣。

等到貓兒們抵達對岸時，已經渾身溼透、冰冷，而且發臭。他們只想趕快找個地方先暫時落腳。

他們瞄見不遠有座用木頭蓋成的洞穴。灰翅心想：**這一定是另一種兩腳獸窩穴。**

蔭苔再度率隊出發，貓兒們腳步蹣跚地朝那處窩穴走去。他們小心翼翼地在入口前面停下腳步。灰翅目光探過蔭苔肩膀，往前窺看。窩穴裡疊著很多乾草堆。他一想到應該可以用乾草堆做幾床溫暖的臥鋪，就覺得好想趕快躺下來。他還看見石坑裡裝滿了水，伸舌舔舔嘴巴，這才發現剛剛在吞了幾口惡臭的沼澤水之後，現在更覺得口渴。最棒的是，老鼠的味道迎面撲來，甚至聽得到乾草堆裡有各式各樣的吱吱叫聲和搔抓聲。

「我們還等什麼？」月影問道，同時擠過蔭苔旁邊。「裡面都是獵物。」

蔭苔點點頭。「這裡看起來夠安全，沒有兩腳獸。」

他一聲令下，貓兒們立刻衝進去大展身手。我們今天已經進食過一次了，灰翅正用爪子困住一隻老鼠，心裡想道，**不過我還是吃得下，這裡獵物這麼多，不吃太可惜了。**

貓兒們在溫暖的乾草堆上坐下來分享獵物，他們先咬一口自己抓的獵物，再互換獵物吃，就像在山裡老家那樣。灰翅的肚子裡塞滿美味的食物，飽到全身都不想動。

「我在想，」雨掃花趁大家還在進食時大聲說道，「我們要的東西這裡都有了。別地方的條件恐怕不會比這裡更好，所以何不把這裡當成我們的新家園定居下來？」

第十一章

那當下，每隻貓兒都驚愕得說不出話來。月影第一個開口。「這提議不錯。」他喵聲道，同時伸舌舔舔嘴巴。

「是啊，這裡既溫暖又乾燥。」快水附和道。

「而且沒有狗的味道。」碎冰追加一句，同時不停抽動鼻子。「但有別種氣味，只是我認不出來。不過至少不是狗味或老鷹味，所以不會有危險。」

蔭苔一臉若有所思。「也許可行，」他終於說道。「而且就算偶而要回老家探訪，這裡也夠近。」

興奮的低語聲在貓群裡響起，他們兩眼發亮地看著彼此。

「我們可以在這些乾草堆上做臥鋪，」落羽喵聲道。「這裡很適合生小貓。」

灰翅沒有跟著起哄。他有點失望。**這地方是不錯**，他心想，**但我還是覺得找到我們自己的新家園才是對的。**

他環顧四周，試圖想像自己和部落貓住在這裡的情景。可是一想到以後得困居在這幾面木牆裡面，便覺得怪怪的。它們不像山洞的穴壁那般渾然天成。再說，他真的很想弄清楚那個奇怪的味道究竟是什麼。

但如果大家都覺得這裡不錯，我應該也要接受才對，不是嗎？他心虛地反問自己。

「你覺得呢？」他問坐在旁邊的龜尾。「這地方是我們夢寐以求的家園嗎？」

玳瑁色母貓一臉驚訝。「我相信是，」她回答道。「你不覺得嗎？」

灰翅搖搖頭。

「只要不像是山裡老家的東西，我們都會覺得有點怪，」龜尾直言道。「可是只要習慣就好了。」

灰翅強忍住嘆氣的衝動。「我想妳是對的。」他承認道，然後就在她身邊蜷伏起身子準備睡覺。

在閉上眼睛之前，他瞄見清天坐在堅硬的泥地上凝視著暗處。一道月光穿過牆上縫隙照在他哥哥身上，將那一身淺灰色毛髮染成銀白。他看起來好孤單，灰翅不免為他感到心疼。

要是亮川還在就好了。

貓兒們鑽進溫暖的乾草堆裡，將它充當臥鋪，很快進入夢鄉。他們自覺這裡很安全，以至於完全沒想到設哨警戒。

一個奇怪的聲響驚醒灰翅。他眨眨眼睛睜開，看見灰色曙光正從牆面縫隙滲進來。他聽見外面有踩踏聲，這才知道是什麼吵醒了他。

他跳了起來，轉身面對入口。外頭光線幽暗，他隱約看見某種淺淺淡淡的玩意兒正大批朝這裡聚集。踩踏聲越來越大。

「快醒來！」他尖聲大叫，不停地用身子撞擊同伴，伸爪刮他們的耳朵要他們醒來。「快跑！」

他回頭瞥了一眼，發現那一大批淺色的玩意兒越來越近。他終於認出那是羊群……

而且數量多到前所未見，全都往這處窩穴擠過來。牠們的踩踏聲和咩叫聲充斥整個世界，牠們的氣味—也就是先前一直聞到的那個奇怪味道—瀰漫他全身。

「我們出不去！」落羽吼道。「牠們會把我們壓扁的！」

第一隻羊正快步走進來，羊群在入口處彼此推擠，若要從牠們旁邊鑽出去，一定會被牠們尖銳的腳蹄踩踏到。

「走這邊！」雨掃花氣喘吁吁地喊道。

灰翅跟在她後面穿過成堆的乾草，看見木牆上有條縫，貓兒們正一個接一個地從縫裡擠出去，現在這窩穴裡已經擠滿吵鬧不休的羊群。

還在排隊等候從縫裡逃出去的灰翅，這時突然聽見痛苦的尖叫聲，原來鷹衝跌在地上，一隻羊從她身上踩踏而過。他趕緊跳過去想救她，但清天動作更快，迅速叼起她的頸背，就往牆縫拖，然後把她推了出去，自己也跟著鑽出去。灰翅跟在後面鑽，蔭苔尾隨其後。

「都逃出來了嗎？」等他們都逃到外面空地，蔭苔才開口問道。

灰翅檢查貓口數，慶幸一個也沒少。他們似乎都毫髮無傷，只有鷹衝有條前腿以很奇怪的角度撐在地上。

「妳可以走嗎？」蔭苔問她。

「我試試看。」鷹衝咬著牙回答，一拐一拐地走了幾步，表情痛苦。

「我不認為妳能走。」灰翅喵聲道。這時他看見木牆邊的長草和蕁麻叢，於是扶著鷹衝過去，讓她躺在那裡避開寒冷的晨風。

灰翅用尾巴示意斑皮。「妳最懂藥草，」他喵聲道。「我們該怎麼幫她呢？」

斑皮想了一下。「雛菊葉或接骨木都行，」她終於回答。「不過我不確定這裡有沒有這種藥草。寒鴉哭、落羽，你們去附近找找看。」

兩隻年輕的貓兒立刻分頭去找藥草。這時雲點朝鷹衝走過來，小心檢查她的腿。當他輕戳那隻傷腿時，鷹衝痛得倒抽口氣。

「我以前見過這種傷，」雲點喵聲道。「她的腿在肩膀處脫臼了。」

「所以她好不了嗎？」快水語氣驚恐。

「不，不會。」雲點回應道。「我見過靜雨治療那些不小心在岩石上滑倒的老貓。」

雲點將腳爪擱在鷹衝的頸肩處，後者痛得倒抽口氣。「這會很痛。」雲點告訴她。「藥草只能用來止痛，不能真正療傷。」

「不過很快就過去了。」他朝灰翅彈彈耳朵，補了一句：「你過來幫我撐住她。把你的腳放這裡……還有那裡……我一下令，你就把她抓穩。」

於是灰翅把腳爪擱在雲點指定的地方。「我準備好了。」

「很好，開始！」

雲點突然把鷹衝的腿用力一拉，力道之大，連灰翅都差點站不穩。鷹衝放聲尖叫。雲點退後一步，灰翅即看見母貓的腿恢復原樣。鷹衝渾身顫抖地躺在地上，呼吸粗淺。

「妳的腿可以動了嗎？還痛不痛？」雲點問道。

鷹衝試著彎曲自己的腿。「只有一點點痛了，」她喵聲道。「謝謝你，雲點。」

「做得好。」蔭苔用尾巴輕觸雲點的肩膀。

雲點聳聳肩。「我只是運氣好，碰巧看過靜雨怎麼處置。」

這時寒鴉哭和落羽也回來了，嘴裡叼滿藥草。「是不是這些？」落羽問道，同時把一坨藥草丟在斑皮面前。

斑皮整理了一下。「你覺得呢？」她請教雲點。

雲點用爪子小心地挑出兩片葉子。「這看起來很像是山裡老家用過的藥草，」他喵聲道，隨即拿給鷹衝。「嚼一嚼再吞下去，可以減輕疼痛。」他告訴她。

鷹衝在吃藥草時，蔭苔朝她走過來。「你需要休息，我們就在這裡待一天吧。」

灰翅聽到夥伴們不滿的低語聲。

「我快凍死了，」快水抱怨道。「在這裡，全身都會淋溼的。」

她說得沒錯，寒風夾帶著細細的雨水迎面撲來，卻沒處可躲。蔭苔冷冷瞪了快水一眼。「如果你願意的話，可以回那座窩穴跟羊群在一起啊。」他喵聲道。

快水前爪刮著地面，一臉尷尬。「好啦，待在這裡也可以啦。」

「我們可以去狩獵。」清天提議道，不過語氣聽起來不是很熱衷。

「我們的肚子還很飽。」高影直言道。「沒有必要吃不下的時候去抓獵物。」

月影點點頭，發出呻吟。「我想我已經吃膩老鼠了。」

最後大夥兒在長草叢和蕁麻叢之間安頓下來，開始打起瞌睡。灰翅沒有睡著，天空仍布滿雲層，毛毛雨還在下，但風已經停了。他猜現在應該剛過正午。

他站起來，伸個懶腰，注意到清天正要離開這裡。

「你要去哪裡？」灰翅問道，同時跑過去找他。「你還好嗎？」

清天看著他好一會兒。「我只是想伸個腿，」他回答道。「我自己去就行了，謝了。」

灰翅看著清天離開，覺得肚子像被挨了一拳。**我情願他對我發脾氣，怪我害死亮川**，他心想道。這種敬而遠之的冷淡態度更令他難受，因為這讓他覺得對他親哥哥來說，他只是一隻陌生貓兒。

灰翅垂著尾巴，走回長草叢。

龜尾正在等他。「讓他自己靜一靜吧，」她低聲道，尾巴掃過灰翅的腰側。「一切都會雨過天晴。」

灰翅希望她說的是真的。

✦✦✦

接下來那幾天，灰翅愈發相信與羊群的那次遭遇根本是在預告未來旅程將更為艱辛。雨一直沒停過，而天空那顆嚮導只是偶而從薄霧裡探出一兩次頭，蜻蜓點水地照一下那幾座尖銳的山峰。

要是看不見那條太陽之路，我們要怎麼找到新家園呢？灰翅心裡納悶。獵物越來越少，小動物和鳥兒都去避雨了。鷹衝雖然復元得很快，可是當貓兒們穿越兩片草地中間的屏障時，高影有隻腳掌不小心刮到那發亮又尖銳的藤狀物。

「我沒事。」儘管她跛得很厲害，嘴裡還是這樣嘟囔。

斑皮和雲點到處尋找藥草，可是斑皮總對找到的藥草有些疑慮。「我可不想胡亂拿藥草給我同伴吃，害他們傷勢加劇。」她喵聲道。「這裡有很多植物我都沒見過。」

日子一天天過去，就連鋸峰都活力不再，灰翅其實能夠理解。畢竟鋸峰是隊伍裡年紀最輕、個子最小、腿又最短的貓兒，卻得努力趕上大夥兒的腳步。

「我受夠這場雨了。」他穿過溼淋淋的草地，身上都沾溼了，嘴裡不停嘟囔。「而且我餓了！」

「等我們到了目的地，就會找到獵物了。」落羽安慰他。

「我們根本不知道我們要去哪裡。」鋸峰發牢騷。

「那麼也許當初你應該待在老家才對。」清天不客氣地說道。

鋸峰聽見他哥哥的責罵，嚇得縮起身子，那模樣看得灰翅好心疼。「大家脾氣都不好。」他對鋸峰低聲說道，身子輕輕刷過他腰側，要他別想太多。

眼前隱約出現大片林地，他們走進樹林裡時，鋸峰嘴裡仍在嘟囔。他跟灰翅落在隊伍後面，耳朵和尾巴不停抽動，甚至停下腳步，環顧四周。

「你是在坐立不安什麼啊？」灰翅被他搞得有點毛。

「我覺得我們被監視了。」鋸峰回答道。

灰翅忍住想申斥他的衝動。「可能只是一隻不想被我們逮住的獵物。」他猜測道。

鋸峰彈彈尾巴，沒有吭氣，可是走了幾步之後，又停下來。「那是什麼？」他問道，耳朵微微發抖。

「只是一根小樹枝掉了下來！」灰翅回答道，同時惱怒地彈彈尾巴。「快走吧，我們落後好遠。」

鋸峰還是站著不動，四條腿長了根似的。他眯起眼睛，表情不從。「我們被跟蹤了。」

「沒有，我們沒有被跟蹤！」灰翅環顧四周，決定要證明他弟弟錯了。「哦嗚……」他突然覺得自己有點蠢，因為真的有隻長腿的棕灰色虎斑貓從他們剛剛經過的蕨叢裡走出來。

「我就說吧！」鋸峰沒好氣地回答。

灰翅和那隻陌生貓兒互瞪了好一會兒。

「你不住在這裡，對吧？」來者終於開口。

「對啊，」鋸峰接下他的話，上前一步，瞪大眼睛，打量對方。「我們從很遠的地方來的！從山裡來的！」

那隻陌生貓兒一臉驚訝。「你意思是高岩山？」他朝部落貓要去的尖頂山峰的方向點頭示意，只不過此刻在林子裡看不到它們。

「不是，」灰翅回答。「我們……」

他的話被清天帶隊過來的貓兒們打斷。「怎麼回事啊？」清天問道。

「哇！這麼多貓啊！」陌生貓兒喵聲道，不過他似乎並不擔心對方的數量。

「我們只是在旅行，從這裡經過而已。」蔭苔告訴他。

「哦，」陌生貓兒回應道。「我還以為你們是住在高岩山另一頭的貓兒呢。」

「他是指前面那些尖頂的石頭山。」灰翅解釋道。

「那裡已經有貓兒住了嗎？」雲點擠到前面問道。

「我只是聽說而已，」陌生貓兒說道，「我自己倒是從沒去過那麼遠的地方。我聽說過他們很兇狠。」

「他們是……『惡棍貓』嗎？」灰翅想起兩腳獸巢穴的寵物貓曾提過這幾個字，於是這樣問道。

陌生貓兒覺得好笑，哼了一聲。「那些弱不禁風的笨蛋寵物貓都叫我們『惡棍貓』。」他的目光好奇地來回打量他們，接著又說：「你們來這裡做什麼？那隻小貓說你們來自很遠的地方。」

「我們需要找到一個新的家園。」蔭苔簡單說道，但又很不信任地看著對方。

虎斑公貓垂下頭，沒再多問。「那麼，就祝你們好運吧！」說完便鑽進蕨葉叢裡。

「所以那些尖頂的石頭山附近還住著另一群貓？」寒鴉哭興奮地說道。

「那叫高岩山啦！」鋸峰糾正道。

落羽冷哼一聲。「又沒那麼高！」

「我想要是有其他貓兒住在那附近，也算是個好兆頭。」雨掃花若有所思地說道。「我的意思是像我們這樣的貓兒，不是寵物貓。」

「是啊，這表示那裡有足夠的空間和獵物。」斑皮附和道。「而且不會再被兩腳獸或者怪獸或狗騷擾。」

「也許吧。」清天看起來不太相信。「不過我們得先找到屬於我們自己的地方，那裡有我們需要吃的獵物。」

蔭苔點點頭。「要是其他貓兒很有敵意呢？」

「我們剛遇見的那隻貓就沒有敵意啊。」龜尾直言道。

清天冷哼一聲。「那是因為他知道自己寡不敵眾。」

龜尾聳聳肩。

雖然蔭苔和清天仍有存疑，但其他貓兒在穿過林子時的心情顯然好多了。儘管雨還在下，但至少有枝葉可以擋雨。

灰翅眼角餘光掃到動靜，一轉身，看見一隻松鼠在附近一棵樹幹上，已經爬一半的高度。清天離牠比較近，這時突然走過去，縱身一躍，又跳回來，松鼠已經在他爪間。

「這一招太厲害了！」寒鴉哭喝采道。

既然都停下來了，蔭苔索性建議大家休息和狩獵。月影和碎冰立刻消失在林子裡。

「別走太遠！」蔭苔朝他們喊道。「別惹麻煩哦！」

灰翅張嘴嗅聞空氣，聞到老鼠的味道。他想跟蹤上去，但發現很難，因為每個岔路都有各種味道，最後在蕨葉叢那裡失去線索。

在看不到獵物的情況下，我要抓到牠呢？

這時候斑皮正歪著頭專注聽著某種聲音，往前走了好幾步，她突然喵聲道：「你看我找到了什麼。」

灰翅快步過去，發現布滿青苔的石堆間有泉水汩汩流出，形成小水池，再淌成一條淺淺的溪水從這裡流進林子。

斑皮蹲在水邊，伸舌舔舔嘴巴。「有魚！」

落羽在旁邊看著斑皮把腳伸進溪裡，撈了一條小魚上岸。過了一會兒，又撈了一條，而且比較大。

落羽發出讚嘆的喵嗚聲。「妳說過妳要教我怎麼抓魚，我現在可以試試看嗎？」

「當然可以，」斑皮回答道。「來，坐在這裡。妳的影子絕對不能映在水面上，那會把魚嚇走。當妳看見有魚的時候，撈的速度一定要快。」

「好，我試試。」落羽專注地凝視水面，可是當她把腳爪伸進水裡時，只撈出四濺的水花。「兔腦袋！」她嘟囔道。「看妳撈魚，覺得好簡單哦。」

雨掃花緩步走過來看。「好吧，」她沉吟了一會兒。「木製窩穴那件事我或許錯了，但你們不覺得這裡也許是我們可以定居的地方嗎？」

還在懊惱追丟老鼠的灰翅，希望她這次還是弄錯了。置身林子裡的他總有種被困住的感覺……空氣彷彿濃濁到無法大口呼吸。他渴望找到像以前老家的那種開闊空間。

「不行，」蔭苔對他女兒說。「我們必須爬到高岩山的頂端，那裡才是太陽之路的終點，是尖石巫師所承諾的地方。在我們決定定居何處之前，必須先到那裡去。」

雨掃花點點頭，接受她父親的說法，灰翅這才鬆了一大口氣。

月影和碎冰都帶了獵物回來。灰翅吃完他的份之後，便躺在岩石上看斑皮幫落羽上另一堂撈魚課。兩隻母貓顯然玩得很開心。哪怕落羽因彎腰過頭，跌進溪裡，濺起好大的水花，渾身發抖地從水裡爬出來，也仍是一臉興味。

「在水裡當一條魚比抓魚容易多了。」從水裡爬出來的她氣極敗壞地說道，同時甩掉身上的水，晶亮的水珠飛濺空中。

「小心點！」快水沒好氣地說道，趕緊跳開。「謝謝妳哦，還是有些貓兒不想變成魚。」

灰翅盯著這群母貓看，突然感覺腳下地面正在震動，空氣裡瞬間充斥著吠叫聲。

「有狗！」他放聲大喊。

蔭苔立刻跳起來。「走這裡！」他立刻下令。

三條狗從矮木叢裡衝出來，牠們體型不一，顏色各異。愣在原地的灰翅聞到牠們口臭，感覺得到牠們散發出來的體熱。

「來吧！」龜尾衝向他，把他往前推。「快走！」

驚惶失措的貓兒們在矮木叢間倉皇逃竄。他們衝出林子，奔馳而過開闊的草地。灰翅回頭瞥看，發現三條狗緊追不捨，長腿大步前奔。

牠們就要追上我們了！

前方是一道尖銳發亮的屏障，上頭布滿尖刺。

「不要走那邊！」蔭苔大叫，隨即轉向繞過狗兒，衝向排成直線狀的灌木叢，尋找那裡的掩護。

貓兒們跑得飛快。灰翅的毛髮被迎面撲來的風吹得服貼身上，地上的草葉不斷搔刮他肚上的毛。落羽落在最後面，灰翅折回去推她一把，把她往灌木叢的方向帶。他冒險偷瞄了旁邊一眼，發現清天也在幫忙鋸峰。

灌木叢就在前方，多刺、幽黑、又濃密扎實。灰翅看不到什麼縫隙可以鑽，不過沒時間猶豫了。他帶著落羽一頭衝進去，拼命撥開濃密的枝葉，毛髮被尖刺勾纏扯落。他閉上眼睛，深怕被刺到。

正當他奮力地從另一頭鑽出來時，怪獸的怒吼聲竟如雷貫耳轟地傳來，他的臉被怪獸的圓形黑爪所捲起的狂風撲打正著。他眨眨眼睛，試圖看清楚自己身在何處。其他貓兒這時也正從附近灌木叢裡紛紛鑽出。

「等一下！」灰翅放聲大喊。

但來不及了，蔭苔衝出灌木叢，越過轟雷路旁狹長的草地，直接跳上怪獸隆隆奔來的路面。灰翅聽見可怕的撞擊聲，蔭苔的身子就飛出去了。

怪獸繼續咆哮，揚長而去，什麼也沒留下，只剩下可怕的寂靜。

第十二章

灰翅幾乎嚇呆了，但他還是衝到前面攔阻其他貓兒跑上轟雷路。「蔭苔受傷了！」他大吼道，擋住剛鑽出灌木叢的高影，又衝去攔截正從荊棘叢裡擠出來的寒鴉哭。

高影先迅速查看轟雷路上的兩邊動靜，隨即衝了上去，一把叼起蔭苔頸背，把他拖回長草叢裡。灰翅忙著阻擋從灌木叢裡鑽出來的每隻貓兒，把他們往隊長的屍首處推。怪獸們在他身後不斷咆哮而過，他的視線漸漸模糊，耳裡充斥的盡是怪獸的怒吼聲，震耳欲聾到他耳朵都痛了起來。

清天是最後一隻鑽出灌木叢的貓，他推著鋸鋒走出來，一看到蔭苔的屍首，立時瞪大眼睛，鋸峰頓時哭了出來。他們跟著灰翅來到被撞得不成型的屍首旁邊。

雲點正在彎身查探，伸出一隻腳爪輕輕戳他。過了一會兒，才抬起頭來大聲宣布：「他死了。」

「不！」雨掃花在她父親旁邊癱了下來，鼻口埋進他的毛髮。

其他貓兒都驚恐地倒抽口氣，不敢相信。灰翅上前一步，鼻口擱在蔭苔頭上。他的體溫還是熱的，毛髮凌亂、沾滿塵土。鼻孔和嘴巴有鮮血汩汩流出，除此之外，看起來就像睡著了一樣。

灰翅悲痛至極。蔭苔帶我們走了這麼遠的路，怎麼可以現在撒手不管？

清天默然地走向雨掃花，輕輕推她。「走吧，」他低聲道。「此處不能久留，這裡不安全。」

雨掃花抬眼看他，悲痛的藍色眼睛射出怒火。「我不能把他丟在這裡留給怪獸。」她尖聲道。

「這也是沒辦法的……」清天開口道。

碎冰立刻打斷他。「雨掃花說得沒錯。我們不能把蔭苔丟在這裡。我們可以把他扛到轟雷路對面。」

灰翅看了一眼他們剛剛鑽出來的灌木叢，即便現在都還聞得到狗的氣味。所以根本不可能走回頭路。

碎冰、斑皮和月影走上前來，扛起蔭苔的屍首。灰翅也上前幫忙。清天則負責盯看有無怪獸的蹤影。連串的怒吼聲過後，終於有了空檔，他們趕緊上路，越過黑色路面，所有貓兒都緊張地簇擁隊長的屍首前進。灰翅眼見蔭苔的尾巴無力地拖在地上，難過到不能自己。

我可憐的夥伴……

灰翅和其他貓兒合力將蔭苔扛到濃密的草地上，擱在一排灌木叢底下。

「這裡沒有石頭。」雨掃花的聲音顫抖。「我們沒辦法像山裡老家那樣埋葬他了。」

斑皮用鼻頭輕觸雨掃花的耳朵。「我們可以用灌木的枝條和柔軟的青草幫他覆蓋，他會很舒服的。」

雨掃花遲疑了一下，終於點頭。她和斑皮待在她父親旁邊，其他貓兒則各自分散去找材料。

灰翅注意到清天獨自走開，肢體僵硬，兩眼失神。**他一定是在想亮川**，灰翅揣測道，不管她最後死在哪裡，她的屍首都沒有石頭或枝條可以覆蓋。他好想跟他哥哥說對不起，但那幾個字一如往常地梗在喉嚨裡吐不出來。

灰翅從一株灌木那裡收集了小樹枝和大片葉子，拿到蔭苔的屍首處。正當他要蓋上去時，雨掃花伸出尾巴攔住他。

「等一下，」她喵聲道。「我可以再多陪他一會兒嗎？」

貓兒們一回來，就先把成堆的枝條和葉子擱在旁邊，圍著蔭苔的屍首坐下來。

「再會了，」雨掃花低聲道。「你是最棒的父親，別的貓兒都沒有我那麼幸運。我永遠不會忘記你。」

「你是最稱職的隊長，」高影補充道，同時朝雨掃花笨拙地低下頭。「在你的帶領下，我們才能走出山裡。」

她說完之後，其他貓兒也都跟著追憶過去種種。

「是你教會我如何追蹤獵物。」

「每當有貓兒想放棄的時候，只有你始終不放棄。」

「你對這趟旅程充滿了信心，也幫我們建立了信心。」

灰翅伸長脖子，用鼻頭輕觸蔭苔的頭顱。「謝謝你的勇氣，」他喵聲道。「我們會繼續這趟旅程，並且永遠懷念你。」

「也永遠懷念亮川。」清天突然插嘴，藍色眼睛充滿憂傷。

龜尾點點頭。「我們也很想念亮川。」她低聲道。「她強壯、有自信、又溫柔。」

「她本來可以生下你的小貓，當個稱職的貓媽媽。」斑皮補了一句。

鋸峰什麼話也沒說，只是緊挨著清天。

夜色來臨，貓兒們還是圍坐蔭苔四周。淺白的曙光驅走星群，雨掃花在她父親身上放了第一根枝條，其他貓兒也依序照做，默默地幫他覆蓋身子，然後才在雨掃花的率隊下，朝天光亮起處啟程離去。

雖然憂傷籠罩著貓兒們，但他們全都強忍住，就連鋸峰也不再抱怨。高影雖然還是跛著腳走，但臉上表情完全看不出來她在忍痛。

太陽之路引領著他們又越過好幾處草地，再度穿過兩腳獸窩穴的聚落，那裡的狗吠聲令他們膽顫心驚，不過憂傷顯然更甚於恐懼……他們只是慌亂跑到木牆處，翻牆過去，來到一片很空曠的地方。

灰翅四處張望，這才發現他們已經走到兩腳獸巢穴的盡頭。蒼穹下就是嶙峋的高岩山，當他看見那些尖頂狀的山峰已如此之近時，不禁滿心期待到腳爪微微刺痛。

貓兒們攀爬而過粗糙的高地草坡，直抵一片松樹林。

「這地方也許很適合狩獵。」月影提議道，但語氣不是那麼熱衷。

斑皮搖搖頭。「我不餓。」

其他貓兒也都低語附和，然後就在林子裡趴下來休息。

「蔭苔都不在了，還有必要繼續前進嗎？」龜尾在灰翅旁邊坐下來，開口問道。「我們是不是應該放棄，直接回老家好了？」

灰翅很驚訝自己對這說法竟如此反感。「不行！」他反駁道。「我們都走了這麼遠了，如果現在就打退堂鼓，對亮川和蔭苔未免太不公平。」

蹲在旁邊的鷹衝轉頭厲聲說道：「你還記得嗎？當初你根本不願意來！」

灰翅強迫自己冷靜下來。「也許我當初不願意來，可是我已經來了，而且也跟你們一樣走了這麼遠的路了，所以那裡也會是我的新家園！」

夕陽霞光漫過整片大地，在松樹林那裡投下長長的黑影。貓兒們都在林子裡安頓下來準備過夜，他們在樹幹下方柔軟的針狀落葉上蜷伏而臥。

灰翅夢見自己躺在以前山洞的睡坑裡，有哭嚎聲正漸漸穿透隆隆的瀑布水聲。

「蔭苔！蔭苔！」

灰翅突然驚醒。離他兩三條尾巴之外的雨掃花正在睡夢中猛力揮打四肢，哭喊她父親的名字。

灰翅於心不忍，於是爬了起來，快步走到雨掃花旁邊坐下來，用尾巴輕輕撫摸她。她的哭喊漸成啜泣嗚咽，最後終於止住。他陪著她，心宛若載滿雨水的烏雲那般沉重。隔著松樹的枝葉，他看見月亮已趨近滿月。

我們已經旅行了快一個月，到底什麼時候才能結束？

夜裡開始起風，頭上樹枝咯咯作響。貓兒們一個個被枝葉的窸窣作響聲和寒冷的空氣喚醒。「此刻的月光和星光都夠亮，」高影打個呵欠說道。「所以我們何不趁現在就上路？」

大家都同意，於是啟程緩步穿過松樹林，走進被強風吹平的粗糙草地。這裡是比較陡峭的上坡地，可以通往夜空下顯得幢幢黑影的高岩山。

灰翅停下腳步，深吸一口冷空氣，心裡隱然燃起一股希望。這裡感覺有點像老家。他回頭瞥了一眼，只見第一道淺淡的曙光正慢慢點亮身後的風景。地平線上幽暗的黑影起伏綿亙。

那裡是我們在山裡的老家！哇！我們已經走了這麼遠了！

「我真不敢相信！」他旁邊的寒鴉哭回應他的想法。「我從來沒想過世界竟然這麼大！」

地面越來越陡峭，粗糙的草坡冒出壘壘岩石。貓兒們身手從容地跳躍其中。

「怎麼變得比以前難跳啊?!」雲點得意地說道。「大概是這一路上我吃得太好了，體重變重了。」

地上植物漸漸稀疏，貓兒們之間的距離開始拉開，最後他們發現腳下已經變成岩地。灰翅又往上爬了幾條尾巴的距離，終於站在尖頂狀的岩石上，心裡好生得意。

「我們成功了！」龜尾也爬了上來，大聲喊道。

這裡的山頂比老家那裡矮多了，而且比較窄小。不過灰翅還是很開心這兩者之間的某種神似。他看得出來其他貓兒的心情也都好了起來，即便是雨掃花。

他們站在那裡遠眺，太陽這時正從遠方地平線上探出頭來，金色陽光漫過山下風景，溫暖的光芒直射他們腳下。

我們已經抵達太陽之路的終點了！

他低頭俯看陽光普照的大地，只見空曠的草原被幾座有利避難的林地分隔開來。一條河流蜿蜒其中，陽光閃閃發亮地映照水面。

「那裡是其他『惡棍貓』住的地方嗎？」他大聲問道。「看起來很適合貓兒居住。」

「我想那裡應該就是我們的新家園了。」斑皮喃喃說道。

「是啊！」落羽推推她。「還有一條河可以讓妳抓魚，也讓我跌進水裡！」

「那裡還有林子，」清天補充道。「所以會有很多獵物。」

灰翅希望他哥哥的意思不是要住在林子裡。**我寧願待在我可以呼吸到新鮮空氣的空曠地方。**

儘管大家都對未來的家園感到樂觀，但還是被一股淡淡的憂傷籠罩。**要是亮川和蔭苔都還在就好了**，灰翅心想道。

高影喵聲道：「來吧，我們去探索一下！」說完便從最高的崖上一躍而下，哪怕那隻受傷的腳掌仍有點跛。

「等我們到了那裡，我立刻去找藥草幫妳療傷。」斑皮大聲說道。

高影帶隊走下山坡。「鋸峰！」她喝斥衝到她前面的小貓。「你給我乖乖地回到後面！你根本不知道前面有什麼危險等著我們。」

鋸峰只好原地等待其他貓兒趕上來，這才走在灰翅旁邊，他貼平耳朵，一副剛被教訓過的委屈模樣。

他們蜿蜒走在壘壘的大岩石間，視線不時被岩石擋住。等他們來到比較開闊的坡地時，寒鴉哭突然發出驚訝的喵聲。「你們看那裡！」他大聲喊道。

灰翅轉頭看見山裡有個大洞，看上去就像一張長著很多尖牙的大嘴。

寒鴉哭腳步輕盈地跳上去，往內窺看，大聲喵嗚，傾聽迴音。「哇，裡面很深欸！」

高影快步跟過來，也在入口張望。「我們不是兔子，」她不屑地說道。「不用住在地底下，走吧。」

他們繼續下山，斑皮這時追上高影，走到她旁邊。「妳真的不應該過度使用那隻傷腳。」她低聲說道。

高影點點頭。「好啦，等我們到了森林邊緣的那片高地再說吧。」

小石子路漸被粗糙的草地取代，地上的草葉越來越柔軟，最後草地被分割圈圍成好幾塊，裡頭不時見到羊隻。貓兒們現在已經很熟悉這種動物了，所以不再大驚小怪，但還是沿著草地邊緣的灌木叢走，隨時提防狗兒或怪獸的來襲。

「又是兩腳獸巢穴。」雲點指出，因為又有好多座紅岩窩穴躍入眼簾。

「我聞得到狗的味道。」月影大聲說道，嫌惡地皺起鼻子。

「不要走近牠們就行了。」高影回答道，帶隊繞了一大圈。

灰翅看著前面這片通往高地的上坡路，剎時覺得腿好酸，腳好痛，真想休息一下。**我受夠旅行了，就算這裡不是我們的新家園，也該先待上幾天，等大家的傷都好了，肚子也都填飽了，再做打算吧。**

就在離高地僅剩寸毫距離時，熟悉的怒吼聲猛地灌進灰翅耳裡。

「哦，不！」快水大聲說道。「又是轟雷路！」

貓兒們小心前進，鑽進一排稀疏的灌木叢，然後在高影的喝令下，停在轟雷路的路邊。灰翅驚恐地看著怪物從兩個方向來回奔馳，一路怒吼，發出類似貓頭鷹的長鳴聲，但也遠比他所聽到的任何貓頭鷹叫聲還要響亮。**這條轟雷路比以前看過的轟雷路都來得大條，我們要怎麼過啊？**

他看了夥伴們一眼，發現他們大多在發抖，蔭苔的死對他們來說仍記憶猶新。

「我不想過去。」落羽嗚咽道，她蹲伏下來，鼻子擱在腳爪上。

「我們可不可以待在這一頭就好了？」鷹衝問道。「我們可以回到高岩山啊？那裡有很大的空間。」

「是可以，但那裡沒有獵物。」清天直言道。「我們需要林子、灌木和長草叢，才能養活自己。」

「那你們過去好了，我不過去了。」落羽頑固地說道。

碎冰朝她走來，將尾巴擱在她背上。「我們已經走了這麼遠了，」他溫柔地告訴她。「怎麼可能在此刻棄任何一隻貓於不顧？我向妳保證，我一定會好好照顧妳。」

落羽渾身發抖地站起來。

灰翅注意到龜尾看起來也嚇壞了，於是身子輕挨著她。「不會有事的。」他低聲。

龜尾貼平耳朵。「蔭苔才被撞死沒多久。」

灰翅點點頭。「我知道，但太陽之路引領我們來到這裡。如今只剩下一個障礙要跨過而已。」

貓兒們渾身發抖地齊聚轟雷路旁。黑色路面在他們眼前開展，路的另一頭似乎離他們很遙遠。灰翅看著他哥哥，心裡暗自佩服清天的膽識，只見他冒險趨近路面，朝兩邊掃視，這時怪獸突然呼嘯而過，他及時跳了回來。

「好了，」碎冰喵聲道。「我們分開行動。清天，你帶第一批過去，然後到對面幫我們看另一個來向的怪獸動靜。快水、高影、雲點和寒鴉哭，你們跟他一起去。」被點名的貓兒們集合就位，他繼續說道：「雨掃花、斑皮、龜尾和落羽，你們跟我一起走。至於灰翅，你負責最後一批隊伍，隊員包括鋸峰、鷹衝和月影。」

灰翅點頭答應，做好準備。

碎冰擬好計畫之後，所有貓兒都強打起精神。清天帶著他的隊伍走到轟雷路邊，等待一頭藍得發亮的怪獸通過。怒吼聲漸漸消失，歸於平靜。

「好，出發！」清天大吼一聲。

隊員們一躍而上，衝過轟雷路，腳爪在路面上飛掠。清天跟在高影旁邊，確保她不會落後。他們才剛抵達，瞬間就有另一頭怪獸轟隆隆奔過，灰翅立時看不見長草叢裡的他們。

「還不賴嘛。」碎冰大聲說道，同時彈動尾巴召集隊員到路邊集合。

他們等了很久，才在不斷來回奔馳的怪獸當中找到空檔。轟雷路對面的清天又出現了，他揮動尾巴朝他示意。

「好了，現在過來！」他喊道。

貓兒們跳上轟雷路，不料清天竟又放聲大喊：「快退回去！」

貓兒們驚聲尖叫，趕緊回頭。碎冰一把叼住落羽的頸背拖了回去，前腳才剛離開路面，一頭亮紅色的怪獸不知打哪兒冒出來地瞬間呼嘯而過。

「你去吃屎吧！」龜尾在牠背後咒罵，似乎忘了她剛剛有多緊張害怕。

碎冰和他的隊員們重新在路旁等候，才剛僥倖脫險的他們更是小心翼翼了。不過這次路面很快淨空，當他們跑過轟雷路，竟然一頭怪獸也沒有。

灰翅揮動尾巴集合隊員。他忍住不停顫抖的四條腿，要鋸峰、月影和鷹衝在轟雷路邊排好位置，再把耳朵貼向路面，但感覺不到地面的震動。

「好……我們衝！」

他跳上轟雷路，隊員們跟著他衝上來。但就在抵達中線的時候，突然聽見怪獸接近的聲響，聲音快速擴大，最後充斥整個世界。

「跑快一點！」灰翅放聲大喊。

他快要抵達時，清天突然跳出草地，從他旁邊奔過去，衝向轟雷路中央。灰翅慌張煞住腳步，回頭瞥見鋸峰竟嚇得動也不動地蹲在怪獸的必經之路上，清天從頸背處一把叼起他，跨大步伐跳回路邊，及時躲過吼聲如雷貫耳的怪獸來襲。

「你怎麼這麼笨啊！」清天大吼，扔下鋸峰，怒瞪著他。「從現在起，再也不准停在路中央！」

鋸峰在草叢裡瑟縮，彷彿這樣便能躲開他哥哥的怒氣。「對……對不起。」他結結巴巴。

「我也有錯，」灰翅喵聲道。「我應該發現到他沒跟上來。」

他哥哥還沒來得及開口，快水就擠到前面。「清天，你冷靜點，」她厲聲道。「遇到這種事情，我們誰不害怕呢？」說完便朝鋸峰彎下腰去，很快地舔舔他的頭，低聲對他說：「來吧，我陪你走一會兒。」

鋸峰奮力爬起來，感激地看了快水一眼。

每隻貓兒都在發抖，全身毛髮髒亂。他們蹣跚爬上前方的草坡。如今亢奮的情緒不再，連勇氣也幾乎磨損殆盡。

這片上坡地可以通往遼闊的高地，坡地上是鬆軟的野草和金雀花叢。灰翅總算全身鬆懈地浸淫在廣袤的天空下。微風徐來，風裡有兔子的氣味。

我可以住在這裡一輩子。

夜色快要降臨，他們來到一處淺坑，四周有金雀花叢和岩塊作為屏障，坑底積了一池泥水。

「我們暫時待在這裡，」高影說道。「可以休息一下，在附近稍事探索，再決定這裡是不是就是尖石巫師要我們來的地方」。

在坑地裡待了兩天的他們，只出外抓過兔子，清天是第一個帶隊出去探索的貓兒，斑皮、落羽和月影跟他一起去。

「我們一直走到河那邊，」回來後，清天跟大家報告。「那裡有很大的瀑布，水聲如雷貫耳，往下沖進峽谷。」

「不過瀑布後面沒有山洞。」落羽懊惱地說道。

第二天，灰翅帶著雲點、雨掃花、鋸峰和龜尾出發探險。天空蔚藍，陽光普照，只有幾片雲彩掛在天邊。微風從森林那邊徐徐吹來，風裡有新鮮植物正在生長的氣味。

「感覺好棒哦！」龜尾嘆口氣，停下來弓起背，伸個大懶腰。

「沒有下雨，沒有轟雷路，還有很多很多獵物。」雨掃花附和道。「這裡的條件好到再也別無所求了。」

「我們得先熟悉這裡，」灰翅警告她。「搞不好會遇到什麼危險。」

他們徒步越過高地，來到坡勢陡峭的下坡地。灰翅瞄見前方有一大簇綠葉在風中窸窣作響。一開始他不確定那是什麼，後來才知道那是坡底下幾棵樹的樹冠。

「我們下去看看！」鋸峰興奮地說道，同時往前一躍。

灰翅連忙用尾巴勾住小貓的頸子，將他拖了回來。「好啊，我們是要下去看看，」他厲聲說道。「不過你得跟著我們，別像隻發瘋的雪兔一樣到處亂竄！」

鋸峰點點頭，乖乖跟在灰翅後面，爪子不耐地縮張。

高地草原不再，出現的是蕨葉和矮樹叢。灰翅擠到隊伍前面停下腳步，驚嘆出聲。眼前地面陷落成一個巨大的圓形凹地，四周環繞著蕨葉叢和灌木叢，底部有四棵巍峨的橡樹，朝天空開枝散葉。

「哇！」雲點在灰翅後面倒抽口氣。

鋸峰興奮尖叫。「我們為什麼不住在這裡？」

灰翅冷靜看他一眼，沒有回答。他帶路往坡下走，豎直耳朵，提防可能的危險。他開始覺得又有種被困住的感覺。頭上的拱狀枝葉密集交織，只能隱約看見斑駁的天空。

四喬木的正中央矗立著一座鋸齒狀的巨岩，高度離地面有數條尾巴之距。鋸峰繃緊肌肉，想跳上岩頂，但太高了，跳不上去。他掉了下來，爪子劃過岩面。

「要是清天，一定跳得上去！」他喵聲道，懊惱地彈彈尾巴。

「沒錯，可是他為什麼要跳上去？」灰翅直言道。為了不想跟鋸峰多做爭辯，他又說道：「我們先停留一會兒，在這裡狩獵。有這麼多矮樹叢，應該會有很多獵物。」

鋸峰立刻衝上前去。

「待在凹地裡哦！」灰翅在後面喊道。

隊員們各自散開，而且果真如灰翅所料獵物眾多，沒多久，大夥兒便齊聚岩石下方進食。就在他吞了幾口老鼠肉時，突然聽見凹地邊緣的灌木叢裡傳來窸窣聲響。他嗅聞空氣，發現是貓的味道。

「是惡棍貓。」龜尾低聲道。

灰翅緊盯枝葉的動靜，忽然瞥見薑黃色身影。陌生貓兒正往凹地上方走去。這時更多聲響出現。一張黑白色的臉探出蕨葉叢。

「不只一隻！」鋸峰跳起來，伸出爪子。「我們應該跟他們決戰，趕走他們。」

雲點走過來擋住小貓，免得他衝上去。「你是腦袋裡長跳蚤嗎？」他嘶聲道。「為什麼要找他們打架?他們又沒妨礙我們。」

「可是他們……」鋸峰正要反駁。

「雲點說得沒錯，」灰翅喵聲道，不免想起他在兩腳獸巢穴遭逢到那兩隻不好惹的寵物貓。「我們並不擅長打鬥，在我們正面迎戰來者不善的貓兒之前，得先對這地方有更清楚的認識。」

「目前看來，他們也許很友善。」雨掃花補充道。

鋸峰態度存疑地哼了一聲，不過沒再多說什麼。灰翅小心翼翼地看了蕨葉叢裡的那隻貓兒一眼。他不知道這些貓會不會找他們麻煩，但為了以防萬一，他會睜大眼睛、豎直耳朵，隨時提防。

✦✦✦

兩天過後，灰翅獨自在高地狩獵。明亮溫暖的天氣漸被寒意取代，天空布滿雲層，風裡夾帶著毛毛雨。

灰翅掃視高地，尋找可能動靜。他瞄見一隻兔子奔過坡頂，立時亢奮到腳掌微微刺癢。他往前一躍，兔子嚇得驚聲尖叫，往旁邊竄逃，草地上的灰翅立刻改向，伸長腳爪，奮力前奔，盡量加快速度。

就在快追上時，突然有個東西朝他腰腹一撞，他的腳立刻滑了出去，四腳朝天。被嚇到魂飛一半的灰翅蹣跚爬了起來，看見一隻精瘦的棕色母貓正用一雙黃色眼睛怒瞪著他，後面還有一隻很瘦的灰色公貓正從地上爬起來，甩著身上的草屑。兔子的氣味快速消散，灰翅知道獵物已逃之夭夭。

他憤怒地甩著尾巴。「你害我追丟我的兔子了！」

「你的兔子？」灰色公貓上前一步，站在母貓旁邊。「風兒，妳覺得為什麼這隻臭貓認為那是他的兔子？」

「我怎麼知道？金雀花。」叫做風兒的母貓回答道，頸毛豎得筆直。「你知道嗎？

我們見過你們。」她對著灰翅嘶聲道。「你們老在這裡閒晃，偷抓我們的獵物！」

「是啊，你們打哪兒來的？」金雀花語帶挑釁地問道。「希望你沒打算久留，因為……」

「我們想待多久，就待多久，」灰翅反駁道。「誰能抓到獵物，獵物就歸誰的，更何況這裡有這麼多獵物。」

風兒伸出爪子。「這裡輪不到你來發號施令。」

灰翅做好迎戰的準備，但風兒或金雀花還沒來得及出手，一個冷冷的聲音便在灰翅身後響起。「灰翅，遇到麻煩了嗎？」

灰翅回頭看見高影從覆滿青苔的大岩石後面走出來。她的腳傷已經好了，那模樣看起來不太好惹。她轉身面對來者不善的貓兒，綠色眼睛瞇成一條縫。鷹衝也在她後面現身，齜牙咧嘴，發出怒吼。

「我在追兔子的時候，他們撞倒我。」灰翅說明原委。

「我們撞倒你？」風兒嫌惡地冷哼一聲。「是你直接朝我們衝過來的。大白天裡，你的眼睛就跟地鼠一樣瞎。」

「我們不是來找你們吵架的，」高影喵聲道，不停縮張著爪子，「如果我是你們，我會摸摸鼻子離開。還是要我們動手，你們才離開？」

金雀花退後一步，風兒也識相地跟著後退。「別以為我們會饒過你們，」她離開時回嗆道。「這裡不歡迎你們！」

高影盯著惡棍貓離開，直到身影消失在起伏的山巒間，才帶著夥伴們回去坑地。還沒到家，天空就飄起毛毛雨，沾溼了毛髮。他們的腳一踩進草地，積水便湧了出來。

灰翅沮喪透頂。他是很高興高影和鷹衝在他們還沒開打前及時現身幫忙，但是……**我不應該那麼急著跟他們吵起來，我應該先跟金雀花和風兒好好說。為了留在這裡，我們真的需要打上一架嗎？**

當他們抵達坑地時，鷹衝把故事經過告訴其他貓兒。「高影命令他們離開，」她最後一句話很是得意。「她好有威嚴哦。」

但不是每隻貓兒都對這件事情很得意。「以後每次出去狩獵，是不是都會遭遇同樣情況？」龜尾問道。「我不想為了抓獵物而打上一架。」

「我也不想，」雨掃花附和道。「也許我們不應該住在這裡。」

雲點點點頭。「假如高影和鷹衝沒有出現，灰翅可能已經嚴重受傷了。」

寒鴉哭和斑皮互看一眼。「萬一情況不能再壞下去，我們還是回山裡老家去吧。」寒鴉哭直言道。「獵物雖然少，但至少不必為了狩獵跟別的貓兒打架。」

✦
✦
✦

接下來那幾天，雨幾乎沒有停過。出外探索似乎不再那麼刺激有趣了，尤其現在又隨時可能遇上具有敵意的貓兒。灰翅和其他夥伴都蜷伏在金雀花叢底下避雨，除非餓了才出去抓兔子。

自從遇到風兒和金雀花之後，已經又過了四天，灰翅打了一個瞌睡，但睡的不是很好。乍醒時，看見月影從灌木叢間衝出來，後面拖著很沉重的東西。

「看我抓到什麼！」灰色公貓得意地說，同時將兩隻松鼠丟在高影避雨的岩石旁。

「你在哪裡抓的？」高影喵道。

「在林地。」其他貓上前圍看他的獵物，月影好不得意地說道。「很好抓哦。」

「你腦袋長跳蚤了嗎？」高影斥責道。「你不該單獨前往，從現在起，我們要集體狩獵。」

「是誰規定由妳當我們頭兒的？」月影質問道，尾尖懊惱地抽動著。

「老實說，是蔭苔，」高影回答道。「我從來沒主動要求過。」

蔭苔要求她繼任他的位子？灰翅有些懷疑。**可是他們以前常聚在一起聊天，而且我也不認為高影會撒謊。**

貓兒們之間的緊張氣氛正在升高，只是誰也不想質疑高影的權威。灰翅感到一股憂傷。**我們八成都想知道，要是蔭苔還在，這一切會不會改觀？**

他明白這地方並不如當初離開老家時或在越過轟雷路後剛抵達這裡時，所想像的那麼美好，但由於這雨下得又猛又急，因此，再啟程出發這件事，大家都興趣缺缺。

既然我們來到這裡了……那就盡力而為吧。

第十四章

貓兒們分食月影抓來的獵物。但灰翅感覺到清天心情似乎不太好，因為他始終沒有說話，只隨口謝過月影，咬了一兩口肉而已。

「你需要跟你哥哥談一談亮川的事。」龜尾在灰翅耳邊低語。「你不能老是逃避。」

「我考慮一下。」灰翅回答她，但一想到清天會對他發飆，就又打了退堂鼓。

那天稍晚，雨停了，天上的雲被風吹動，天空漸漸清澈。灰翅看見他哥哥獨自爬上坑地的邊坡。他猶豫了一下，心想，這機會千載難逢，於是起身跟上去。

清天朝高地盡頭跑去，那裡灰翅從沒去過。**他要去哪兒？**

過了一會兒，他才明白他哥哥正往河邊走去。灰翅從沒近距離地接觸過那條河，當他聽見如雷貫耳的水聲時，更是好奇心大起。

清天走到岸邊，那裡剛好是瀑布沖擊岩石，水花濺起宛若噴泉的地方。再遠處的河水湍急奔流於陡峭的岩壁間。最近一直下雨，瀑布的水聲更是如雷貫耳，水沫漫天。這裡的景觀和隆隆水聲在在令灰翅想起山裡的老家。

愣怔望著河水的灰翅，視線裡倏地失去清天的蹤影，後來才發現他哥哥走下了窄徑，通往水邊。灰翅跟上去，他小心踩踏，爪子緊緊抓住岩面，盡可能遠離峭壁，以免掉進河裡。

清天走得不慌不忙，灰翅很快就趕上。「你來這裡是因為這兒讓你想起老家的瀑布嗎？」他問道。

清天嚇了一跳，連忙轉身，不料腳爪在地上打滑，他驚聲尖叫，整個身子往崖邊滑出去。

灰翅顧不了自身安危，趕緊跳上前去，趕在清天墜谷前及時抓住他的頸背。有那麼一會兒功夫，清天整個身子就懸在半空，下面即是滾滾急流。他無助地胡亂揮打腳爪，只能靠灰翅死命抓住他，才沒掉下去。他抬起頭，那雙驚恐的眼睛直直看進灰翅的眼裡。

灰翅突然想起當初老鷹拖走亮川時，他也曾試著抓住她。「我不會讓你也死掉的。」他緊咬著牙，嘶聲說道。

清天那雙驚恐的目光閃過一絲不解。「什麼？」

灰翅使盡全力，硬是將他哥哥拖了上來，直到清天的腳爪終於在小徑上站穩。清天甩甩身子，藍色目光憤怒地瞟向灰翅。「你腦袋長跳蚤啊？」他吼道，頸毛豎得筆直。「幹嘛這樣跟蹤我？」

灰翅一想到剛剛差點就釀成悲劇，嚇得他到現在都還在發抖。「對不起。」他喃喃說道。

清天瞪著他看了好一會兒，毛髮才慢慢平順下來。「你剛才那句話什麼意思？你不會讓我也死掉？」他問道。

灰翅深吸一口氣，終於說出梗在他心裡將近一個月的話。「亮川的死，我一直沒有辦法原諒自己，我知道那是我的錯。我好希望死的是我，不是她。我真的很抱歉，可是我不知道要怎麼求你原諒我。」

清天瞪大眼睛，一臉訝異地看著灰翅。「她的死不是你的錯！」他哽咽開口。「那個行動是我策畫的。我根本不該讓她加入，去跟老鷹博鬥，尤其是她還懷著我們的孩子。是我害死了她！」

灰翅不可置信地看著清天，隨即上前一步，鼻口埋進他哥哥的肩毛裡。「也許這根本不是誰的錯，」他喃喃說道，聲音沙啞，帶著憂傷。「只是場可怕的意外。我們兩個不能這樣一輩子都活在愧疚裡。亮川不會想看見我們這個樣子。她太愛你了，她捨不得你難過。」

灰翅不確定自己的這番話說得得不得體，他已經活在愧疚裡很久了，但自從知道清天也在自我責怪時，突然覺得肩上沉重的壓力瞬間不見了。

我們還是會為亮川的死感到難過，也永遠忘不了她。可是我們的日子還是得過下去。「我們去下游一點的地方探險好嗎？」他提議。

清天點點頭。「好啊，走吧。」

這一次灰翅走在前面，沿著窄徑前行，再傍著急流前進。亮川的死仍然是他們心裡的痛，不過灰翅很欣慰他們之間的兄弟情總算多少恢復了。

他們繼續往下游走去。一開始水邊仍有明顯的小徑可循，可是路上矮木叢越來越多，兩隻貓兒最後簡直蹣跚難行。灰翅暗地裡咒罵，因為小樹枝和刺藤老是勾住他的毛。

矮木叢終於稀落，他們看見河面露出高大的裸岩堆，河道被一分為二。灰翅瞄見水面上有幾塊踏腳石。

「我們過去看看！」清天大聲說道，不待灰翅回答，便動作利索地跳過幾塊踏腳石，抵達裸岩堆。「來吧，不難走。」他回頭朝灰翅喊道。

灰翅不懂為什麼要過河去裸岩堆那裡，不過他聽得出來他哥哥語氣裡帶著一絲挑戰的意味。他逐一跳過那些踏腳石，動作比清天來得小心。踏腳石表面並不平坦，而且潮溼溜滑。灰翅不免想像萬一自己不小心滑了一跤，一定會被洶湧的急流捲走。

「你走得真慢，」灰翅抵達時，清天這樣說道。他親暱地拿頭頂他。「我們爬上去吧。」

清天用力一蹬，跳了上去，灰翅跟在後面，終於爬上岩頂。岩頂由多塊平坦的岩面組成，岩間縫隙很深。

灰翅小心地張望四周。「這附近有很多貓兒的氣味。」

「我一點也不驚訝，」清天回答道。「這裡一定很適合晒太陽，所以岩縫裡必定有很多獵物。」

「沒錯。」一個冰冷的聲音自他們身後嘶聲響起。

灰翅和清天趕緊跳起來，轉身張望，只見一隻陌生母貓站在離他們兩條尾巴之遠的岩面上。她全身墨黑，只有一隻腳爪是白的，肩膀上還有一個白點。她瞇起綠色眼睛，頗有敵意地瞪著他們。

「哈囉。」灰翅喵聲道，試圖友善。

黑色母貓不領情。「滾開我的地盤。」她吼道，爪子伸了出來。

清天頸毛豎起。「誰說這是你的地盤？」

母貓耍狠地上前一步。「我早聽說過高地那兒來了入侵者。這裡不歡迎你們！」她旋身一轉，俐落跳進河裡，灰翅大驚失色，看著母貓那顆光滑的暗色頭顱竄出水面，快速地泅游到對岸。

「這隻貓會游泳！」清天大聲說道。

灰翅心裡暗自慶幸剛剛沒有擦槍走火，嘴裡打趣說道：「她應該見見落羽的。」他喵聲道。

兩隻貓兒跳回踏腳石，過河回到林子。這時一隻松鼠突然衝到面前，又趕緊逃到樹幹上。但清天奮力一躍，將牠逮了下來。

他和灰翅並肩坐下，分食了那隻獵物。

「你知道嗎？」清天環顧四周，低聲說道，「我喜歡住在這地方。」

灰翅吞下嘴裡的肉。「我比較喜歡住在看得到天空的地方。」他回答道。

清天朝他彈彈耳朵。「那是因為你速度夠快，可以追上兔子。」

兩兄弟吃完獵物後，便穿過林子打道回府。這時灰翅聽見窸窣聲響，好像有別的貓兒躲在灌木叢裡。

「我想我們被跟蹤了。」他嘶聲道。

清天揮揮尾巴。「那又怎樣？他們又不敢現身，這表示他們很怕我們。我才不在乎他們呢！難道我吃獵物還要他們允許啊？」

灰翅就是沒辦法像他哥哥那麼有自信。「要是我們決定留在這裡，就得和他們和平相處。」他直言道。

他對這地方感到陌生，這種感覺宛若河水不斷沖刷岩石將他完全淹漫。**我總覺得我對這裡的生活方式毫無頭緒。**

清天帶路往高地走，繞過河流，直接穿過四喬木所在的凹地。

「這地方真是太棒了！」他大聲說道，同時轉過身去，彷佛想悉數盡覽。他跳上其中一棵橡樹，伸爪爬了上去，站上樹幹上的旁枝。

「下來啦！」灰翅喊道，但不敢學他哥哥那樣跳上去。「你又不是松鼠！」

「誰說貓不能住在樹上？」清天戲謔地揮揮尾巴回答。

灰翅翻翻白眼，但還不及說什麼，突然又感覺到正在被監視。他掃視邊坡，瞄見一隻玳瑁色的胖貓正從蕨葉叢底下窺看他們，暗處裡幾乎看不見對方的斑色身影。

「我們有同伴欸。」他告訴清天。

他的哥哥朝他指的方向看，隨即爬下樹，在離地幾條尾巴距離時一躍而下。

他還沒落地，那隻玳瑁色的貓便轉身朝邊坡一路跳上去。灰翅目送她離開，有點沮喪沒機會跟她說上幾句。

「看起來她平常過得挺優渥的。」他對清天說道。

「沒錯，」清天說道。「她不是野貓。你覺得寵物貓也會來林子裡嗎？」

灰翅不確定。他知道別的貓兒曾隔著林子瞄見兩腳獸的窩穴，而且小徑上常有兩腳獸和狗的氣味。不過高地和森林裡大半住著野生動物。

本來就應該這樣。**我真不懂，怎麼會有貓兒想跟兩腳獸住呢？他好奇地想道。**

灰翅和清天回到坑地時，剛好聽見月影正在大聲爭吵。

「我早就告訴過妳，我吃膩了兔子，也受夠了全身溼答答的感覺！為什麼我們不能住在林子裡？」

他站在那裡頂撞他姊姊，頸毛豎得筆直，尾巴不停甩動。

「這不像你想的那麼簡單。」高影回答道，聲音冰冷。

灰翅和清天小心地走下邊坡。龜尾快步上前迎接他們。「他們兩個又吵架了。」她翻翻白眼，嘀咕道。

「妳只會命令我們。」月影正在回嗆。

「而你們只會吵來吵去。」鷹衝打斷他們，擋在月影和高影中間。「我們已經聽煩了。瞧，現在沒下雨了，我們何不出去試著抓些小鳥回來吃？就像以前那樣？」

鷹衝環顧四周，用尾巴指著坑地外下方草地那裡一隻正在盤旋的老鷹。「來吧，」她催促道。「我們都還記得怎麼抓這種鳥吧？」

寒鴉哭立刻跳了起來。沒一會兒，斑皮和雨掃花也跟了上去。雖然灰翅的腳很酸，他還是決定加入。

清天走過去找高影。「可以去抓老鷹嗎？」他問道。

高影聳聳肩。「你們想抓什麼都可以，只要別去林子就行，那裡是別的貓兒的地盤。」

月影的表情看起來好像又想上前理論，最後決定轉身，跺腳走回自己的臥鋪。

「妳要來嗎？」灰翅問龜尾。

「不了，」年輕的玳瑁色母貓說道。「我今天已經吃過了，不想再狩獵了。」

於是山裡來的貓兒們在鷹衝的帶隊下爬出坑地，奔下山坡，朝老鷹盤旋處跑去。他們壓低身子，深怕驚動老鷹。

「那隻老鷹有點小，對吧？」斑皮低聲道。「跟老家的老鷹比起來，這隻簡直就像麻雀一樣。」

「現在這裡才是我們的家。」鷹衝立即糾正道。

一陣沉默當頭罩下。**這裡真的是我們的家嗎?**灰翅不免納悶。可是能在風裡奔馳，還能晒著太陽，他就覺得很滿足了。

貓兒們朝老鷹的方向慢慢圍將上去。他們本能地使出山裡的狩獵技巧，從四面八方趨近獵物。鷹衝朝寒鴉哭點頭示意，因為後者的跳躍能力最強，所以最適合由他來擔任先發。

老鷹全神貫注地盯看草地上的小獵物，完全沒注意到貓兒們。最後牠終於察覺到，趕緊拍動翅膀試圖飛高。

但為時已晚。寒鴉哭往上一跳，將老鷹抓了下來，發出勝利的吼聲。其他貓兒蜂擁而上，幫忙壓制大鳥，不過寒鴉哭已經咬住牠脖子，把牠宰了。

這有點太好抓了吧，灰翅心想道。

「功夫不錯。」雨掃花讚嘆道。「你可以好好享用了。」

好生得意的寒鴉哭有點不好意思地低下頭。

正當他們談話時，斑皮突然往草地一撲。等到她直起身子，剛剛被老鷹覬覦的那隻老鼠已經被她叼在嘴裡。

「看，好事成雙！」她嘴裡叼著獵物含糊說道。

「這種好事在山裡老家根本不可能發生。」雨掃花說道。

每隻貓兒看起來很開心，但灰翅總覺得他們有點在強顏歡笑。

我們一直很用力地假裝這地方很完美。

第十五章

灰翅快步穿過林子，跟在帶隊的清天後面。寒鴉哭、落羽和龜尾也跟著他們一起出來狩獵。一如往常，只要一離開高地，進入森林，灰翅便覺得渾身不自在。在那種跑幾步路便會被藤蔓絆倒的情況下，他根本沒辦法追到獵物，再加上空氣裡充斥著那麼多味道，他很難追蹤到目標。

落羽才剛抓到一隻老鼠，林間便傳來淒厲慘叫聲。接著是矮木叢裡的撞擊聲還有多隻貓兒的怒嚎。

清天當場愣住，耳朵往前傾。「是月影！」他大聲喊道。

他朝聲音來處縱身一躍，其他貓兒也趕緊跟上。正在蕨葉叢穿梭的灰翅聽見龜尾在他後面問道：「你們又不是現在才知道最愛惹麻煩的是他！」

灰翅想起在兩腳獸巢穴裡和寵物貓大打出手的那次經驗。**月影實在不該單獨行動，不過我們還是幫他啊。**

兩兄弟衝進空地裡，其他貓兒跟著衝進來。空地盡頭，灰翅瞄見月影跟另外三隻貓兒扭打成團，在荊棘叢旁邊推來擠去，一隻松鼠的屍體躺在離他們約一條尾巴距離的林地上。

清天尖聲怒嚎，一馬當先地衝過空地，抓住其中一隻貓兒的肩膀，把他從月影身上拖開。灰翅則撲上另一隻母貓，猛打耳朵，直到對方鬆爪放開月影。

但他沒想到那隻貓會轉而把矛頭對準他，或者說沒料到攻擊會來得如此之猛。在他

還沒想到該如何自衛之前，利爪就朝他腰腹揮了過來。他試圖抬起後腿，踢開對方，但那隻母貓竟伸長前腳，繞過他頸子，緊緊勒住。灰翅拼命甩頭，想躲開對方利牙的試圖鎖喉。

他隱約覺察到四周的怒吼和打鬥越來猛烈，嘴裡嚐到鮮血的味道。**這隻貓兒想殺我**，他心想道，感官意識痛到有點模糊。

這時有個東西突然重壓在他和對手身上。灰翅幾乎就要絕望，直到聽見熟悉的聲音怒飆：「放開他！」

是龜尾！

勒住他脖子的母貓滾到旁邊，灰翅好不容易爬了起來，這才看見三隻陌生貓兒已經停止打鬥，站在那裡怒瞪著他們，大聲嘶吼。灰翅總算可以好好打量對方。他發現其中一隻是單腳白掌的黑色母貓，他和清天幾天前曾在岩堆那裡見過她。另外一隻是體型小的黃色虎斑母貓以及一隻黑白色公貓。他看見對方也都掛彩，心裡暗自得意。

月影氣喘吁吁地躺在荊棘叢旁，肩上被扯落了一坨毛。龜尾快步走過去，扶他起來。她自己的鼻口也刮破了，全身毛髮凌亂。

「他們攻擊我！」月影憤慨地大聲說道。

龜尾一點也不同情他。「你腦袋長跳蚤嗎？你難道沒想過單獨跑來這裡，會遇到什麼麻煩嗎？」

「我以前就告訴過你們，」黑色母貓怒目瞪著清天和灰翅，喝斥道。「這裡不歡迎你們。為什麼不滾回你們原來的地方。」

「對，還有不准再偷我們的獵物。」黑白色公貓追加一句。

「你們的獵物？」月影被激怒了。「是我抓到那隻松鼠的！所以牠是我的獵物！」

黃色虎斑貓伸出爪子，繃緊肌肉，似乎打算撲向月影。灰翅做好準備，以防情況再度失控。

「你打起架來跟隻半死不活的兔子沒什麼兩樣，」黑白色公貓齜牙低吼。「這次你僥倖能贏，是因為你有更多幫手。不過如果你敢再回來，看我怎麼修理你。」

「沒錯，」黃色虎斑貓又補了一句：「我們等著瞧！」

黑色母貓揮動尾巴，連同她在內的三隻森林貓朝矮木叢走去，臨行前，黃色虎斑貓還衝了過來，一把攫住死松鼠，將牠拖走。

「嘿！」月影出聲抗議，正要追上去。

清天立刻對準他，撞了上去。「你到現在還學不會教訓嗎？」他質問道。「現在不是打架的時候。」

月影憤憤不平地站起來，跟著帶隊的清天走回高地。灰翅發現自己腳步蹣跚，因為每走一步，他的腰側就變得更痛。寒鴉哭的腳爪帶傷，也走得一跛一跛的。落羽身上有塊腳掌大的地方掉了一坨毛髮。清天的肩上有鮮血正汩汩流出。

這就叫打贏了？那要是打輸了，那不是更慘了嗎？灰翅不禁懷疑。

「我已經一再告訴過你……」高影對著月影憤怒吼道，尾巴不停地甩動。「……你還是不聽！」

狩獵隊回到了坑地，清天說明了這次與森林貓的衝突始末。

「因為妳的命令根本是跳蚤腦袋才想得出來！」月影反駁道。「這地方比我們山裡的老家小多了，妳為什麼老要我們跟那些等著被抓的兔子一樣坐在這裡發抖呢？」

灰翅必須承認月影說得不無道理。這坑地並不適合長居久留，而充滿獵物的森林又實在誘人到貓兒們很難對它視而不見。

高影的憤怒漸漸平息下來，她若有所思地抽動鬍鬚。「好吧，也許我們應該更常去森林裡狩獵，不能讓那些貓兒認定他們已經嚇走了我們。」她那雙銳利的綠色眼睛盯著她弟弟。「不過你不准再單獨行動，聽懂了沒有？」

月影聳聳肩。「要是妳適度地准我們去那裡狩獵，我也不至於自己跑去。」

雲點嘴裡叼著一坨藥草快步走過來，放在地上。「我好不容易找到一些山蘿蔔，」他喵聲道。「我幫你們敷點藥吧。」

他把汁液塗在龜尾受傷的鼻口上，接著朝灰翅轉身，後者躺在地上，方便雲點治療他腰上的傷。

「你知道嗎？」雲點一邊把嚼好的葉泥塗在傷口上，一邊低聲說道，「我覺得老是跟這些貓兒打架，也不是辦法。也許我們應該想個法子跟他們和平相處。」

「我不確定，」灰翅回答道。「我也希望，不過也許我們跟他們太不一樣。」

第二天，太陽才剛爬出地平線，月影就大聲宣布，他要出去狩獵。

高影轉身看他，尾尖不停抽動。清天趕在她開口前，上前走到月影旁邊。「我跟你一起去。」他提議道。

鋸峰、快水和碎冰也都跳起來加入。高影猶豫了一下，最後才喵聲同意。「好吧，祝你們好運。」

「你要來嗎？」清天問灰翅。

「我這次不想去。」灰翅回答道，他上次打架受的傷到現在都還會痛，他不認為自己有能耐在樹底下追蹤獵物。他試圖說服自己，他倒也不是怕又遇到那幾隻貓兒。

狩獵貓一離開，龜尾便快步過來找灰翅。「我們出去散步好嗎？」她提議道。「不抓獵物，也不打架。」

「這主意聽起來不錯。」灰翅同意道。

他們離開坑地時，猶可見到清天和其他狩獵貓正穿過高地前往森林的身影。「你是要跟他們去嗎？」灰翅驚訝問道。

「沒有，我是想再去探訪一次那幾棵大橡樹。」龜尾解釋道。「我喜歡那裡。」凹地一片寂靜，除了橡樹的枝葉窸窣作響。陽光從枝椏間斜射而下，斑駁灑在林地上。龜尾跑下邊坡，朝四喬木中間的巨岩奔去，伸出爪子一路攀上岩頂，站在上頭。

「來吧！」她喊道，朝灰翅揮動尾巴。「這裡的視野很棒欸！」

灰翅行動緩慢地跟著攀上岩石，爪子戳進岩縫，好不容易爬上岩頂，站在她旁邊。

腳下的岩面被陽光晒得暖烘烘的，感覺很舒服。他在角落裡躺了下來，任陽光晒在身上。

龜尾坐在他旁邊，尾巴整齊地覆著前爪，滿足地嘆了口氣。「我好想永遠待在這裡哦。」

灰翅半帶瞌睡地幾乎忘了時間，直到被岩石下方一個聲音喚醒。

「喂，上面的！」

灰翅和龜尾並肩往下窺看。令灰翅意外的是，竟然是那隻曾在凹地裡窺看過他和清天的玳瑁色胖母貓，後者抬頭望著他們，黃色眼睛笑瞇瞇的。

「我叫阿班，」她很有自信地說道。「我是一隻家貓……不過我想你們都叫我寵物貓。我可以上去嗎？」

「當然可以。」龜尾揮動尾巴歡迎她。

看在灰翅的眼裡，他並不覺得這隻胖胖的玳瑁色母貓爬得上來，不過她竟然沒兩下就攀上岩頂，來到他們旁邊。

「哈囉，」龜尾跟她打招呼。「我叫龜尾，他叫灰翅。」

「哇，你們好瘦哦！」阿班喵聲道，大喇喇地打量他們兩個。「你們都抓不到東西吃嗎？」

「我們從很遠的地方來的。」龜尾回答道。灰翅發現龜尾看起來有點惱，覺得挺有趣的。龜尾又說：「而且我們又不是無時無刻都在狩獵。」

阿班眨眨眼睛，很是好奇。「很遠？有多遠？從高地另一頭來的嗎？」

「比那裡還遠。」灰翅回答道。

「你知道地平線上那些鋸齒狀的石頭山嗎？我是說高岩山？」龜尾說道。

寵物貓驚訝地瞪大眼睛。「你們從那裡來的？」

龜尾搖搖頭。「不是，是從高岩山的另一頭來的。我們旅行了好多好多天。」

「為什麼？」阿班聽起來很不解。

「因為我們來的地方沒有足夠的獵物可以餵飽我們。」灰翅解釋道。「而且在寒冷的季節裡，常被困在很深的雪堆裡。」

「有時候還有鳥會把貓抓走。」龜尾眼裡閃過一絲興奮，似乎覺得嚇唬寵物貓挺有趣的。「很大的鳥……比這附近的鳥都來得大哦。」

「聽起來好辛苦哦！」阿班大聲說道。「你們一定又餓又冷，而且終日惶惶不安。難怪你們要來這裡住。」她快樂地彈彈尾巴，環顧四周。「這裡不錯哦。」

「可是妳不住在這裡，不是嗎？」龜尾問道。「妳跟兩腳獸住在一起，好……奇怪哦。」

「奇怪？」阿班的鬍鬚抽了抽。「不會啊，很棒啊！我的家主人那個窩穴超舒服的，而且總是有很多食物，也不必擔心受怕。」

「可是妳一整天都在做什麼？」龜尾問道。

「睡覺啊，大多時候啦。」寵物貓說道。「不然就是跟我的家主人小孩玩。要是我覺得煩了，就跑到這裡來。」

「那些野貓不會找妳麻煩嗎？」灰翅問道。

「不會啊，他們知道我不會妨礙他們的狩獵。」

這三隻貓兒有好一會兒功夫都懶洋洋地躺在陽光下。灰翅很享受全身被晒得暖烘烘的感覺，但過了一會兒他的肚子開始咕嚕咕嚕叫，提醒他自昨天以後便沒再進食了。

龜尾推推他。「我們該去狩獵了。」她喵聲道。

「還好我不必狩獵。」阿班朝他們友善地點點頭，隨即爬下岩石。「回頭見囉。」

「她的生活真是無趣！」龜尾從岩石上跳下林地，說出她的看法。

灰翅猶豫了一會兒，才跟她下去，他捨不得離開這裡，因為腳下的岩面令他想起以前的老家。

兩隻貓兒相偕走回高地。

「我不習慣在樹底下狩獵。」龜尾偷偷對灰翅說。「那裡太吵，而且我很怕撞到樹。」

「沒錯，」灰翅附和道。「那裡很難專心追蹤獵物。」

龜尾默默地走了好一會兒，才又喃喃說道：「不知道能不能再見到阿班。」

「我很懷疑，」灰翅回答道。「她不會想跟我們這種野貓說話的。我們可能會吃了她。」

龜尾被逗笑了。突然間，她愣在原地。「有兔子！」她低聲說道。

他們這時正離開林子，爬上高地，前往坑地。兔子就在離山頂不遠的地方蹦蹦跳跳，啃食著野草。

兩隻貓兒都往前一躍，但灰翅的腰傷拖慢了他的速度，龜尾一馬當先。兔子突然跳開，消失丘頂，龜尾追在後面。

等到灰翅抵達丘頂時，邊坡上的龜尾已經站在一隻死兔子旁邊。「很厲害哦！」他喵聲道，同時跑過去找她。

他們分食完獵物後，便相偕走回坑地，回來沒多久，清天和其他狩獵貓也都回到坑地。清天拖著一隻松鼠，月影抓到一隻畫眉鳥，其他貓兒則叼了老鼠回來。

「你們應該見識一下清天追松鼠的場面！」鋸峰滿嘴獵物的含糊說道。「他直接爬到樹頂欸！」

清天的眼神很是得意。灰翅看著他，覺得他哥哥似乎已經又找回自己了。**也許亮川的死所帶給他的自責終於被他釋放了。**

狩獵貓們將獵物帶到坑底，放了下來，高影上前跟他們點頭招呼。「你們做得很好。」其他貓兒也都圍上來。高影繼續說道：「謝謝你，尖石巫師，謝謝你派我們到這裡來，才能抓到這麼多獵物。」

貓兒們進食時，太陽已經開始往高岩山後方西沉，天空被染成嫣紅一片。心情感到輕鬆自在的灰翅很高興這次大家都沒吵架。他注視著這兒的景色，感覺對它越來越熟悉，他開始相信，也許這就是尖石巫師所允諾他們的新家園。

灰翅在高地邊緣停下腳步，俯看四棵大橡樹的樹頂，它們變得比他初來乍見時還要青蔥翠綠。太陽光輝燦爛，空氣裡充斥新鮮的氣味。他發現四處都有新的植物冒出來。

我真不敢相信這裡的植物這麼多！跟山裡完全不一樣。

灰翅伸展身子，開始繞著高地邊緣奔馳，再衝向峽谷邊，單純地享受奔跑的樂趣。自從他上次把清天差點嚇得墜谷之後，就再也沒來過河邊。不過他還記得那裡的隆隆瀑布聲和岩石堆在在令他鮮明想起山裡的老家。

灰翅還沒走多遠，就聽見兔子的驚慌尖叫聲，而更遠處是一隻正在狩獵的貓兒所發出的吼聲。他停下腳步，看見兔子越過高地頂端，衝了過來，兩隻曾照過面的貓—金雀花和風兒—緊追在後。灰翅本能地想加入這場追逐，但又不願意讓對方不快，索性不動如山地爪子戳進土裡。

兔子從他旁邊一閃而過，風兒和金雀花緊跟在後，約一兩條尾巴之距。突然間，兔子鑽進石縫，消失在地上一個幾乎看不見的地洞裡。灰翅驚訝地倒抽口氣，因為風兒竟然也一溜煙地跟在後面鑽進洞裡。

金雀花緊急煞住腳步。「不公平！」他氣喘吁吁。「妳不能因為妳比較瘦，就跟著鑽進地底下。」

灰翅折回來，向灰色虎斑公貓走去，後者朝他轉身，眼神顯得提防。「沒事，」灰翅喵聲道。「我不是來找碴的，你剛那話是什麼意思？鑽進地底下？」

「你剛不是看見她鑽進去了嗎？」金雀花回答道，耳朵斜指那個兔子洞。「她瘦到可以鑽進裡面。」

這時候，風兒又出現了，氣喘吁吁地從洞裡擠了出來，嘴裡叼著兔子。

灰翅很感興趣地看著她。「我可以進到裡面嗎？」他問道。

風兒驚訝的看著他。「你想進去你就進去啊，」她回答道，同時把兔子丟在金雀花的腳下。「那又不是我家，是兔子的家。」

灰翅走到兔子洞那裡，伸舌舔舔下巴，聞到很強烈的兔子味。但是那地洞看起來很小，他不確定自己真的想鑽進去。

風兒在他後面嘆了一大口氣。「我可以教你怎麼進去。你瘦到跟我一樣什麼洞都鑽得進去。」

她擠到灰翅前面來，帶頭鑽了進去。灰翅只好跟上……不然在他們面前就顯得太懦弱。他把自己塞進洞裡，毛髮刷過兩側壁面。兔子洞又暗又不通風，灰翅發現越來越難邁步前進。

正當他驚慌地扭動身子時，他感覺前面的風兒奮力轉身，把他用力推進旁邊的地道。「走那裡！」她嘶聲道，隨即跟著他轉向走。

新鮮的空氣立時拂過灰翅的鬍鬚，他奮力往前爬，風兒不時從後面推他一把，直到他終於從金雀花叢樹根間的一個洞裡鑽出來。他蹣跚爬出洞外，胸口劇烈起伏。

「你這個鼠腦袋！」風兒說道，不過語氣沒那麼有敵意。「下次別再那樣了。要是你在地底下慌了，就會迷路，出不來了。」

灰翅再次呼吸到新鮮空氣、感受到廣袤的蒼穹和翳間的徐徐微風，頭腦總算冷靜了下來。「也許沒有下次了。」他喵聲道。

不過他對這件事還是很感興趣，沒想到高地底下竟然有這麼多錯綜複雜的地道。他突然想到老貓們曾說過他們在湖邊的老家有很多地道。

這是對年輕貓兒的某種挑戰，他們必須自己找路走出來，灰翅一想到便渾身發抖，還好我們不必再接受這種挑戰。我怕我部落裡的同伴恐怕再也見不到我。

灰翅朝金雀花和風兒垂頭致意。「謝謝你們告訴我，」他喵聲道。「也許下次還有機會碰面。」

兩隻貓兒拘謹地跟他道別。灰翅鬆了口氣，慶幸這次的遭遇總算不再那麼有敵意。

灰翅改變心意不去河邊，直接回坑地。他快到家時，遇見了斑皮和雲點。

「我們正要去找藥草，」斑皮說道。「你要跟我們一起去嗎？」

「我希望你一塊來，」雲點補充道。「高影說我們離開高地時，最好有三隻貓兒以上結伴同行。」

斑皮懊惱地哼了一聲。「她太大驚小怪了。」

「也許吧，」雲點回應道。「不過多張嘴巴幫我們叼藥草回來也不錯啊。」

灰翅很樂於加入他們，於是折回原路，步下邊坡，朝河邊走去。「我又遇到那兩隻貓了……金雀花和風兒，」他喵聲道。「風兒其實會鑽到地底下抓兔子哦。」

斑皮驚訝地眨眨眼睛。「我倒想見識看看。」

雲點帶路走向河谷。河面上的陽光熠熠閃爍。這幾天天氣乾燥，水流平穩。灰翅等在一旁，享受溫暖的天氣，雲點和斑皮則在水邊的植物叢間尋找藥草。

「你們看！」雲點大聲喊道。「這裡有好多紫草。」

「還有蓍草！」這裡的植物長得太茂密了，只看得到斑皮的尾巴在植物叢上方揮舞。過了一會兒，她嘴裡叼了一坨藥草現身，放在灰翅旁邊。「實在太好了，我們需要的藥草就在這附近而已，而且還是在天氣剛暖和的時候就找到了。」她喵聲道。

「以前在山裡，我們可能得花一整天的時間在山谷裡面找。」雲點附和道。「即便如此，找的量也不像現在這麼多。」

於是他和斑皮採集了很多具有療效的根和葉子堆放在河邊。灰翅守在一旁警戒森林貓的可能來襲，還好一切都靜悄悄的。

等他們採集得差不多了，斑皮停下動作，嗅聞空氣，看著河對岸。「我聞到那裡有艾菊的味道。」她大聲說道。「寒鴉哭練習跳躍時扭傷了腳，艾菊可以治扭傷。」

「下游那裡有踏腳石。」灰翅告訴她。

斑皮打量了那條河好一會兒。「看起來不太深。」她喵聲道。灰翅還沒搞懂這話的意思，她已經涉水入河。「要是落羽辦得到，我應該也可以。」

灰翅和雲點緊張地互看一眼，接著就看見水花濺起，斑皮肚腹上的毛髮浸入冰冷的河水，嚇得她倒抽口氣。一轉眼，她突然消失不見，滾滾河水淹沒了她。

「兔腦袋！」雲點大聲叫嚷，跳到河邊。「我得下水救她，」

但他還沒跳下去，斑皮的頭就破出水面，只見她亂七八糟地拍著水，但不知怎麼搞的，竟也能划水前進，往對岸游去。

「嘿，我會游泳了！」她喊道，語氣既驚訝又得意。

「好怪哦，」雲點咕噥道。「妳看起來像一條長了毛的魚。」

斑皮蹣跚爬出水面，甩甩身子，鑽進矮木叢裡。過了一會兒，她又出現了，嘴裡叼著一坨藥草。她再度涉水入河游回來，在水裡笨拙地把頭仰高，以免藥草被水打溼。

「你們看！」她爬上岸時，氣喘吁吁地說道。「很簡單吧？不過河水真的好冰哦。」

「我倒覺得妳根本是鼠腦袋。」雲點搖搖頭，咕噥道。「我們回坑地吧。」

「為什麼不留下來抓魚吃呢？」斑皮提議道。

雲點翻翻白眼。「想都別想！妳給我直接回坑裡把毛弄乾，免得著涼生病了。」

斑皮懊惱地哼了一聲，沒再堅持。於是三隻貓兒轉頭回高地去。灰翅走在他們後面距離大概一、兩步左右，這時聽見蕨叢後方傳來聲響。他警覺地豎起毛髮。

難道風兒和金雀花又折回來監視我們？

他偷偷摸摸地鑽進蕨葉叢，竟意外發現是龜尾和阿班並肩蹲在地上，分食一隻肥美的田鼠。

阿班最先看見他。「哈囉，灰翅。」她招呼他，語氣聽起來很高興。

龜尾跳了起來。「哦……嗨。」她喵聲道。「阿班看見我抓到田鼠，她想嚐嚐看那是什麼味道。」

灰翅覺得奇怪，為什麼龜尾的語氣聽起來好像在為自己辯解什麼。他是很提防陌生貓兒，但他看不出來這隻寵物貓有什麼好提防的。

「顯然她很喜歡，」他回答道，同時把嘴裡的藥草放下來，阿班又吞吃了一大口肉。「阿班，妳為什麼不搬到林子裡來住？」他又問道。

阿班抬眼看他，嘴裡嚼著鼠肉。「我才不要呢！我的家主人很好，絕對不會讓我挨餓，而且窩穴也很舒服。」她補充。「你們應該來參觀一下！」

「不，謝了，」灰翅告訴她。「我們不屬於兩腳獸的。」

「那妳呢？龜尾？」阿班問道。

龜尾好奇地抽動鬍鬚。「好啊，應該很有意思。不過現在不行。」

阿班吞下最後一口鼠肉，喵聲說：「謝了，龜尾。希望很快再見到妳。」

「嗯，」龜尾附和道。「我會常去凹地的橡樹那裡找妳。」

阿班穿過蕨葉叢快步離去，尾巴抬得老高，臨去前，又回頭看了最後一眼。

「你知道嗎，」灰翅若有所思地說：「我覺得跟寵物貓走太近不太好。」

龜尾的頸毛豎了起來。「為什麼不好？」

灰翅無法給個清楚的答案。「我只覺得怪怪的。」他回答道。

就像我剛說過的，我們不屬於兩腳獸的。

✦✦✦

坑裡的灰翅正躺在金雀花叢底下的臥鋪裡。半個月亮灑下的月光足以讓他清楚看見邊坡上方清澈的夜空閃爍著眾多星子。他覺得天氣很溫暖，肚子也很飽。

這裡是個好地方，他心想，**我們可以住下來。**

這時突然來了一個暗色身影，擋住了他看星星的視線。灰翅瞇起眼睛，發現夜空下的這個身影有很長的鼻子。一股惡臭瞬間竄進他鼻孔裡。他忽然想起不久前他們離開兩腳獸巢穴時，曾看到的那隻瘦巴巴的紅毛動物。其實這味道他也在森林裡聞過，只是從沒打過照面。

暗色身影移動了，牠滑下邊坡，進入坑裡，後面還跟著另一隻，甚至第三隻。灰翅直覺有危險，趕緊跳了起來。

「有攻擊！」

貓兒的痛苦嚎叫打斷他的警告。一轉眼間，坑裡充斥怒吼聲和痛毆聲。灰翅驚慌地四處張望，嚇得四條腿動彈不得。他瞥見其中一隻用尖牙狠咬碎冰肩膀，把銀毛公貓像獵物一樣甩來甩去。

我們是獵物，灰翅驚恐發現，**我們會被宰了！**

灰翅本能地想立刻投入戰局，但理智告訴結局會是什麼：他將被撕成碎片。**我不能丟下他們不管，一定有方法可以幫忙他們。**

龜尾在他旁邊現身。「狐狸！」她倒抽口氣。

「你說什麼？」

「是狐狸！牠們就是狐狸！阿班曾經警告過我。我們該怎麼辦？」

就在這時，清天從旁邊衝了過來，齜牙咧嘴，利爪盡出。灰翅趕緊攔下他。

「讓我去修理牠們！」清天吼道。

「等等，」灰翅緊急說道。「我們需要有計畫。」

時間緊迫，四周的哭嚎聲越來越淒厲，灰翅知道自己一定得快點想出辦法。這時他的腦海裡突然浮現山裡抓老鷹的畫面：其中一隻貓兒負責拉老鷹下來，其他一擁而下，連手宰殺。

「我們三個合作。」他來回看著清天和龜尾，希望他們發揮默契，充份合作。「我們合力攻擊一隻狐狸，宰了牠之後，再去對付下一隻。」

龜尾熱切地點點頭。「有道理。」

「可是其他貓兒怎麼辦？」清天問道。「在我們連手對付其中一隻狐狸時，我們的同伴們都命在垂危了。」

「可是如果把力量分散，就救不了任何一隻貓兒了。」龜尾回應道。

「所以我們動作要快，」灰翅繼續說道。「清天，我們一找到狐狸，你就從旁邊攻擊牠，龜尾攻擊另一邊，把牠搞得方向大亂。」

「那你呢？」清天問道。

「別擔心，我自有辦法。」灰翅嚴肅地說道。

他領頭繞著坑地邊緣移動，試圖搞清楚眼前混亂的情勢。最後灰翅瞄到有隻狐狸正站在坑邊覬覦傷勢嚴重到身體不停抽搐的鷹衝。

「上！」灰翅尖聲吶喊。

清天跳了上去，爪子劃過狐狸腰腹。牠立刻朝他轉向，發出怒吼，龜尾趕緊趁這時攻擊另一邊。狐狸的頭轉過來又轉過去，張嘴要咬，但既咬不到清天，也咬不到龜尾，他們就這樣不斷地輪番上陣用爪子狠刮牠，又立刻跳開。

這招管用！灰翅往空中一躍，撲上狐狸的背，後爪戳進牠肩膀，並朝牠的臉低下身子，狠抓牠的眼睛和鼻口。狐狸尖聲慘叫，撐起後腿，試圖甩開灰翅。灰翅緊緊抓牢。飽受清天和龜尾兩邊攻擊的狐狸，終於往坑地邊坡抱頭鼠竄。牠一跑上高地，灰翅立刻跳下來，看著牠哀號連連地逃進幽暗裡。

「下一隻！」清天得意洋洋地吼道。「這一次換我撲上去。」

他旋身一轉，帶頭回到坑裡。高影和寒鴉哭正在和第二隻狐狸交戰。但寒鴉哭已經筋疲力竭到腳步踉蹌，高影的前額被抓傷，鮮血滲進眼睛裡。

龜尾和灰翅衝進戰場，從兩側攻擊狐狸。清天發出恐怖的尖嚎聲，猛力一躍，跳上牠的背，狠刮耳朵。狐狸左右甩動，試圖擺脫。

狐狸很快就放棄，趕緊逃之夭夭。第三隻狐狸本來在攻擊正用後腿胡亂踢打的雲點，這時轉過身，發現自己落了單，驚駭嚎叫，跟著同夥逃上邊坡，消失不見。

清天追到坑地邊緣才止住腳步。「會怕了吧！」他咆哮道。「有種就給我回來！」

灰翅環顧四周。寒鴉哭已經氣喘吁吁地倒在地上，但傷勢似乎並不嚴重。月影走路一跛一跛。雨掃花身上掉了好幾坨毛。鋸峰腰側的爪痕有血滲出。至於其他貓兒也都帶了傷，不過至少還能走動。灰翅本來擔心鷹衝性命不保，沒想到連她也還能勉強站起來。

雲點轉身檢查高影身上的傷，斑皮對雲點很是激賞地抽動鬍鬚，也走過去幫忙。兩隻貓兒連手合作，逐一檢查貓兒們的傷勢。清天快步朝灰翅走去。

「我們打贏了！」龜尾大聲說道。「灰翅，你真厲害！」

清天對他弟弟滿意地點點頭。「合作出擊這一招的確有效，」他喵聲道。「也許我們應該多加練習，防患未來。」

灰翅憂慮地看他一眼。「你說得對，」他同意道。「因為未來一定會遇到更多麻煩。」**而且為時不遠。**

一道冷冷的曙光射了進來，讓灰翅看清了坑裡的慘況。所有臥鋪都在混戰中被踩踏得支離破碎，草皮也被踩爛，金雀花叢的樹枝硬生生折斷。只要有角落可以遮風避雨，都有受傷的貓兒躲在裡頭養傷。

我們能活下來已經不錯了，灰翅心想道，**但是我們以後要怎麼辦呢？**

他坐起來舔舔肩上的傷口，這時黎明曙光逐漸光亮。又過了一會兒，他看見清天起身與月影短暫交談後，就越過坑地，去找高影。灰翅好奇地站起來跟過去。

「有件事我們想跟妳商量一下。」清天開口道。

高影抬起頭，當時她正在和雨掃花互相幫忙拔除腳墊上的刺。「說吧。」她喵聲道。

月影接口說：「我覺得我們應該搬到林子裡住。那裡容易狩獵，而且藏身之處比較多。」

「這裡太容易受到攻擊，」清天補充道，尾巴同時指著四周殘破的景象。「根本沒有地方可以防備狐狸或任何可能攻擊我們的生物。」

高影眼神銳利地來回看著清天和月影。「但是我們向來習慣住在高一點的地方。」她反對道。

「而且我父親也不會想看見大家分道揚鑣。」雨掃花補充道。

「妳父親已經不在了。」清天脫口而出，雨掃花聽見他這麼說，皺了皺眉頭。

這時其他貓兒似乎都意識到有要事發生，於是紛紛圍了上來，不安地瞪大眼睛聽個仔細。灰翅一想到要離開這片開闊的高地，就緊張到胃一陣翻攪。

「我沒有辦法想像住在樹底下的感覺，」寒鴉哭插嘴道。「要是那裡已經住了別的

貓兒怎麼辦？」

「我們會好好處理。」月影回答道，很有自信地彈動耳朵。「我們不想為了爭食獵物而大打出手，不過獵物絕對夠大家分的。」

「沒那麼簡單。」鷹衝反駁道。「我覺得住在森林這點子是不錯，不過我不認為我們應該就此分道揚鑣。」

高影想了一下。「好吧，」她終於說道。「那我們就照以前在山洞裡的作法……拿小石子來決定是否應該搬到森林裡。」

圍觀的貓兒們都發出同意的低語聲。寒鴉哭和落羽立刻起身到表土已經被翻出來的草地上收集小石子。其他貓兒則悉數集合，等候他們把小石子拿回來，堆在高影腳下。

「好了，」黑色母貓喵聲道。「如果你們想留在高地，就把小石子放在那邊那塊踩爛的草地上，」她用尾巴指。「如果想離開，就把小石子放在金雀花叢旁邊。」

她第一個投票，將小石子放在表土光裸的草地上。雨掃花也一樣。當貓兒們輪流上前拿小石子時，現場氣氛有點緊繃。灰翅也把小石子放在草地上。投票過程持續進行，他看見越來越多貓兒決定留下來，頓時鬆了口氣。只有月影、清天、快水和落羽選擇搬到林子裡。

最後一個上前拿小石子的是鋸峰。他歉意地看了灰翅一眼，最後把小石子放在金雀花叢底下。

高影看了兩堆石子一眼，連數都沒數，因為結果已經很清楚。「那就這麼決定了，」她大聲說道。「我們繼續待在這裡。」

「等一下，」清天跳起來站好。「這不公平。你們應該准許我們這些投票離開的貓兒住在林子裡。」

「是啊，」月影補充道。「當初我們在山洞裡投票時，想留在山裡的貓兒可以繼續留下來，想出走的貓兒可以離開。為什麼這裡的結論就不一樣？」

貓群一陣譁然。灰翅總覺得自己像是被落石砸到。**在共同經歷了這麼多艱難之後，我們真的得從此分道揚鑣嗎？**

高影深吸一口氣。「那你們就走吧，」她沒有動怒，只是語氣悲傷。「帶著我們的祝福走吧，什麼時候要回來都可以。」

投票決定離開的貓兒起身集合。灰翅心裡隱約驚慌，**這做法真的是對的嗎？**

貓兒們面面相覷，眼裡盡是不解和悲傷。

「我們又不是住得很遠。」快水喵聲道。灰翅聽得出來她的語氣只是盡量輕鬆。「我們會在路上常遇到的。」

寒鴉哭親暱地推推落羽。「如果妳想念兔子的滋味或者野風吹在身上的感覺，就回來吧。」

「等到下雨的時候，說不定你們就會到林子裡來找我們避雨了。」快水的聲音裡帶點消遣的味道。

決定出走的貓兒們開始爬上邊坡，離開坑地，清天這時突然停下腳步，對著灰翅說：「祝你好運，」他低聲說道。「下次見囉！」

灰翅垂下頭，慶幸他和清天又恢復了以往深厚的兄弟情。

「你確定你不跟我們一起走？」清天問道。

灰翅搖搖頭。「我屬於曠野，屬於高地。」他解釋道。「不過我想送你一程。」

他和清天跳上邊坡，追上其他貓兒的腳步。高影和雨掃花也前來送行。大夥兒緊挨著彼此，緩步穿過高地，終於抵達林子邊緣。

「再會了。」高影喵聲道，同時向清天和其他貓兒垂頭致意。「希望你們在這裡找到夠多的獵物和可以遮風擋雨的居所。我們那裡隨時歡迎你們回來。」

「謝謝你，」清天回答道。「我們也歡迎你們常來看我們。」

雖然灰翅知道他會再見到他哥哥，但轉身離開時，還是心情沉重。回坑地的路上，他走得很慢，感覺到傷口的痛比以往都深。他才走了幾步，就回頭瞥看，但清天和其他貓兒已經消失在林子裡。

✦✦✦

灰翅和其他貓兒回來後，總覺得坑裡變得空盪安靜。斑皮還在幫忙其他貓兒療傷，龜尾則忙著收集青草，試圖修補受損的臥鋪。

雲點快步朝灰翅走來，用尾巴輕觸他的肩膀。「去狩獵好不好？」他提議道。「吃點獵物，大家的心情都會好一點。」

灰翅覺得這提議不錯，精神多少振作了一點。「好，我們去狩獵！」他附和道。

他們相偕走上高地。野風吹跑天上的雲，藍天斑駁出現。灰翅聞到強烈的兔子味，瞄見岩坡底下的草地上，有隻兔子正在啃食青草。他用耳朵示意雲點那裡的動靜。

雲點繞過兔子，從另一頭趨近。灰翅想起以前在山裡抓兔子的方法，於是做好準備，蹲在長草叢裡。過了一會兒，兔子彈彈耳朵，突然看見雲點，趕緊朝灰翅的方向直接衝來。灰翅跳出草叢，單掌猛擊。兔子的驚恐尖叫聲在他的尖牙鎖喉下頓時中止。

「做得好，」雲點快步過來，開口誇獎。「這隻很肥，應該可以餵得飽幾隻貓兒。」然後又趁灰翅拖兔子回坑裡時補了幾句：「你知道嗎？他們的離開其實並沒改變什麼，只是代表我們的家園變大了。」

灰翅滿嘴的兔毛咕噥附和，但心裡其實沒那麼有把握。**我希望雲點是對的，但我只是覺得事情的變化快到我們恐怕無法控制。**

✦✦✦

灰翅在林子邊緣停下腳步，張開嘴巴嗅聞空氣，暗自希望清天或其他貓兒能夠出現。自從他們出走之後，已經過了好幾天，灰翅還是覺得自己像被撕裂成兩半一樣。

他失望地轉身離開，這時竟瞄見外緣林子下方有動靜。一隻貓兒正從蕨葉叢裡出來，先是鬼鬼祟祟地東張西望，然後才爬上邊坡，朝他走來。可是對方不是清天，也不是清天的任何一個同伴，而是龜尾。

她是來看清天的嗎？灰翅感到好奇，**但為什麼她看起來好像很怕被發現？**

他躲進岩石暗處，等龜尾經過。「哈囉，」他喵聲道，突然站在她面前。

龜尾嚇了一跳。「你把我嚇得魂都飛了。」

「妳要去哪裡？」灰翅問她。她的身上有種他無法辨識的奇怪味道，於是更加深了他的疑竇。「別告訴我，妳剛剛去找清天，因為我知道妳沒去找他。」

龜尾退後一步，被他質問到頸毛都豎了起來。「我沒有說我去找清天，」她反駁道。「我只是去拜訪住在兩腳獸那裡的阿班。」

「什麼？」灰翅再怎麼懷疑她，也沒想過她會去那裡。「妳腦袋長跳蚤了嗎？」

「我不知道你在氣什麼。又沒怎麼樣！我是正大光明地走進兩腳獸的窩穴。」龜尾不再畏縮，反倒對自己的作為感到自豪。「我本來很害怕，可是阿班對我很好，她帶我參觀了那裡的一切。兩腳獸有很柔軟的岩石，上面鋪著彩色毛皮，感覺好舒服哦。」

灰翅很想找出適當的字表達他的震驚。「妳必須遠離兩腳獸巢穴，那裡很危險。」

龜尾不屑地彈彈尾巴。「別大驚小怪。阿班會罩我。你應該也去看看的。」

灰翅只覺得他整個世界快分崩離析。他的哥哥和朋友們選擇離開坑地，住在林子裡，而現在的龜尾似乎也已忘了她是隻野貓。「妳實在太可笑了！」他喝斥道。

「你又知道我可笑了？」龜尾的頸毛又豎了起來，兩眼怒瞪著他。

「妳愛怎麼樣，就怎麼樣吧。」灰翅懶得爭辯了。

他丟下龜尾揚長而去，走進林子裡，覺得自己一下子就被墨綠的世界吞沒，空氣充滿濃郁的植物氣味。他找到一條熟悉的小徑，於是沿著小徑往前走，避開陌生貓兒。

這時有兩隻貓兒突然無預警地從樹上跳下來，落在他兩側的灌木叢裡。灰翅趕緊備戰，結果原來是鋸峰和清天。

「嚇到你了吧！」鋸峰得意洋洋地吼道。

灰翅發出熱情的喵嗚聲，與他們互觸鼻頭。「你們真的嚇死我了！」他喵聲道。

「我們一直都在樹上狩獵。」鋸峰自誇道。「感覺很棒欸！」

「要不要加入我們？」清天邀約道。

灰翅抬眼望看著一棵離他最近的樹。看起來好高哦！「好啊。」他同意道，不想讓他的兄弟覺得他膽小，更何況他也想和他們敘舊。

他跟在清天和鋸峰後面爬上樹幹，在最低矮的枝椏間穩住身子。他緊張地把爪子戳進去，環目四顧，試圖樂在其中，享受這裡不同的氣味和樹葉的窸窣作響聲。

清天突然追起松鼠，在樹枝間快速跳躍，鋸峰緊跟在後，灰翅則攀著樹枝追在後面，很是嫉妒他們的自信與速度。

松鼠從一根彈性奇佳的枝葉末端一躍而起，跳到附近另一棵樹上。灰翅停下腳步，心想他們追丟了。沒想到清天竟然不罷休，也跟在後面跳過去，他像飛得一樣撲上另一棵樹，剛好逮住松鼠的尾巴。灰翅更驚訝的是，連鋸峰也飛撲過去。

「我一定辦得到。」他嘴裡嘟囔，勉強穩住身子，沿著樹枝慢慢移動，一鼓作氣，往前一蹬，奮力伸長前爪，想抓住那棵樹上離他最近的枝葉。

灰翅的爪子劃過樹皮，感覺自己往下掉，嚇得驚聲尖叫。還好最後一刻總算抓到了，不過卻無助地懸在半空中，後腳沒有地方著力。他頭昏眼花，強忍住驚恐的心情，抓著樹枝慢慢移動到離樹幹較近也較粗壯的地方，然後撐起身子，蹬上旁枝，全身發抖地坐在那裡，納悶自己待會兒要怎麼爬下去。

他的心噗通噗通地跳得厲害，直到清天和鋸峰回來找他，才總算鎮定下來。清天嘴裡叼著那隻松鼠。

「追得好過癮哦！」鋸峰大聲說道，兩眼炯亮。「你還好嗎？灰翅？」

「呃……我想我被困住了。」灰翅終於承認。

「沒關係，我幫忙你下來。」鋸峰很有自信地說道。「你要頭上尾下地爬下來。腳爪放那裡……還有那裡。」

當灰翅的四隻腳終於踏上堅實的地面時，他不禁吁了一大口氣。「你真的很厲害。」他用讚賞的口吻告訴鋸峰。

鋸峰靦腆地低下頭。「清天教過我一些訣竅。」

清天從離地只剩幾條尾巴距離的樹幹上一躍而下。「這可以幫忙練習新的樹上狩獵技巧。」他表情謙遜地解釋道。

「那就祝你們好運囉！」灰翅熱忱說道。「我在地上抓兔子就行了。」

灰翅跟著他的兄弟沿著森林小徑走，最後抵達一處隱蔽的坑地，中間有個很淺的水池，坑地四周長滿蕨葉和荊棘。

「歡迎來到我們的新家！」清天大聲說道。

快水和落羽從蕨葉叢裡探出頭來。「哈囉，灰翅，」落羽喵聲道，與快水相偕走進空地。「見到你真好。」

「很高興你來拜訪我們。」快水告訴他。「我們已經在這裡安頓好了，我們用小樹枝做成臥鋪，再用青苔墊上去。而且還嚇跑了兩三隻多管閒事的貓兒。我才不想讓他們佔用我的臥鋪呢。」

「他們看起來並不礙事，」落羽插嘴道。「要是他們真的對我們感興趣，我們或許可以邀他們搬來一起住。」她表情靦腆地補充道：「也許他們可以成為我們的朋友。」

嗯……落羽為什麼這麼希望有更多貓兒加入他們呢？灰翅有點納悶，不過他沒有多說什麼。「我很高興你們在這裡過得很好。」他告訴清天。

「是啊，」清天用一種滿意的表情環顧四周。「我真的覺得這地方是我命中註定該來的地方。你在高地過得好嗎？」

「很好啊，」灰翅垂下頭。「我過得很好。」

灰翅穿過林子，循原路回去，心裡很高興見到了哥哥弟弟還有他們的新家。他滿腦子想的都是他們，沒像平常那樣對周遭環境提高警覺。因此當灌木叢裡跳出一隻貓，擋在他前面時，他嚇得差點跌在地上，身子擦過一根鋸齒狀的樹墩。

灰翅發現來者是一隻銀色虎斑母貓，正瞇起綠色眼睛，狠狠瞪他。

「我以前見過你，」母貓嘶聲道。「你是其中一隻新來的貓兒，專門來找麻煩的。這裡是我們先來的，別再偷我們的獵物了。」

灰翅不喜歡打架。「這裡有足夠的獵物讓每隻貓兒都吃飽，」他語氣溫和地回答。「我叫灰翅，妳叫什麼名字？」

母貓沒有回答他的問題。「只是要讓你知道，」她沒好氣地說道，「你剛剛差點絆到的那棵樹墩，裡面有黃蜂窩。」

灰翅仔細打量，真的看到旁邊樹墩上有個灰色腫塊，兩三隻黑黃相間的小生物繞著它飛舞盤旋。他還聽見很低沉的嗡嗚聲。

「那是什麼？」他問道。

母貓翻翻白眼。「黃蜂！你連這都不知道嗎？如果你騷擾牠們，牠們會用針刺你。如果你不信，你就把腳伸過去看看啊。」

灰翅趕緊退後一兩步，遠離那棵樹墩。「不，謝了。」他喵聲說。「不過這知識真的挺受用的。」

「我不是為了幫你才告訴你。」母貓咆哮道。「我只是不希望你放聲尖叫，嚇跑所有獵物。」她旋身一轉，呸口道：「別來打擾我們。」說完便快步跑進矮木叢裡。

灰翅從林子裡出來，在高地奔馳，發現腦海裡一直擺脫不掉那隻銀毛母貓的身影。就在他爬上通往坑地的最後一道邊坡時，突然感到愧疚，覺得自己稍早前不該和龜尾爭吵。**如果我告訴她這地方有多棒，也許她就不會想去兩腳獸那裡了。**

他緩步走進坑裡，瞄見龜尾正在灌木叢底下梳洗耳朵。「嗨，」他跟她打招呼。「妳想去狩獵嗎？」

龜尾跳起來，兩眼發亮。「當然想！」

「前幾天我跟雲點一起出去狩獵，」灰翅陪龜尾走上高地時，一邊說道：「結果用以前在山裡抓雪兔的方法，抓到一隻兔子。就是其中一個負責趕獵物，把牠趕到另一隻貓的腳爪底下。今天我們也來試試看吧。」

雖然地平線上烏雲密佈，但高地上方的天空依舊蔚藍，陽光普照。野生的百里香之間，有棕色的小蝴蝶拍翅飛舞。

「好吧，我們找隻兔子。」龜尾同意道。

沒多久，他們就找到一隻正悠哉地蹦蹦跳跳、不時停下來啃食青草的兔子。

「妳在這裡等，」灰翅低聲交代。「我去把牠趕過來。」

龜尾點點頭，蹲伏下來。灰翅匍匐前進，繞上一大圈，直到確定兔子就夾在他跟龜尾之間。藏身草叢裡的龜尾只露出耳尖。

灰翅嘶聲一吼，衝了上去。兔子驚恐尖叫，直接往龜尾的方向奔。但可惜龜尾太早跳出藏身處，兔子及時躲開，改道逃竄。縱然龜尾追了上去，灰翅也加快速度追趕，兔子仍趕在他們逮住牠之前，鑽進附近的小洞裡。

「兔腦袋！」灰翅煞住腳步，氣喘吁吁地呸口咒罵。「妳根本不專心嘛。」

龜尾驚詫地瞪大眼睛，表情受傷。「難道你就從沒失誤過？」她質問他。

「至少這種簡單到爆的招數從來沒失誤過。」

「是哦，那恭喜你囉！」龜尾怒氣沖沖地回答。「我看我還是去找一隻不會要求我既得像小鳥一樣飛得高、又得像兔子一樣跑得快的貓兒合作算了。」

我猜她的意思是指阿班吧，灰翅心想，然後就這樣眼睜睜看她氣沖沖地跑過高地。

天空烏雲逐漸密佈，等到夜色降臨時，雨已經開始下了。龜尾還沒回來。灰翅躺在金雀花叢底下的臥鋪裡，但就是難以入眠。**我對她是不是太嚴厲了點？**他反問自己。

最後他終於滿懷心事地睡著了，但天才剛亮，他就醒了。他一醒來立刻穿過坑地去查看龜尾的臥鋪，結果發現是空的，臥鋪不僅冷冰冰的，連味道都已經陳腐。

一股不安像狐狸爪子似地緊緊攫住灰翅。**她去哪裡了？為什麼不回來？**

第十九章

怪獸的怒吼聲震耳欲聾，灰翅沿著兩腳獸巢穴的硬石路面緩步前進，老是聞到怪獸的惡臭味。雨滂沱地下，他的毛髮溼答答地黏在身上，總覺得全身沾滿了兩腳獸的污垢。

我一定要找到龜尾！

可是灰翅根本不知道阿班的兩腳獸窩穴是哪一個，因為這裡所有的窩穴外觀和味道都一樣。先前他快要走到兩腳獸巢穴這裡時，仍聞得到龜尾的氣味，可是進來之後，就聞不到了，因為到處充斥著狗、兩腳獸和怪獸的氣味。

他沿著一條轟雷路緩緩前進，這時一頭怪獸呼嘯轉彎，從他旁邊奔馳而過，濺起地上一灘惡臭的水，灰翅來不及跳開，當場淋成落湯雞。

兔腦袋！

全身溼透的灰翅甩甩身子，環目四顧。轟雷路在眼前迤邐，兩邊都是紅岩窩穴。他根本不知道要到哪裡找龜尾。他甚至不確定怎麼走回森林。

我迷路了！

「又是你！」灰翅身後響起一個聲音。「你在這裡做什麼？」

灰翅霍地轉身，原來是曾在森林裡遇見的那隻銀色虎斑母貓。他尷尬極了。他此刻最不想見到的就是她，因為現在的他全身又髒又臭，而且還迷路。

「哈囉，呃……妳還沒告訴我妳的名字，」他喵聲道，心裡很清楚自己的語氣聽起來很鼠腦袋。

母貓翻翻白眼。「有必要知道嗎？」

「我都告訴你我的名字了。」灰翅反駁道，語氣有點委屈。

「你是告訴我了……叫灰什麼的吧？」銀色虎斑貓故作姿態地嘆了口氣。「好啦，我叫風暴，滿意了嗎？你還沒告訴我，你來這裡做什麼？你迷路啦？」

「呃……算是吧。」灰翅承認道。

風暴哼了一聲。「老實說，你比一隻小貓還不如！長了腳也找不到路回家。你到底想去哪裡啊？」

「我想我朋友應該在這附近吧，」灰翅解釋道。「她可能跟一隻叫阿班的貓在一起。阿班的毛是玳瑁色的……有點胖，胸前和腳上的毛是白的。」

「哦，我認識她，」風暴回答。「如果你願意的話，我可以告訴你她家的主人住在哪一棟窩穴。」

「太好了。」灰翅慶幸自己終於不必繼續在這可怕的地方到處亂晃。不過他也暗地裡懊惱竟然是風暴在幫他這個忙。**她現在一定認定我是個鼠腦袋。**

風暴揮揮尾巴，要他跟上，然後繞過下一個彎道，鑽進一條兩邊都是兩腳獸窩穴的窄路上。

「我沒想到會在這遇見妳。」灰翅喵聲說道，試圖友好。「妳不像寵物貓。」

風暴停下腳步怒瞪他。「我本來就不是寵物貓。」她吼道。

灰翅不敢再說話了。**我要是開口，一定又會說錯話。**

最後風暴停在一道兩腳獸的籬笆前面。「從這裡鑽進去，」她告訴灰翅，同時用尾巴示意，接著伸出一隻腳爪拍拍他鼻子，還好爪子沒伸出來。「你確定你沒問題了？」

「沒問題，謝謝妳。」灰翅回答道。

銀色虎斑貓轉身要走，離開前又回頭瞥了一眼，綠色眼睛閃過一絲淘氣。「那就等你下次又需要救援的時候，我們再見囉？」

灰翅目送她消失在視線裡，然後才鑽進籬笆的洞裡，原來裡面有條小路可以通到窩穴，小路兩旁都是草地，圍繞四周的灌木開著鮮豔的花朵。他嗅聞空氣，聞到龜尾的味道，除此之外，還有另一個味道，他認出是阿班的氣味。

「龜尾！」他大聲喊道。

沒有任何動靜。灰翅等了好久，久到他都不免懷疑這兩隻貓兒是不是離開窩穴了。**也許龜尾正在回家的路上，我卻大老遠地跑來，撲了個空。**

這時窩穴角落有一小塊可以活動的板子突然掀開了。龜尾和阿班鑽了出來。「灰翅！」龜尾跳向他，很是興奮，「你終於想來這裡看一看了，我真高興。」

「不，我是來帶妳回家的。」灰翅回答道。

龜尾興奮的表情頓時消失，取而代之的是憤怒。「我不需要你來救我。」她喝斥道。「我只是在這裡待了一夜而已，因為外面在下雨。而且阿班的家主人真的很好，」她補充道。「牠們還給我食物吃。」

「牠們是兩腳獸，不是妳家主人。」灰翅一臉驚詫地嘶聲道。「妳忘了妳是野貓嗎？」

「不，」龜尾反駁道。「是你忘了你的禮貌。」

灰翅這才想到阿班正滿臉尷尬地站在離他們一兩條尾巴之近的地方。

「阿班，我代灰翅跟妳說對不起，」龜尾說道。「他平常不會這麼討厭的。」

灰翅發出憤怒的嘶聲。**她不需要幫我道歉！**

阿班低下頭。「沒關係。」

「我跟你回去，」龜尾告訴灰翅，尾尖氣惱地抽了抽。「不過這只是為了讓你不在這裡繼續出洋相。再會了，阿班，明天在大橡樹那兒見囉。」

她昂首闊步地離開，鑽出籬笆。灰翅朝阿班尷尬地點點頭，趕緊追上去。

「我很抱歉打擾了妳，」他們並肩走一會兒，灰翅才開口說。「我只是擔心妳。」

龜尾注視著他，表情終於柔和。「對不起，我在外面逗留太久了，可是雨那麼大，我不想一路淋雨回去。更何況阿班的窩穴好舒服！她的食物看起來有點像兔子屎，不過嚐起來的味道好極了。我昨夜就睡在我告訴過你的那種溫暖的岩石上。」

她越說越小聲，眼裡有失望的陰影。灰翅不免愧疚自己沒對她所形容的阿班窩穴表現出感興趣的樣子。**可是我們本來就不屬於兩腳獸的，不是嗎？**

灰翅快步穿過林子，留意可能的獵物，心裡同時在想要不要順道拜訪清天和鋸峰？自從那場大雨過後，已經兩天過去了，雖然現在陽光普照，但腳下的地面還是溼的。

森林深處傳來聲響，灰翅豎直耳朵，不過他發現那不是獵物的聲音，而是兇狠的怒吼聲，而且還有貓兒大聲喊道：「你這偷獵物的卑鄙小偷！」

灰翅擔心他部落裡的同伴遭到攻擊，於是趕忙穿過林子，往聲音來處奔去。他從接骨木叢裡衝出來時，看見了兩隻森林貓，一隻是白色公貓，另一隻是他曾見過的那隻嬌小的黃色母貓。有隻貓被他們堵在多瘤的橡樹樹根那裡。當他發現那隻貓是風暴時，心跳不禁加速。

「這裡不歡迎陌生貓兒。」白色公貓吼道。「所以快滾！」

「可是我不是陌生貓兒！」風暴抗議道。「我這一輩子都住在這裡。」

嬌小的母貓話不多說，立刻朝緊挨著樹根的風暴揮爪。

「不准碰她！」灰翅吼道，跳上前去，撲上白色公貓。

公貓齜牙咧嘴地朝他轉身，利爪閃現。灰翅抬起後腿猛踢對方。兩隻公貓在林子落葉堆上不停翻滾。灰翅同時也隱約感覺到風暴和黃色母貓正在旁邊嘶聲扭打。

白色公貓猛毆他的肩膀，灰翅痛得臉皺成一團。他反撲回去，試圖以尖牙箝制公貓毛絨絨的頸子，但公貓扭頭躲開。灰翅的牙齒只咬到對方的耳朵。

白貓尖聲大叫，硬生扯掉，耳朵血流如注，他蹣跚爬起，抱頭鼠竄。黃色母貓也跟著逃，但仍不忘半途停下腳步，回頭嗆道：「這筆帳以後再算！」

灰翅和風暴氣喘吁吁地並肩站著，看著兩隻惡棍貓消失在矮木叢裡。

「根本不用你多管閒事，」風暴拍打尾巴，喝斥道。「我自己對付得了。」

「我想這次是輪到我救妳了吧。」灰翅反駁道，心裡卻暗自欣賞這隻銀色虎斑貓的勇氣以及死不承認需要幫手的那股拗脾氣。不過要是能被感激一下，那就更好了。

「既然你在這裡了，」風暴開口道，「何不順便帶我去參觀一下你和你朋友住的地方？我曾聽說過你們的事。」

灰翅頓時興奮不已。「跟我來。」他喵嗚道。他帶路穿過林子，爬上高地，走到貓兒們居住的坑地附近。

「這裡不太能遮風蔽雨。」風暴語氣存疑。

「哦，金雀花叢底下很乾燥也很溫暖。」灰翅向她保證道。「我們喜歡開闊的空間，這會讓我們想起以前的老家。」

「你們老家在哪裡？」風暴問道。

「有沒有看到那些尖頂狀的石頭山？」灰翅用尾巴指著高岩山。「我們的老家有點像那地方，不過高度比它還高，而且遠到你從這裡看不到。」

風暴瞪大綠色眼睛。灰翅很高興總算有機會能讓她對他大開眼界。「哇！」她大聲說道：「走了這麼遠的路，你的腳都沒斷掉，還真是厲害。」

灰翅正要回答，突然瞄見龜尾從坑地邊緣的金雀花叢出現，朝他們走來。

「龜尾！」灰翅喊道。「來見見風暴！」

龜尾快步上來，向銀色虎斑母貓點頭招呼。「我叫龜尾，」她很有禮貌地說道。「很高興認識妳。」

「妳要去哪裡？」灰翅問她。

龜尾立刻蓬起頸毛。「如果你以為我要去兩腳獸巢穴，那麼我告訴你，我沒有要去！」

風暴豎起耳朵，驚訝地看了灰翅一眼。

灰翅嘆口氣。「這件事有點複雜。」他告訴她。

與龜尾分道揚鑣後的灰翅和風暴，回頭朝林子走去。

「我們明天還可以再見面嗎？」他們抵達森林邊緣時，灰翅問道。「妳可以帶我參觀林子。」

風暴的綠色眼睛閃過一絲黠光。「就我所知，你和你的朋友已經快把這裡的每寸地方都踩爛了。」但她趕在灰翅一臉失望之前，就先放軟語氣說道：「好啦，日正當中的時候，我在四棵大橡樹那裡等你。」

她用尾巴輕輕刷過灰翅的面頰，轉身快步離開。灰翅目送她消失在蕨葉叢裡。

灰翅爬回高地，這時瞄見雨掃花坐在上方一座岩石上。

「我看到你們了，」她喵聲道，藍色眼睛帶著淘氣。「誰會想得到……灰翅竟然愛上一隻惡棍貓了！」

「我沒有。」灰翅咕噥否認，爪子扯著地上的草。但心裡有個念頭一直揮之不去：不知道風暴有沒有考慮過搬來高地？

第二十章

回到坑地的灰翅，注意到寒鴉哭和鷹衝緊挨著頭，低聲說話，眼裡帶著笑意。他突然發現原來寒鴉哭已經長大了，個頭兒比鷹衝還高。站在那兒的他們動作親暱，看來不只是朋友關係而已。

「要是這裡能有幾隻小貓，對我們來說是件好事。」

灰翅嚇了一跳。他不知道斑皮也在他後面觀察那兩隻年輕貓兒。

「那只代表有更多張嘴要吃飯。」碎冰咕噥道，不過表情倒是挺樂的。

灰翅只覺得自己的毛髮刺刺癢癢的，不知道風暴現在在做什麼……一想到那隻銀色母貓，灰翅便感到全身每寸肌肉都在賁張。他再度爬出坑地，在高地奔馳，越跑越快，純粹享受速度所帶來的快感。寒冽冷風吹襲毛髮，他覺得他好像可以這樣一直跑下去，永遠不用停下來。

不過就在他跑到某處坡頂時，一隻吱吱尖叫的野兔朝他直衝而來，害他絆了一跤。他本能地揮出利爪，撕破兔子的喉嚨。獵物當場倒地抽搐，最後動也不動。

在那當下，灰翅本來很得意竟有獵物自行送上門來，一抬頭卻看見金雀花和風兒朝他這兒跑來。

「完了，」他嘟囔道，本能地後退一步。「對不起，」兩隻惡棍貓一走近，他立刻解釋道：「是牠自己跳到我頭上，我不是有意要偷你們的獵物。」

令他驚訝的是，風兒竟對他友善地眨眨眼。「整個過程我們都看到了，」她喵聲道。「反正這隻野兔很大，我們一起享用吧。」

「是啊，」金雀花附和道。「反正我們都得吃飽啊，更何況食物這麼多。」

灰翅垂下頭。「謝謝你們。前幾天你們還教我怎麼抓兔子，真的很受用。」他補充道。「也許我們也可以教你們一點狩獵技巧。」

金雀花和風兒互看一眼。灰翅心想希望剛剛那句話沒冒犯到他們。

還好風兒喵嗚說道：「這主意不錯。」

「好啊，不過我們可以先吃嗎？」金雀花兩眼瞪著獵物，伸舌舔舔嘴巴。

風兒嘆口氣。「可以，愛吃鬼。那我們就一邊吃，一邊聊，順便聽你說說你自己和你的朋友，我聽說你們是從很遠的地方來的。」

灰翅看著他們，很開心他們不再有敵意。「我們是從山裡一路跋涉來的，」他回答道，然後又忍不住地說：「你們要不要來見見我的朋友？」

金雀花和風兒看看彼此。「好啊。」金雀花喵聲道。「我們可以一起享用兔子大餐。」

灰翅起身帶路，金雀花和風兒拖著兔子跟在他後面，這時他突然有點擔心起來，**以前從來沒有貓兒來坑裡拜訪過，就連風暴也沒進到坑裡過。**

他走下邊坡，看見其他貓兒紛紛從金雀花叢底下的臥鋪裡出來，好奇地抬頭打量來者。高影走進坑地中央，等候灰翅。

偷盜獵物。」

「這是怎麼回事？」她喵聲道。

「呃……這位是金雀花，這位是風兒，」灰翅回答道。「他們也住在高地。」

高影瞇起眼睛。「這兩隻貓兒曾找過我們麻煩，」她提醒灰翅。「當初他們指控你偷盜獵物。」

灰翅看見寒鴉哭伸出爪子。

「對不起，我們知道是我們誤會了。」金雀花喵聲道，同時很有禮貌地垂下頭。

「我們帶獵物來跟你們一起享用。」風兒補充道，同時用耳朵指著地上的兔子。

高影猶豫了一下，然後微微點頭。「歡迎你們。」她喵聲道，不過語氣仍顯冷淡。

灰翅的夥伴們聽見她這麼說，紛紛走上前去，和金雀花、風兒一起圍坐在兔子旁。他們邊吃邊回答金雀花和風兒的問題，因為後者很好奇他們以前的長途旅行以及在山裡的老家。大夥兒很快打成一片，就連高影也卸下心防，吃了幾口兔肉。

後來金雀花和風兒走了，雨掃花快步來到灰翅旁邊。「也許這附近的貓兒不見得都對我們有敵意。」她說道。「風兒和金雀花似乎蠻正派的。」

灰翅點點頭，這時卻聽見高影冷哼一聲。他知道要她接納其他貓兒，還得花很長的時間。

過了一會兒，龜尾出現在坑地上方，嘴裡叼著一坨葉子。灰翅滿懷疑慮地瞇起眼睛，嗅聞空氣，想知道她身上有沒有兩腳獸巢穴的味道。「妳去哪裡了？」他問道。

龜尾還沒開口，雲點就在她後面現身，嘴裡也叼著一坨藥草。「謝了，」他喵聲道。「河邊有好多藥草，多虧妳在那裡，真的幫了我很大的忙。」

灰翅頓時感到內疚，**我不該懷疑她的**。

他幫忙龜尾把叼來的藥草放在雲點臥鋪旁邊。「對不起，龜尾，」他告訴她。「我其實沒有權利限制妳去哪裡。」

龜尾眨眨眼睛，似乎很高興他終於低頭道歉。「沒關係。」她開心地喵嗚說道。

✦✦✦

第二天早上灰翅覺得全身上下好像爬滿螞蟻，坐立不安。他本來想整理自己的臥鋪，但又覺得這件事很無聊又沒意義。於是又想是不是該去拜訪清天，但四隻腳就是提不起勁兒。他總覺得今天太陽爬上天空的速度怎麼這麼慢。

「嘿，」龜尾跳過來找他，用頭頂頂他的肩膀。「你要不要跟我一起去狩獵？」

灰翅看著她，似乎沒聽懂她在說什麼。「哦，不，謝了。」然後才終於說道。「我等會兒要去見一隻貓兒。」

她好奇地看了他一眼。「誰啊？」

「風暴，就妳昨天見到的那位。」

龜尾的頭突然縮了回去，好像有誰賞了她一掌。令灰翅驚訝的是，她的表情竟然很受傷。「好吧，你去吧。」她喃喃說道，大步離開。

但灰翅轉頭就忘了她那怪異的行為，一心只想著我得去見風暴了！他衝上高地，往四喬木所在的凹地奔去。當他抵達凹地上方時，都還沒日正當中。

他走下邊坡，朝四喬木的方向走過去，蕨葉輕刷他毛髮。金色陽光在枝椏間忽隱忽現，他頑皮地撲抓著地上斑駁的陽光。突然他覺得自己怎麼像小貓一樣幼稚，趕緊停下動作，不好意思地抽動鬍鬚。

不如我爬到樹上，他心想道，**等風暴來的時候，跳下來嚇她一跳好了。**

灰翅腳步輕巧地越過凹地，朝最近的樹幹跳了上去，同時一邊回想清天和鋸峰的爬樹方法。他們看起來爬得好輕鬆！他把爪子戳進樹皮，往上爬了幾條尾巴的高度，結果在攀上低矮的樹枝時，竟發現頭卡在葉叢裡，根本看不到方向，不知道該往哪裡去。這時樹皮突然脫落，他單腳掛在樹上。

「好玩嗎？」

他一聽到下面傳來打趣的聲音，愣了一下，趕緊找到支撐點爬回去，這才往下探頭。風暴站在樹根上仰頭望他，眼裡帶笑。

我真是兔腦袋！

灰翅火速爬下樹，在離地兩條尾巴之距時一躍而下。「哈囉，」他喵聲道，試圖表現得若無其事。「我只是想知道站在上面可以看得多遠。」

「那八成野豬都會飛了。」風暴回答道，尾尖彈過他的耳朵。「好了，我們可以走了嗎？」

她沒等他回答，便帶頭離開凹地，衝進林子裡。沒多久他們來到一條小溪，溪水潺潺流過壘壘卵石。陽光下，卵石表面晶亮閃爍。風暴沿著小溪走，直到抵達橫在溪中央的一根枯枝那裡。她腳步輕盈地踩著枯枝過溪，等灰翅跟上。

「這條溪是不是在大岩石那邊和河流匯合？」他跳下枯枝末端時，這樣問她。

「沒錯，」風暴說道。「你去過那裡？」

灰翅點點頭。「我跟我哥哥去過那裡探險。妳住在那附近嗎？」他們穿過林子時，他追問道。

「哦，我很隨遇而安。」她瀟灑地說道，揮動著尾巴。「森林裡到處都有地方可以落腳。不過別往那個方向去。」她說道，耳朵指向林子後面隱約可見的亂石堆。「那裡有蛇，被咬到輕則大病一場，重則致命。」

灰翅聽得不寒而慄，趕緊強忍住。「謝謝妳告訴我。」

他們循著另一條涓涓溪流往前走，穿過有金雀花叢環繞的溪谷，橫過沙坑，風暴在這裡停下腳步舔飲溪水。

「這附近的獵物不少，」她告訴灰翅。「有很多老鼠和田鼠。」

「還有松鼠，」灰翅接著說道，他想到他曾經和清天、鋸峰在這附近狩獵。「再過去的櫸木林裡，有很多松鼠。」

風暴抬起頭來，剔透的水滴在她鬍鬚上晶瑩流轉。「你倒是挺熟這附近的嘛。」她以驚訝的語氣說道。

「其實我哥哥就住在這附近，」灰翅解釋道。「妳要不要見見他？」

這次換灰翅帶路，他循著那條可以通到清天新家的小路走。自從上次和清天、鋸峰一起抓松鼠之後，已經又過了四天，他很想再見到他們。

灰翅很快聞到清天的氣味還有鋸峰的，此外還交織著另一隻貓兒的強烈氣味，但他認不出來這味道。他繞過荊棘叢，發現前方有一隻個頭兒很大的棕色公貓，有著一雙黃色眼睛。

「你是誰？」灰翅問道。他趕緊停下腳步，準備應戰。

「你又是誰？」公貓咆哮。「這裡是清天的地盤。」

灰翅驚訝地說不出話來。他本來以為這是一隻住在森林裡的惡棍貓，可是聽見這隻公貓提到清天的名字，著實令他不解。

「清天是我哥哥，」他回答道。「我們正要去拜訪他，這有什麼問題嗎？」

「只要你不找麻煩，就不會有問題。」惡棍貓瞇起銳利的黃色眼睛。「清天不喜歡陌生貓兒在他的領地附近遊蕩。」

他的什麼？灰翅心想，**惡棍貓都是這樣稱呼自己住的地方嗎？**

「我不是陌生貓兒，」他申斥道，開始惱火。「我是他弟弟！」

棕色公貓瞇起眼睛。「這樣吧，誰知道你有沒有在騙我，所以為了以防萬一，我親自帶你去見清天。休想給我輕舉妄動。」

他用尾巴示意，隨即帶著他們沿著一條兩側是蕨葉叢的小徑走。灰翅和風暴互看了一眼。

「這是怎麼回事？」她問道。

「我不知道。」灰翅回答道。

他跟在棕色公貓後面，風暴尾隨其後。最後他們從蕨葉叢裡出來，進入他哥哥落腳的坑地。清天正在荊棘叢底下伸懶腰，梳洗自己。落羽坐在水池邊，快水也在那裡，另外還有一隻嬌小的黃色虎斑母貓，灰翅以前見過她。黃色母貓竟然和善地坐在他們旁邊，著實令他吃驚。

棕色公貓昂首闊步地越過空地，站在清天面前。「我發現這兩隻貓兒正朝這裡走來，」他大聲說道，同時用尾巴指著灰翅和風暴。「這隻公貓說他是你弟弟。」

清天跳起來站好。「是啊，哈囉，灰翅。」

灰翅和風暴朝清天走過來，棕色公貓表情有點不安。

「這位是阿狐。」清天和灰翅互碰鼻頭，同時說道。「他決定加入我們。」

「這位是阿狐的姊姊花瓣。」落羽從池邊那裡喊道。「她也來跟我們一起住。」她兩眼炯亮地望著阿狐。「這不是很棒嗎？」

灰翅彷若被閃電擊中一樣感到驚駭。「真的假的？」他質問道，一臉不解地看著清天。「惡棍貓跟你們一起住？」

清天喵喵笑了起來。「別忘了，我們也是惡棍貓啊！」他喵聲道。「好了，言歸正傳，你來找我做什麼？」

近。」

「我帶風暴來跟你認識。」灰翅回答道，同時用尾巴示意風暴過來。「她住在這附近。」

「歡迎妳……」清天的聲音一開始還很愉悅，後來卻越說越小聲，目光緊緊盯著風暴。

風暴似乎也說不出話來。灰翅心想她該不會是被清天的敵意嚇到了吧？

「所以……妳住在哪裡？」清天問道，語氣顯然有點勉強。

「不一定……」風暴快速地眨眨眼睛。「我……呃……」

「她有時候會去兩腳獸巢穴那裡，」既然風暴似乎不知道該怎麼為自己解釋，灰翅索性打岔。「但她不是寵物貓。」

不過風暴和清天好像都沒在聽他說話。清天的藍色眼睛與風暴的綠色眼睛直接對上。灰翅從沒見過這麼緬緊的氛圍。

「這裡……很不錯，」風暴繼續說道，尾巴朝四周揮了揮。「很舒適。」

「是啊……妳喜歡嗎？」

他們兩個腦袋都長跳蚤了嗎？灰翅心裡納悶。

清天和風暴凝視著彼此好一會兒，頸毛微微蓬起，尾尖左右抽動。灰翅心想就算這兩隻貓兒互相撲上去，他也不會意外吧。

「嘿，我們何不……」他正要開口。

「我得走了。」風暴唐突打斷。

清天表情失望。「為什麼？」

風暴慌亂地搖搖頭。「我得去狩獵了。」她終於說道。

「歡迎妳隨時來這裡。」清天開口邀約，但語氣顯得失望。

「我會的。」風暴轉身走出空地，灰翅看了清天一眼，趕緊轉身，跟著她出去。

剛剛是怎麼回事？他心裡納悶，於是跳上前去，追上風暴。「妳還好嗎？」

「什麼？」風暴轉身看他，那雙綠色眼睛有點失了魂。「哦，沒事，我很好。」

她走向河邊，沿著河道朝四喬木的方向緩步前進。灰翅突然發現他們之間向來嬉鬧玩笑的友誼竟像晨霧般消失了。

「我們明天可以再見面嗎？」他們停在林子邊緣時，他開口問道。

風暴嘆口氣。「我不知道欸……那……回頭見了。」她沒等他回答，便轉身跳進林子深處，留下愕然的灰翅目送她離去。

第二十一章

灰翅不懂為什麼才一天光景，就起了這麼大的變化。四棵大橡樹還是像以前一樣巍然矗立，但樹葉毫無生氣，動也不動，這裡一點風也沒有，森林陰陰鬱鬱的，沒有太陽破雲而出。更糟的是，沒有風暴的蹤影。

這時灰翅突然聽見窸窣聲響，看見蕨葉叢左右晃動，一隻貓兒現身凹地邊緣。他頓時燃起希望，但一看見是龜尾走進空地，便又失望地垂下尾巴。

「嗨，」她喵聲道，朝他跳了過來。「我在狩獵，要不要一起來？」

灰翅搖搖頭。「對不起，我在等風暴。」

「又在等她？」

「是啊，又在等她。」灰翅回答道，心裡有點懊惱龜尾語氣的不以為然。但在滿腔希望又滿懷疑慮的交相衝擊下，他覺得自己一定得找隻貓兒說說心裡話才行。「我……我真的很喜歡她，」他承認道。「我希望她能來坑地跟我們一起住。」

龜尾瞪大眼睛。灰翅驚見那雙綠色眼眸的深處竟盛滿憂傷。

「哦……我懂了。」她喵聲道。「那我走了。」她轉身，迅速往兩腳獸巢穴的方向快步走去。

可是她不是說她要去狩獵嗎？灰翅心想道，但又忙不迭地四處搜找風暴的蹤影。他一度聞到她的味道，隨即發現那味道已經陳腐，八成是前一天遇見他時留下的。

「灰翅！」

那不是他渴望聽見的聲音。他轉身看見高影在半山腰處跟他打招呼。

「陪我走走。」他一走過去，她便開口邀約。「我需要跟你聊一聊。」

高影帶頭穿過森林，沿著高地邊緣走。「再跟我說說那幾隻決定跟清天、月影一起住的貓兒。」

灰翅聳聳肩，隔著林子窺看動靜，心想風暴或許會突然出現。「我知道的都告訴你啦，」他回答道。「就我所知，他們似乎適應得不錯。」

高影若有所思地點點頭。「你覺得我們應該邀金雀花和風兒搬來坑地跟我們一起住嗎？」

這話令灰翅嚇了一跳。他還以為最不可能做出這種決定的就屬高影。先前他帶那兩隻惡棍貓前去拜訪時，她的態度尤其冷淡。

「這對我們來說有點怪，」他猶豫了一會兒才開口。「以前在山裡的老家，都不會有別的貓兒，所以我們不太會去邀陌生貓兒搬過來一起住。」

「我懂。」高影附和道。「可是也許我們應該考慮一下這個做法。這樣一來大家可以一起狩獵，要是有狗或狐狸來襲，也比較不會缺少幫手。」她嘆口氣又說道：「我真希望蔭苔還在，他一定知道該怎麼做。」

「也不見得，」灰翅告訴她。「就算他在，他也從沒處理過這類問題，一樣會取決不下。」他想了一會兒，才又繼續說道：「也許我們應該照尖石巫師說的，相信自己的直覺。」

「好吧，」高影喵聲道，聲音突然有了精神。「我的直覺告訴我，我們不該太急著讓別的貓兒住進來。反正時機還沒到。」

「我都無所謂，」灰翅回答道，但卻忍不住反問自己：**那風暴怎麼辦？**

✦✦✦

接下來那幾天，灰翅強迫自己別再花時間到處找風暴，刻意忙著狩獵和幫忙整理坑地裡的臥鋪。

他甚至跑到河邊那麼遠的地方收集青苔，結果在那裡聽到一個親切的聲音跟他打招呼。「灰翅！」

是金雀花！風兒就跟在他後面。他們跑到水邊找灰翅，兩隻貓兒都與他互觸鼻頭。

「真高興見到你們，」灰翅喵聲道。「狩獵順利嗎？」

「還不錯，謝謝。」風兒回答。「不過我們這幾個月來所抓到的兔子，就屬上次那隻最肥了。」

「那天去拜訪你們的領地，還挺好玩的，」風兒告訴他，尾巴親切地彈動。「我們可以再去拜訪你們嗎？也許我們可以指點你們有哪些地方最適合狩獵。」

「下次好了，」灰翅尷尬地回答。「我們最近有點忙。」

金雀花點點頭。「沒問題。」

灰翅慶幸這兩隻惡棍貓並未見怪。他還蠻喜歡金雀花和風兒，也想再邀他們去坑地，可是礙於他最近跟高影的談話，還是作罷。他其實能理解高影對陌生貓兒的顧慮。

那風暴怎麼辦？他心裡不免又想起這件事。風暴對他來說並不陌生啊。銀色身影再度現身他腦海，害他又變得焦慮不安。**也許我是該擔心最近為什麼一直沒見到風暴……也許她遇到了什麼麻煩。**

灰翅跟金雀花、風兒道別後，便逕自丟下剛收集的青苔，穿過高地往森林走去。他加快腳步，心想必要的話，他可以直搗兩腳獸巢穴的核心。但才抵達林子邊緣，就驚訝地停下腳步，因為他看見有個銀色的虎斑身影從矮木叢裡出來。

「風暴！」他喊道。

風暴嚇了一跳。在那當下，灰翅還以為她是不是不太想見到他。不過當他跳上前去時，卻看見她那雙綠色眼睛溫暖又熱情。「哈囉，」她喵聲道。「你近來過得怎麼樣？」

「還不錯，」灰翅回答。他想問風暴最近去哪兒了，但又擔心這樣問太沒禮貌。**反正她現在就在眼前，這一點比什麼都重要。**

兩隻貓兒肩並肩地往河邊走去，在那裡蹲伏下來。河床岩間有小魚游來游去，細小的魚身在陽光下閃閃發亮。

「我有個朋友會抓魚。」灰翅說道。

風暴瞪大眼睛。「真的假的?好厲害哦!」

沉默再度當頭罩下,灰翅覺得有點尷尬。他有好多事情想告訴風暴。但不知怎麼搞的,就是找不到話說。

「我希望我能再邀妳到我們坑地那裡走走。」他終於開口道。「可是高影對陌生貓兒有點顧忌。不過我們可以約在別地方見面,對不對?」

「可以啊。」風暴回答,但沒有多作回應。

灰翅頭挨了過去,想跟她摩搓鼻口,但她竟轉過頭去,站了起來。「那我們下次見囉。」她開心說道,往林子的方向跳開。

灰翅目送著她,尷尬到全身發燙。**不知道我又說錯了什麼……我真的不瞭解她。**

灰翅收集好青苔,調頭回坑地去。到家後,他把青苔擱在新臥鋪的旁邊,鷹衝和雲點正在那裡忙絡著。這時他瞄見龜尾兩手空空地從兩腳獸巢穴那裡回來,全身都是兩腳獸的味道。

「妳又去找阿班了?」他斷言道。剛剛跟風暴的尷尬對話令他耿耿於懷,因此多少把氣出在龜尾身上,說話的語氣顯得不耐。「妳就這麼喜歡跟她在一起?勝過跟我們?」

龜尾彈彈耳朵,用力甩打尾巴。「哦,是嗎?你自己好像也沒什麼時間陪我,」她厲聲道。「不過如果我長了一身銀毛,也許你就會對我另眼相看了。」

「妳在胡扯什麼?!」不過灰翅心裡很清楚道龜尾說的一點也不假。「別無理取鬧了，」這次他語調溫和了一點。「風暴很優秀，我希望她不久就能加入我們。」

龜尾木然地看著他。「太好了，」她語調平板地說道。「我真為你們兩個感到高興。」說完轉身就走，尾巴抬得高高的。

灰翅一頭霧水地看著她走遠。站在附近的碎冰故意嘆了一大口氣。「灰翅，你有時候真的很遲鈍欸！」他咕噥道。

「我不懂你在說什麼。」灰翅回答道。

碎冰翻翻白眼。

灰翅一臉不解地搖搖頭，緩步過去幫忙雲點和鷹衝整理新臥鋪。夜色降臨前，他們終於弄好了所有的臥鋪。灰翅好久沒睡得這麼舒服。一早醒來，只覺得神清氣爽。他站在臥鋪邊甩掉身上的青苔屑，這時龜尾快步走了過來。

「灰翅，可不可以跟我出來一下？」她問道。「就我們兩個？」

「當然，」灰翅決定不要再像昨天那樣對她多作批評。「妳想狩獵嗎？」

龜尾搖搖頭。「我想跟你聊一聊，但不要在這裡。」

她帶著他穿過高地，來到瀑布上方，湍急的河水從這裡急沖而下峽谷。她蹲在水邊，沒有說話，一逕低頭看著岩間的急流。

灰翅坐在她旁邊，漸顯不耐。「到底什麼事？」他問道。

「我們旅行了很久才來到這裡，」龜尾輕聲說道。「當時我們曾經懷疑這裡到底是不是真正的終點。不過現在……我們……我們似乎都各自找到了不同的終點。」

住。」

「是啊，」灰翅喵聲說道。「清天和其他貓兒……」

「我指的不是清天，」龜尾打斷道。她吞吞口水，深吸一口氣。「我要搬去跟阿班住。」

灰翅跳起來，驚愕不已。「不行！」他大聲說。「妳是野貓！不能去當寵物貓！」

龜尾彈彈尾巴。「那我就當一隻很野的寵物貓。灰翅，我不認為這裡還有什麼空間容得下我。」她站起身，用鼻子輕觸他的耳朵。「答應我，想追求，就勇敢去追吧。」

灰翅聽得一頭霧水，但仍然點點頭。「好，我答應你。」

灰翅雖然不懂龜尾為何做出這個決定，但還是陪著她慢慢走到兩腳獸巢穴的邊緣。雖然隔著林子，但猶可隱約望見巨大的紅色窩穴，龜尾停下腳步，朝他轉身。

「你會幫我告訴他們我去哪裡嗎？」她問道。「我不好意思在他們面前說。」

「我當然會幫妳轉告。」灰翅回答道。

「別擔心，我會回來看你們的！」龜尾的語氣聽起來似乎是在強顏歡笑。

她伸出尾巴，輕輕刷過灰翅腰腹，隨即轉身，朝兩腳獸的窩穴跑去。灰翅目送她消失在視線裡。他覺得心裡好空虛，彷彿有什麼很重要的東西從他生命裡徹底消失。

這一切的變化太快了，他心想道，腳步沉重地離開兩腳獸巢穴。**每隻貓兒都得為自己的未來做出選擇……我的選擇是風暴，就像龜尾選擇了兩腳獸巢穴一樣。**他終於下定決心。**我要叫風暴跟我一起住在坑地裡，如果風暴是我的伴侶貓，高影一定能夠諒解。**

他快步沿著河邊走了好一會兒，來到巨岩堆那裡，再轉身循著旁邊的支流前進。他興奮到腳爪微微刺痛，一路上都在想像若有風暴陪在他身邊一起狩獵、一起探險，累了就在臥鋪裡休憩，該有多麼美好。等到時機成熟，他們甚至會有自己的小貓。

他忽然察覺到矮木叢裡有銀色身影閃過，他立刻停下腳步，風暴映入眼簾，銀色虎斑毛髮上映照著美麗璀燦的陽光。

「灰翅！」她喊道，同時快步過來。「我正在找你。」

喜悅像溫暖的陽光流竄灰翅全身。「我也是，」他告訴她。「有事想告訴妳。」

風暴的綠色眼睛流露出不解。「我也有事想告訴你。」她大聲說道，然後猶豫了一下才又說道：「我決定搬去跟清天住。」

灰翅驚駭到猶如被狐狸的爪子狠狠剝了一層皮。「妳為什麼要搬過去住？」

風暴的鬍鬚不停抽動。「你介紹我們認識之後，我們又碰了好多次面，」她解釋道。「我們彼此都覺得……」

灰翅突然懂了。「哦，我知道了，」他喵聲道。「那很好啊。」

風暴朝他挨近，甜香的氣味迎面撲來。「灰翅，很抱歉」她低聲。「我本來以為……可是，」她退後一步，接著說：「我們還是可以常見面，反正這森林又不大！」

她說完轉身離開，優雅地揮動尾巴。灰翅把爪子戳進土裡，緊咬牙根，悶不吭氣。風暴已經做出選擇，只不過不是選他。灰翅這輩子從來沒有這麼孤單寂寞過。

也許這是我欠我哥哥的，他心想道，試圖合理化這一切，**因為我，亮川才會喪命。現在我終於有機會補償清天，讓他再次得到幸福。**

第二十二章

高地上的灰翅朝林子飛奔而去。野風寒冽，吹襲他的毛髮，腳下結霜的草葉硬梆梆的。寒冷的季節又回來了。

前方綠色的森林斑駁染上棕、黃、褐的色彩。灰翅趨近時，一陣風兒突然襲來，枯葉飛撲上他的臉。他突然瞄見雨掃花正在林子外緣下方跳來跳去，伸長腳爪，想抓空中的落葉。

灰翅停下腳步看著她。「好玩嗎？」他過了一會兒才出聲問道。

雨掃花趕緊轉身，站在原地尷尬地眨眨眼睛，前爪刮著地面。「呃……這是很好的運動嘛。」她喵聲道。

灰翅喵嗚認同。「森林的樣貌變了好多，包括顏色……還有落葉啊。這在山裡老家都不曾見過。」

「我們那裡的樹跟這裡的不一樣。」雨掃花同意道。她突然跳進塞滿落葉的樹根凹處，再踉蹌爬起來，身上猶沾著一些葉屑，嘴裡發出快樂的喵嗚聲。「我喜歡聽落葉被壓扁的輕脆聲響。」

灰翅也心癢地想上前試試看，但他知道他得去狩獵。就在這時，寒鴉哭從林子裡出來，尾巴不停抽動，眼裡閃著怒色。

「怎麼了？」灰翅問道，同時快步走過去。

「我剛剛想去拜訪落羽，」黑色公貓吼道。「但是有一隻我從沒見過的貓兒把我打發走，他說清天不希望有別的貓兒出現在森林裡。」

「他腦袋長跳蚤了嗎？」雨掃花大聲說道。「你沒告訴他，落羽是你姊姊嗎？」

「我當然說了，」寒鴉哭回答道。「可是沒用。他連爪子都露出來了……而且他個頭兒比我大。」

「我相信這只是一場誤會，」灰翅喵聲道。他記得當初阿狐也曾半路阻止他去拜訪清天的新家。「清天絕對不會不准我們去探訪的。」

寒鴉哭發出懊惱的咕噥聲。「那麼他應該明白告訴他的手下啊。」

灰翅想了一下。「我去看看怎麼回事，」他決定道。「反正我也很久沒去他那兒了。」**而且我已經有兩個多月沒見到風暴了。**

他跑進林子裡，走到小溪那邊，再沿著溪邊來到他哥哥落腳的坑地。他循著小徑轉向，前往清天的新家。路上，他聞到好幾隻貓兒的味道，有些味道他認不出來。

清天一定是找了更多惡棍貓加入他們。

就在他快走到空地時，有兩隻貓兒突然從矮木叢出來，擋住去路。其中一隻是阿狐，另一隻是白色公貓，好像似曾相識。灰翅突然想起他就是曾經攻擊風暴的其中一隻惡棍貓。黃色母貓花瓣則坐在兩條尾巴距離之外的一棵老樹墩底下。

「你來這裡做什麼？」白色公貓質問道。

灰翅忍住怒氣。「我來拜訪清天。」

「他是清天的弟弟。」阿狐插嘴道。「但這身份並不代表他可以隨時闖進這附近。」

「這倒是個好藉口嘛，」白色公貓冷笑道。「我看你是來偷盜獵物的吧。」他又追加一句。

「你的『獵物』怎麼了？」灰翅心裡一股怒火，頸毛跟著豎起。「不是獵物住得離你比較近，就表示牠是你的。獵物是屬於大家的。」

「清天不這麼認為。」阿狐吼道，悄悄伸出爪子。「我想你最好離開，免得我們動手。」

灰翅猶豫了一下，不知道該怎麼辦。**我打不過這兩隻貓的。**

「現在就滾！」白色公貓咆哮道，同時上前一步，與灰翅對峙。

「怎麼回事？」清亮的聲音從灰翅身後傳來，乍聽之下猶如大熱天裡一股沁涼的泉水。他轉身看見風暴。「哈囉，」她招呼他，親切點頭。「能再見到你真好。」

灰翅垂頭，不太知道自己該說什麼。

他還沒找到話開口，白色公貓便轉身對風暴抱怨：「這隻惡棍貓在偷盜我們的獵物。」

「真的假的？」風暴挖苦道。「我怎麼沒看到他叼著什麼獵物，你看到了嗎？我也沒在他身上聞到獵物的味道。會不會是你們兩個垃圾食物吃太多，所以腦袋長跳蚤了？」

「我們只是奉公行事。」阿狐反駁道。

風暴翻翻白眼。「這位是清天的弟弟，灰翅。阿狐，你以前見過他，花瓣也是。」她沒放過花瓣，但後者卻故意裝作沒自己的事。「他什麼時候想來看清天都可以。來吧，灰翅。」

風暴不屑地彈彈尾巴，從兩隻公貓中間擠過去，朝清天的空地走去。

「他們為什麼那麼有敵意？」灰翅問道，初見風暴的尷尬心情如今已被滿腹疑惑取代。

風暴回頭看了他一眼。「清天認為聚落的建立很重要。他覺得這樣做才能杜絕別的貓兒染指我們的獵物。」

「我懂了。」灰翅低聲道，但他不確定這樣做是否是對的。**不是有足夠的獵物給大家吃嗎？**「妳在這裡住得還習慣嗎？」他問道。

「這裡很安全，很方便大家互相照顧。」風暴又回頭看了他一眼。「我和清天希望我們的孩子能在這裡長大。」

「恭喜，我真為你們感到高興。」灰翅本來以為這句話會哽在喉嚨裡說不出來，但還是勉強自己吐了出來。

灰翅和風暴一從空地周圍的蕨葉叢裡鑽進去，清天便立刻衝過來找他們，但他沒理會灰翅，先忙著用尾巴圈住風暴的肩膀。

「妳怎麼離開領地了？」他質問道。「妳應該多休息，不然我們的小貓怎麼辦？」

失去亮川的這件事八成害清天變得很患得患失，灰翅心想道。

風暴似乎並不領情。「我又不會因為出去散個步就出什麼事。」她反駁道。「但還是有風險啊，何必去冒這種風險呢。」清天仍然很堅持。「妳快回臥鋪去休息一下吧。」

風暴眼裡燃著怒火，但沒有反駁，大步離開，消失在接骨木的樹叢底下。

當場目睹口角的灰翅只覺得好尷尬，還好這時鋸峰朝他跑了過來，消弭了他的不安。「灰翅！見到你真好。我有好多話要跟你說！」

「我也是。」灰翅回答道。鋸峰現在幾乎已經完全長大，他兩眼炯亮，毛色也健康光滑。「你……」

「我現在有點忙。」清天打斷道。「灰翅，你到底要做什麼？對了，鋸峰，你不是應該去狩獵嗎？還不快去！」

灰翅聽見清天下達命令，不免驚訝地眨眨眼睛。可是鋸峰似乎不以為意，他朝清天垂頭領命，隨即開心地跑開。

「你介意我喝口水嗎？」灰翅問道，同時彈著尾巴指指領地中央的那池水。那兒沒有貓兒，他希望在沒有別隻貓兒打岔的情況下好好跟清天聊聊。

清天不耐地抽動耳朵，點點頭。「當然可以啊，請自便！」

灰翅緩步走到水邊，雖然不渴，但還是舔了兩口，然後花了一點時間鎮定自己的情緒，才轉身面對他哥哥。

「寒鴉哭告訴我，你們不准他來見他姊姊落羽。」他說道，同時甩甩鬍鬚上的水滴。「我想知道這是怎麼回事。」

清天聳聳肩。「我知道阿狐和冰霜邊界守衛時太吹毛求疵了一點，」他自承道，「不過這樣才能保障我們的安全。」

「什麼？」灰翅一臉不解地看著他哥哥。「邊界？」

「我是在試著保衛我們的新家園。」清天解釋道，語氣聽起來顯得防備。

「我能理解。」灰翅小心自己的措詞。「但我擔心你會在我們之間製造分裂……我意思是我們這些高山貓。」

「不會的！」清天堅稱道。「我還是很歡迎你們隨時來拜訪我們。」

「那麼也許你應該知會一下阿狐和冰霜……」灰翅開口道。

但他的這句話被驚恐的尖叫聲打斷。他連忙轉身，看見落羽和月影穿過空地，跑了過來。

「發生了什麼事？」清天質問道。

「是鋸峰！」落羽說得上氣不接下氣。「我們在抓一隻松鼠，結果鋸峰從樹上掉下來了。」

「他起不來。」月影追加一句。

「快帶我去。」清天怒聲道。

灰翅跟著他哥哥和其他貓兒衝出空地，胃緊張地揪在一起。**鋸峰，你千萬別出事啊！**他一想到心就痛，他還記得那孩子多有活力，多有膽識，**他不能死！**

貓兒們進了林子，只走了幾條尾巴距離就在一棵高聳的櫸木旁停下來。鋸峰躺在一坨被壓扁的蕨葉叢裡，灰翅聽見他弟弟的呻吟聲，這才鬆了口氣。**他還活著。**

但他有條後腿的姿勢很奇怪。鮮血正從傷口汨汨流出，黏在毛髮上。

「我們要怎麼辦？」落羽憂心地問道。

「我去找斑皮或雲點來。」灰翅立刻說道。「他們知道怎麼幫他。」他隨即出發，但又停下腳步，回頭對清天喊道：「你告訴阿狐和冰霜，待會兒別擋我們的路。」

灰翅沿著林子邊緣跑，穿過高地，不斷加快步伐。野風吹襲他的毛髮，他感覺得到高地上粗糙的野草正在磨擦他的肚子。

他抵達坑地時，雲點出外狩獵了，但斑皮還在一塊能晒到微弱陽光的地方伸著懶腰，一邊與碎冰小聲交談。她一聽見灰翅說明始末，立刻跳了起來。

「我當然要去。」她喵聲道。於是他們立刻出發。

清天和他的貓兒們都不敢移動蕨葉叢裡的鋸峰。落羽蹲在他旁邊，輕輕舔他，小聲鼓勵。當她看見斑皮時，趕緊起身，退到後面。「妳能不能幫幫他？」她問道。

「我會的。」斑皮安慰道。「鋸峰，我要看看你的腿，再決定怎麼處理。」

「好，」小貓聲音粗啞，顯然很痛。「斑皮，我真高興妳來了。」

身形修長的龜殼色貓兒彎下身子，仔細嗅聞鋸峰的腿。「你們有金盞菊嗎？」她問清天。

「我們可以去摘一些回來。」清天回答道，同時朝月影彈動耳朵示意。「你知道哪裡有嗎？」

月影點點頭，立刻離開。

「灰翅，你可不可以幫我找兩根很直的棍子？」斑皮問道。「還有幾條長一點的藤蔓。」

「好的，我去。」灰翅回答道。

他鑽進林子深處，看見地上倒著一棵樹，纏繞著很多藤蔓，其中有一坨糾結成團，他懷疑那是白嘴鴉的巢。他挑了兩根很直的棍子，又扯了幾條藤蔓下來，帶回鋸峰那裡。

「謝了，灰翅。」斑皮喵聲道。「鋸峰的腿斷了，」她接著說。「但如果我們可以把它固定在棍子上，骨頭就會自己長好。我以前沒弄過，不過我看過尖石巫師幫尖雹處理過斷腿，他從岩石上跌下來，後來被尖石巫師治好了，所以鋸峰你也會好起來的。」

「我希望會。」小貓喃喃說道。

「這會有一點痛，」斑皮警告他。「有誰可以再幫我找一根棍子讓他咬在嘴裡。」

等清天把棍子塞進鋸峰的嘴裡，斑皮便拉直他的斷腿，再用兩根棍子夾住，以藤蔓固定好。過程中鋸峰淒厲尖嚎，緊咬嘴裡的棍子，用力到連棍子都被咬斷。

「好了。」斑皮喵聲道。「最痛苦的部份已經結束了。鋸峰，你剛剛很勇敢。」

這時月影叼著一坨金盞菊回來，斑皮嚼了嚼，將汁液吐在鋸峰腿上的傷口上。

「他的傷口每天都需要抹點金盞花的汁液。」她指示清天。「還有他受到驚嚇，所以可以給他吃點百里香安神，再給他一點罌粟籽助眠。你們都有這些藥草嗎？」

「我們可以自己去摘。」清天回答道。「但是妳能不能留下來照顧他？他需要妳。」

斑皮一臉驚訝地看了灰翅一眼。「我想應該可以吧，」她猶豫了一下，終於同意。「灰翅，你幫我把鋸峰扶到他臥鋪那裡，小心別碰到那條傷腿。」

當他們把鋸峰移回領地裡的臥鋪時，鋸峰顯然痛苦萬分，等到他們把他安頓好時，他已經痛到差點快昏過去了。

「清天說得沒錯，我真的得留下來。」斑皮喵聲道，不過表情不是很高興。「灰翅，麻煩你幫我知會高影一聲。」

「我會的。」灰翅說道。他跟清天還有斑皮她道別後，便離開領地。當他經過接骨木那裡時，曾試著瞥看灌木叢裡風暴的身影，但只見到模糊的影子消失在窩穴暗處。她沒有出聲喚他。

第二十三章

自從灰翅從清天的領地裡回來之後，就一直很擔心鋸峰。但是沒有貓兒可以告訴他，他的弟弟究竟怎麼樣了。灰翅真希望龜尾還在身邊可以陪他聊一聊。

自從她搬去跟阿班住，我就一直很想她，灰翅發現龜尾並未像當初所承諾的經常回來探望他們。不過灰翅有時候會在四喬木那的巨岩上聞到她的氣味，只是從來沒在那裡見到她。

有時候我總覺得自己好像少了一隻腳爪。

斑皮在清天那裡待個半個月。有一天太陽下山時，她終於回到坑地。她懊惱地甩甩身子，緩步過來找他們。

「老實說，」她大聲說道。「誰都感覺得到清天根本是把我當囚犯看。我一直被困在他那個……領地裡，反正他把那兒叫做領地，害我連伸個懶腰的地方都沒有。」

「鋸峰怎麼樣了？」灰翅問道。

「他的腿可以動了，」斑皮回答道。「但還是跛得很厲害，不過慢慢會改善。」她在碎冰旁邊趴下來。「哦，能回來真好！」

「我真的好高興妳回來了。」鷹衝喵聲道。「我跟寒鴉哭的小貓就快出生了，我本來還擔心妳來不及回來幫我接生。雲點是很稱職啦，但他就是不太能體會我懷孕是很辛苦的。」

「這真是好消息！」灰翅喵嗚道，碎冰也低聲道賀。

「嚴寒的季節快到了，雖然不是生小貓的理想時機，」斑皮喵聲道，「但妳別擔心，我和雲點一定會確保妳生產順利。我們最好現在就開始採集藥草存放起來。」她補充道。「這樣一來，萬一有緊急狀況，就不愁沒有藥草用了。」

斑皮回來後第二天，灰翅便外出上高地狩獵，同行者還有寒鴉哭、雨掃花和碎冰。太陽爬上了地平線，冷風掃過高地，地上的草全結了霜。高地上的水塘和小溪邊緣也都結了冰。貓兒們吐出的鼻息全成了白色的裊裊雲煙，只好蓬起毛髮抵禦寒氣。

「我很好奇這裡會不會下雪。」雨掃花喵聲道。「現在越來越冷了。」

寒鴉哭點點頭。「要是這裡會下雪，我的小貓恐怕需要一個更安全溫暖的住所。我在想不知道我們可不可以搬進林子裡，等天氣暖和了再搬回來。」

「清天恐怕會覺得我們在找他麻煩。」碎冰咕噥道。

寒鴉哭立刻豎起耳朵，表示抗議。「森林又不是他的。」

「走吧，」灰翅打斷道，總覺得自己不太能忍受同伴們對清天的敵意。「我們是來狩獵的。看誰能先抓到兔子？」

還好兩隻公貓不再爭論，於是四隻貓兒往高地散開，但還是待在視線裡的距離內。雨掃花是最先看到獵物的，她立刻衝上前去追兔子，獵物連忙逃開，奔向布滿金雀花叢的邊坡。

灰翅也跟在雨掃花後面追上去，希望趕在兔子鑽進洞前，截斷生路。然而還剩幾條尾巴距離的時候，雨掃花已經衝上坡頂，消失在另一頭。沒過一會兒，灰翅突然聽見雨掃花尖銳的叫聲。

「雨掃花！」灰翅喊道。

他的心狂跳，趕緊衝向她的消失所在處，結果發現自己正站在高地某處坑地的邊坡上，四周幾乎被金雀花叢悉數包圍，坑底凹凸不平，草叢稀疏，坡道上長滿成排的金雀花叢和大小岩石。坑底的其中一處盡頭有座很大的岩石，坑底中央布滿鬆軟的土壤。

「雨掃花！」灰翅放聲大喊。「妳在哪裡？」

碎冰和寒鴉哭也趕到，上氣不接下氣地站在旁邊。「怎麼了？」寒鴉哭問道。

「雨掃花……不見了。」灰翅回答道，對於她的突然消失感到驚愕不解。**難道這下面有什麼東西會吞食貓兒？**

「那是什麼？」碎冰問道，同時用尾巴指著。

坑地中央鬆軟的沙土正慢慢浮起。雨掃花的頭猛地冒了出來。她用兩隻前爪不停扒抓，但沙土不斷崩落，害她怎麼也爬不出來。「快救我！」她喊道。

寒鴉哭正要往前跳，卻被灰翅用尾巴攔下。「我們得小心一點，」他警告道。「不然也會掉進裡面。」

灰翅謹慎地帶隊走下坑地。「妳還好嗎？」他趨近雨掃花，開口問道。

「還好，」她回答道。「我只是吞了一些沙子進去，沒大礙。這下面有兔子洞，到處都是。」

「真的假的？」碎冰興奮到語調高亢。「有兔子嗎？」

雨掃花搖搖頭。「味道都很陳腐。」

灰翅走到雨掃花旁邊，腳下地面立刻微陷，不過還能承受得住他的重量。「我一喊『開始』，妳就趕快爬出來。」他吩咐她怎麼做，隨即小心地低下身子，緊咬住她的頸背。「好，開始！」

灰翅用力一拉，雨掃花順勢撐起身子，要爬出來，但掙扎了好一會兒，都不見進展，灰翅還以為他們永遠都爬不出這個洞了，碎冰這時趕緊過來，從另一邊抓住雨掃花的頸背。寒鴉哭也來幫忙。才一會兒功夫，四隻貓兒全都後仰癱倒在地，雨掃花總算被拉了出來，踏上堅實的坑地。

「謝了！」雨掃花上氣不接下氣，呸口吐出嘴裡的沙子，甩掉身上泥巴。

「我們應該離開這裡。」寒鴉哭喵聲道。

「等一下。」碎冰正在低頭窺看雨掃花剛剛跌進去的洞，並用前爪試著刨開邊緣。「如果我們把這些泥土挖開，就能進到地道裡。」他解釋道。

「為什麼要進去？」寒鴉哭問道。

碎冰不發一語地跳進洞裡。現場寂靜無聲，過了一會兒，他的聲音才從下方深處傳來。「雨掃花說得沒錯，這裡有好多地道。而且土質很鬆軟，很容易挖開讓洞口變大，這樣我們就能進去了。」

「金雀花和風兒常跑進洞裡抓兔子。」灰翅喵聲道。他開始相信這是可行的辦法。

寒鴉哭的眼裡閃過一絲黠光。「你是說我們追兔子的時候可以一路追進牠們的洞裡？」

「不只這樣，」碎冰的頭從洞裡冒出來，花了點功夫在洞緣鬆軟的沙土上扒了好幾下才爬了出來。「這些地道很深。如果打仗，我們就可以偷偷沿著這些地道跑到高地的其他地方。」

灰翅盯著碎冰，全身起了一陣寒顫。「你在說什麼？打仗？我們和這裡的貓兒都是朋友啊。我們要跟誰打仗？」

碎冰不以為然地看他一眼。但灰翅別開臉。「這些地道當然很有用。」他喵聲道。「可以用來遮風蔽雨，也可以躲狐狸和兩腳獸。」

雨掃花點點頭。「我們得告訴高影這件事。我去找她。」

灰翅和寒鴉哭趁等候的時間，也跟著碎冰進到洞裡，結果找到更多地道。

「你說得對，」灰翅低聲道，同時低頭看其中一條黑色通道。「它們似乎很深。」

寒鴉哭突然跳進黑暗裡。灰翅緊張地探看，還好他一下子又出現了，腳爪興奮地扒刮著地上的沙土。

「可以欸，」黑色公貓喵聲道。「我們只要挖幾個透氣的洞，讓光能透進來，然後就可以叼些青苔過來做臥鋪。我和鷹衝的小貓待在這裡會很安全也很保暖。」

他話還沒說完，洞口的光突然消失了。灰翅轉身，隱約辨識出是高影的頭顱擋住了洞口。過了一會兒，她也跳進來加入他們。

「這裡太棒了！」她大聲說道。「正是我們需要的地方。你們在這裡有沒有聞到狗或狐狸的味道？」

碎冰搖搖頭。「只有陳腐的兔子味。我想兔子一定是在地道崩落前就先搬走了。」

「嗯……那我們最好小心點，得確定這裡的沙石不會再坍下來。」高影沉思道。「雖然如此，我還是認為我們應該把整個領地搬到這裡來。季節寒冷時可以在地底下做窩，天氣暖和了，就睡在金雀花叢底下。」

寒鴉哭興奮地跳起來。「太好了！」

✦✦✦

後來那幾天，貓兒們都忙著搬遷，他們橫越高地，來到全新的領地，在地道裡挖出空間改成窩穴，找材料製作臥鋪。雲點和斑皮小心地將庫存的藥草全搬了過來，還在其中一條地道裡找到安全的地方存放。

寒鴉哭是他們當中最擅長探索洞窟的貓兒，他在高地底下找到好幾條很深的地道，有些地道的出口就在金雀花叢附近和邊坡的岩間。

即便只是某段時間得住在地底下，灰翅還是覺得怪。他勉強走進這些令他窒息的封閉空間，不過他也明白這些地道對他們的確有好處。

坑地那種地形太容易受到攻擊，而這裡可以遮風避雨，躲開狐狸。然後過了一會兒，他才又勉為其難地告訴自己，**也許……也能躲開其他貓兒。**

第二十四章

灰翅嘴裡叼著兔子正要回新領地，突然看見兩隻貓兒從森林那邊走過來。他放下獵物，等候他們。

當他們趨近時，他才認出是鋸峰和那隻剛加入清天陣營的白色大公貓冰霜。鋸峰一路得靠冰霜扶著走，灰翅看得出來他那隻傷腿幾乎無法踩在地上。

自從鋸峰從樹上掉下來，已經過了一個多月，灰翅憂心忡忡地想道，**我還以為他現在應該可以如常行走了。**

「你們好，」灰翅喵聲道，向朝他走來的鋸峰和冰霜垂頭致意，「你們是來拜訪我們的嗎？」

鋸峰可憐兮兮地看了他一眼，至於冰霜則根本不理他。大公貓把鋸峰放在地上，便就不發一語地轉身離開，越過高地，跑回森林。

真是沒禮貌的臭毛球！灰翅心想道。「這是怎麼回事？」他問鋸峰。

一開始鋸峰不願回答，只是怒瞪著消失在遠方的冰霜。後來才回頭看了灰翅一眼，很尷尬地舔舔胸前的毛。

「你快說，」灰翅輕聲鼓勵他。「告訴我沒關係的。」

年輕貓兒猶豫了好一會兒。「是我的腿啦，」他終於承認道。「它一直沒有完全復元，看來我恐怕以後都得跛腳了。」

鋸峰停頓了一下。灰翅憐愛地舔舔他的耳朵。

「清天說……」鋸峰好不容易又吐出這幾個字，「說……因為我不能再狩獵了，對整個團體不再有貢獻，所以得離開他的領地。我……我是覺得如果單靠我自己，恐怕活不下去，尤其寒冷的季節就要來了。灰翅，我可不可以回你那裡？」

「當然可以！」灰翅聽得怒火中燒，但沒敢讓鋸峰知道。「歡迎你回來……我們現在有新的領地了，過來看看吧。」

灰翅叼起兔子，讓鋸峰倚著他肩膀，慢慢走回坑地。

高影正在坑地裡跟寒鴉哭共同檢查其中一處洞口。灰翅和鋸峰蹣跚走下邊坡，她趕緊轉身，朝灰翅跳了過去。「這是怎麼回事？」她問道。

灰翅說明原委，鋸峰低著頭，看上去很不知所措。

「這太可惡了！」高影冷哼一聲。「那是他的親弟弟欸！鋸峰，我們當然歡迎你。我相信我們一定可以治好那條腿。斑皮和雲點出去採集藥草了，等他們回來，就幫你好好檢查。」

「謝謝你，高影。」鋸峰感激地眨眨眼睛，喵聲道。

「你去坐在金雀花叢底下。」灰翅幫忙扶他弟弟坐在灌木叢底下，還把兔子放在他面前。「你先吃，我去幫你整理臥鋪。」

主通道的入口剛好堆了些青苔和蕨葉，灰翅拖了一些到旁邊一處廢棄的洞裡，挖掉一些沙土，把空間弄大。然後再出來找鋸峰。

鋸峰剛吃完，昏昏欲睡地抬起頭來看著灰翅。「你們真好，願意讓我住下來。」他喃喃說道。

灰翅剛在新臥鋪裡安頓好他弟弟，後者便馬上睡著了。顯然高地上的奮力跋涉令他累壞了。

灰翅等到確定一切都沒問題了，才從洞裡爬出來。「我要去找清天談一談。」他在離開坑地前，這樣告訴高影，然後跑上高地。

阿狐照常守在通往清天領地的那條路上。灰翅一出現，後者便知趣退開。灰翅有點失望，因為他真巴不得把爪子戳進對方毛髮裡。

他進到空地時，發現清天正在坑底中央的池邊喝水。

「我是來跟你談一談鋸峰的事。」他昂首闊步地朝他哥哥走去，大聲說道。

清天抬起頭，甩掉鬍鬚上的水滴。「我就知道你會來找我談。」他承認道。

「你昏頭了嗎？」灰翅問道。「鋸峰是你親弟弟欸，他一向對你忠心耿耿。」

清天點點頭，但表情一點也不內疚。「我很遺憾鋸峰受了傷，」他開口道，「但是我必須把大團體的利益置於第一位。大家都要有貢獻，才有機會生存下去。我不是沒給鋸峰時間復元，只是他看起來好像永遠不能再狩獵了。」

「可是他是我們的弟弟！」灰翅反駁道，不敢相信他哥哥竟然說出這種話。

「就因為他是我親弟弟，我才應該對他更嚴厲，」清天喵聲道。「不然怎麼服眾？」

灰翅驚恐之餘，頓生一陣反感，**這不是清天！這不是我敬愛的哥哥。**

灰翅突然失控地朝清天撲上去，狠揮利爪。清天齜牙低吼，前爪緊緊箝住灰翅頸子，鎖住喉嚨。灰翅猛踢後腿，想要擺脫。但清天太魁梧，沒兩下，就被他扳倒在地。清天單腳壓制住他的脖子，另一隻腳踩在他肚子上。

清天居高臨下地看著他，藍色眼睛噴出怒火，胸膛劇烈起伏。「給我滾出這裡！」他怒斥，同時收回兩隻腳。「不要再給我回來！」

灰翅蹣跚爬了起來，走出空地。悲憤交加的他，盲目奔出矮木叢。這時小路前方出現一隻貓兒，他差點就要衝上去打架，還好及時發現對方是風暴。

「灰翅……你怎麼了？」她問道。

灰翅盯著她，強迫自己鎮定下來。她因懷了小貓而挺著大肚子，但那身銀色毛髮一如往常地柔軟閃亮。

「是鋸峰的事，」他解釋道。「我不敢相信清天竟然趕走他。」

風暴點點頭，綠色目光有著懊惱。「我懂你的感受，」她喵聲道。「但清天知道鋸峰一定會去找你，所以才敢要求他離開。我知道他這麼做好像很冷酷，但這其實不是他的本性。」

「那他為什麼要做這種事？」灰翅低吼。

「那是因為他肩上的責任太沉重了，」風暴解釋道。「他真的以為這麼做對大家都好。」

灰翅悲傷地搖搖頭。「但也不該置自己的親弟弟於不顧吧？這道理妳應該也很懂。」

風暴沒有回答，只是向他點個頭，便一臉憂心忡忡地沿著小路離開。

灰翅悲痛地回到坑地，高影正在等他。「清天的理由是什麼？」她問道。

灰翅憤怒地聳聳肩。「還不是那套說詞。鋸峰無法再狩獵，為了整個大團體著想，他必須離開。我真不敢相信清天會說出那種話。」

「我也不敢相信，」高影附和道，尾尖不停前後擺動。「我們一向把家人和朋友放在第一位……每隻貓兒都懂這個道理。這比所謂整個大團體的利益要來得重要多了。」

「清天不是這麼想的。」灰翅咕噥道。

他快步穿過坑地去探望鋸峰，發現他又醒了，正在和雲點說話。

「我有信心我們一定可以改善你跛腳的問題。」黑白色公貓喵聲道。「如果你的傷腿無法承受你的重量，那就得好好鍛鍊另外三隻腳的肌力。」

「怎麼鍛鍊？」鋸峰不解地問道。

「我會設計一些適合你的運動，」雲點承諾道。「即便待在臥鋪裡，還是可以練習腿部的彎曲和伸直，鍛鍊肌力。」

鋸峰試了一下，他努力伸長前腿和那隻受過傷的後腿，但腿還是一瘸一瘸的，於是嘆了一大口氣。「感覺好怪哦。」他抱怨道。

「你必須習慣它，」雲點直言道。「別忘了你在清天領地的臥鋪裡躺了一個多月，也難怪腿會無力。」

「雲點說得沒錯，」灰翅附和道。**更何況清天還把鋸峰掃地出門，說他沒用，徹底毀了他的自信。**「我會幫你的，再過不久，你就會覺得好多了。」

「我和斑皮也會再想出更多法子來幫你鍛鍊，」雲點喵聲道。「你等著看吧，你很快就能再出去抓獵物了。」

鋸峰難過地眨眨眼睛。「我總覺得我再也不能狩獵了。」

✦✦✦

日子一天天過去，天氣越來越冷，樹上僅剩的幾片葉子終於落地，獵物也變得越來越稀少。兔子們大多待在溫暖的洞穴裡，只有趁大清早和黃昏時才會冒險外出快速覓食。所以貓兒們不得不擴大狩獵範圍，尋找可以裹腹的獵物。

灰翅放膽走進森林，聞到松鼠的氣味。他偷偷摸摸地匍匐穿過矮木叢，不敢踩踏地上咯吱作響的枯葉。他靜悄悄地繞過一叢荊棘，瞄見有隻松鼠正在空地中央啃食堅果。

我抓得到牠，他心想道，同時壓低身子，潛行過去。還好這裡離樹木有段距離。

他慢慢趨近獵物，正準備撲上去時，突然聽到一聲怒吼，接著一個重物猛地落在他身上，嚇了他一大跳。松鼠立刻跳開，逃上最近一棵白臘樹，疾步奔爬樹幹，消失在洞裡。

灰翅從重物底下好不容易扭身出來，蹣跚站了起來。站在他面前的是那隻叫做阿狐的貓兒，對方頸毛倒豎，尾毛蓬得比平常大兩倍。

「小偷！」阿狐吼道。

「獵物又不是你的！」灰翅反駁道，同時甩著尾巴。「誰抓到就是誰的。」

「這裡是清天的領地。」阿狐語帶威脅地上前逼步。「所以這裡的獵物也都屬於他和他的貓的。」

灰翅眼角餘光瞄見動靜，轉頭看見他哥哥正從空地邊緣的蕨葉叢裡出來，後面跟著風暴。灰翅朝他哥哥上前一步。「清天……」他正要開口。

阿狐竟撲上他，他被撞倒在地，話也被打斷。阿狐的臉湊上來，黃色眼睛射出怒火，尖牙僅離灰翅喉嚨一爪之近。為了自衛，灰翅只好用後腿踢他。可是阿狐個頭兒很大，肌肉結實。灰翅就是擺脫不了。他感覺到阿狐的爪子戳在他頭上，劃過他前額。鮮血滴進他眼睛，害他幾乎半盲。

灰翅開始慌張，阿狐不是只是小小地教訓他，而是真的要傷害他。**清天在幹什麼？是他要阿狐把我撕成兩半嗎？**

灰翅一鼓作氣，狠揮兩隻前爪。但眼前只有模糊的棕色影子，根本看不見攻擊的目標，他只知道他得擺脫這隻大貓才行。

灰翅使出全力，揮爪重擊，阿狐忽然發出哽塞的慘叫聲，頓時一股溫熱的液體竄流灰翅爪間。壓在灰翅身上的重量消失。灰翅踉蹌爬了起來，用力擦掉眼睛處的鮮血，這才看見阿狐側躺在林地的枯葉堆上，鮮血正從喉間觸目驚心地湧出來，淹漫地上枯葉。

灰翅的身上也沾了血，曾出招狠擊對方的兩隻腳爪也都血跡斑斑。阿狐的後腿猛力抽搐了一下，便再也不動了。

清天衝上前來，站在棕色公貓的屍體面前，用一種驚駭和指控的眼神瞪著灰翅。「你殺了他！」

灰翅只覺得自己好像成了一塊石頭，無法動彈。「我不是故意的……」他結結巴巴。

清天怒瞪他，瞇起藍色眼睛，猶如兩片冰冷的鋒刃。「夠了，」他吼道。「我們從此一刀兩斷。你殺了阿狐，他只是在盡自己的本份而已。」

「可是他……」灰翅開口道。

「我說了，我們從此一刀兩斷，」清天打斷他，語調冰冷。「我沒有弟弟，你滾吧！」

「你不是當真吧！」灰翅抗議道。「我們一起經歷了這麼多事……」

但是清天那雙冰冷的眼睛裡毫無不捨。他一句話也不說，爪子伸了出來。灰翅終於明白除非他離開，否則兄弟間勢必得大打出手。

灰翅迎視清天那雙冰冷的目光，試著接受這是最後一次的兄弟相會。**我是誤殺阿狐的，可是清天絕對不會相信我。我除了離開，永遠不再回來，還能怎麼辦呢？**

但灰翅還沒轉身，風暴便上前一步。她的肚子已經很大了，行動有些遲緩。灰翅看得出來她快要臨盆。她不捨地看了阿狐一眼，然後快步從他身邊經過，走向清天。

「我受夠了，」她喵聲道。「我要回去兩腳獸巢穴那裡。我的小貓還是在那裡出生比較好。」

清天驚恐地瞪大眼睛。「別鬧了，妳需要我照顧妳。」

「我最不需要的就是你的照顧。」風暴反駁道。「你老是把我當小貓一樣看待，我受夠了。我再也受不了你對待其他貓兒的方式，他們只不過是踏進你口中所謂的邊界而已。要不是你濫用權勢，阿狐也不會死。」

一時之間，清天啞口無言。

沉默中，風暴朝灰翅轉身。「我很抱歉，」她喵聲道。「當初我在看見清天對待鋸峰的方式時，就該徹底覺悟了。」

她向灰翅垂下頭，哀傷地看著清天良久，最後轉身快步穿過蕨葉叢離去。

第二十五章

灰翅趕緊轉身對清天說：「快去追她啊！」他懇求道：「快去把她追回來，幫忙她一起養育你們的孩子。她需要你！」

儘管清天眼神悲傷地看著風暴離去，但沒有移動身子。「沒有用的，」他喵聲道。「我必須把我的貓群放在第一位。要是風暴無法接受我的做法，那我們就得分開。」

「你不是很愛她嗎？」灰翅反駁道。

「我當然愛她。但是她已經做了決定。而我的未來卻是在這裡。」

清天的表情和語氣不再憤憤不平，取而代之的是冷傲的決心。灰翅終於明白他的意志任誰也動搖不了。

「我很遺憾是這種結果，」灰翅喵聲道。「我為阿狐感到難過。但我不是故意的……是他先攻擊我。」

「他只是在履行自己的職責。」清天轉身要走，卻又回頭看了一眼。「鋸峰還好嗎？」

灰翅頓時燃起一線希望。「他進步很多，」他回答道。「雲點設計了很多運動在幫忙鍛鍊他那三條健全的腿。鋸峰經常抱怨，不過還是會乖乖練習。」他又放膽加了一句：「你可以過來看看他啊。」

清天猶豫了一下，最後搖搖頭。「過去的都過去了，」他喵聲道。「我不能回頭看。我現在肩負重任，我有很多貓兒要保護，所以才必須讓風暴和鋸峰離開。」

灰翅發現到清天在說這番話時，那雙藍色眼睛流露出一種狂熱，這令他感到不安。灰翅嘆口氣，只能接受清天所選擇的路，看來他是不可能回頭了。「如果你改變了心意，隨時歡迎你回來。」他告訴清天。

我這話是真的嗎？灰翅在心裡對自己說，**高影會歡迎他到我們的領地嗎？鋸峰也歡迎嗎？**

他向清天垂頭致意，隨即轉身回去高地。

寒冷的季節猶如尖銳利爪，狠狠掐住整片高地，河流和水池全結了冰，連草地也成了扎人的冰原。鷹衝正懷孕挺著大肚子，灰翅花了一整個早上的時間在地道裡幫寒鴉哭挖鑿出更大的新窩穴，以便鷹衝生小貓時有地方可以躲避寒風。

「這裡太棒了！」鷹衝嘆口氣道。兩隻公貓用青苔和蕨葉幫她準備了新臥鋪，她整個身子趴了下去。「我真等不及小貓出生。」

灰翅留下他們單獨相處，獨自走進空地，感覺寒風襲來，吹亂了身上的毛髮。看見鷹衝快生了，不禁令他想起風暴。**她的小貓應該出生了吧**，他心想道，**自從她回去兩腳獸巢穴那裡，已經過了一個月，希望她一切平安。**這時他突然有了個想法，他知道自己該怎麼做了。

他必須去找風暴。

奔馳高原的他，身體暖和了許多，心臟跟著狂跳。他抵達森林時，刻意選擇一條可以繞過清天領地的小路。**我今天不想再惹麻煩了，因為我還有更重要的事得做，不想再跟清天還有他那幫囉嘍起口角了。**

灰翅來到兩腳獸巢穴的外緣，立刻慢下腳步，但還是繼續往前走。他小心翼翼地沿著硬石路面前進，尋找幾個熟悉的地標，以便順利走到龜尾和阿班所居住的窩穴。

她們可能知道風暴現在住在哪裡。而且也能順便再見到龜尾。

起初灰翅的進展不錯。他記得那是一棟大窩穴，有很濃的怪獸臭味，外面站著成排古怪的彩色樹幹，還有一座很大的空地長滿綠草和灌木叢，兩腳獸的小孩到處跑來跑去，大吼大叫。

可是正當灰翅在空地旁邊轉彎時，突然聽見狗吠聲。他霍地轉身，看見一隻小黑狗朝他衝過來。

灰翅嚇得魂飛魄散，立刻奔下路面，但那條狗緊追在後。到了下個轉彎處，灰翅知道自己必須橫越轟雷路，但一直有怪獸從兩邊方向不斷咆哮而過。要是他等路面都淨空了，那條狗恐怕已經追上他。灰翅只能拐個彎，繼續前奔。

過了一會兒，他發現自己迷路了。他一路只顧著逃離那條狗，兩腳獸的籬笆和窩穴不時從他旁邊模糊刷過。但他不敢停下腳步回頭查看，因為他一直聽到後面緊追不捨的狗吠聲，甚至聞得到牠的惡臭味。

這時灰翅又拐了一個彎，卻失望地緊急煞住腳步。這是條死巷，前面聳立著一座很大的兩腳獸窩穴。再無別的出路。他彷彿被困在地道裡，那條狗就在地道口。他在別無選擇下，只能轉身，準備迎戰。

狗兒跳進巷子裡，張嘴朝他衝來。千均一髮之際，灰翅聽見上方傳來聲音。

「灰翅！跳到上面來！」

灰翅抬頭一看，驚見龜尾正小心翼翼地站在兩腳獸窩穴裡面一處洞口下方的岩架上。他鼓起全身肌肉，趕在狗兒撲過來之前，奮力一蹬，跳了上去。龜尾及時低下身子抓住他頸背，幫忙拉他爬上岩架。

「謝了！」灰翅氣喘吁吁。

狗兒站在下面，懊惱地吠叫。

「快滾吧，你這隻跳蚤狗！」龜尾喵聲道，隨即對灰翅說：「走這邊！」

龜尾從岩架跳上牆頂，帶著他經過好幾棟兩腳獸窩穴，最後走到牆的盡頭，才跳到下面的草地上。

灰翅也跟著跳下來，站在她旁邊。龜尾兩眼發亮地大聲說道：「能見到你，真是太意外了！真高興你來這裡看我跟阿班！」

灰翅尷尬地舔舔胸毛。「其實我是來找風暴的。」他承認道。

龜尾雖然不動聲色，但眼裡的喜悅頓時消失。「哦。」她語調平板地說道。

「我知道她回到兩腳獸巢穴。」灰翅繼續說道，但心裡其實很清楚這番話對方並不想聽，但他必須找到風暴，而龜尾或許知道她的下落。「妳見過她嗎？妳知道她現在住在哪裡嗎？」

龜尾似乎不願回答這問題，不時用爪子刮著地上的草。「我不太確定……」

「我們當然知道她在哪兒啊！」一個聲音突然出現，灰翅抬頭看見阿班坐在草地對面的籬笆上。肥胖的玳瑁色貓兒跳了下來，快步過來找他們。「龜尾，妳不記得了嗎？風暴就住在那棟老舊的怪獸窩穴裡。」

「哦……是啊。」龜尾咕噥道。

灰翅相信她其實早就知道。「謝了，阿班。」他喵聲道。「妳可不可以帶我去？」

阿班猶豫了一下。「但我不會陪你進去哦，那地方老是讓我覺得毛毛的。」

灰翅看了龜尾一眼，心想不知道她會不會帶他去。但她只簡單說了句：「下次再見囉！」，便穿過草地，跑向籬笆，然後一躍而過，消失不見了。

心情低落的灰翅感到一頭霧水，只好跟著阿班沿著圍牆走回去，最後來到一條轟雷路旁，路上的怪獸穿流不息到灰翅幾乎想放棄橫越的打算。怪獸的吼叫聲震耳欲聾，他覺得全身沾滿了臭味。

這時終於出現空檔，阿班大喊：「快過去！」他們立刻並肩衝過轟雷路。但才剛抵達對面，就有另一頭怪獸咆哮而過，捲起一陣狂風，吹亂了他們的毛髮。

「好險！」灰翅大聲說道。

阿班繼續帶著他往前走，經過側邊有大洞的兩腳獸窩穴，洞口蓋著一層晶亮透明的板子，可以隔著它看見裡面發亮的光和各種色彩繽紛的東西。成群的兩腳獸走來走去，阿班和灰翅必須緊挨著牆走，才不會被紛沓雜亂的兩腳獸腳爪踩到。

「我真不明白你們怎麼能住在這種鬼地方？」灰翅大聲說道。

阿班看了他一眼。「我也不明白你們怎麼能住在那種又冷又溼的空曠地方，我想可能是我們都習慣了吧。」

最後阿班帶著灰翅又拐了一個彎，一棟巍峨的紅岩窩穴森然矗立眼前。窩穴側邊開了幾個洞，前方入口像一張張開的大嘴。

阿班彈彈尾巴。「你去吧，我在這裡等你，等下再帶你回去。」

灰翅驚訝地瞪大眼睛。「風暴住在這裡？」

阿班點點頭。「如果你不跟兩腳獸住在一起，這附近其實沒什麼地方可以待。」

灰翅很是驚恐，但只能強自鎮定，快步朝入口走去，進到窩穴裡面。牆上的洞是唯一的光線來源。眼前有大片的岩牆，被探出屋頂的岩石樹分割成好幾塊。兩腳獸的垃圾四處散落，傳出陣陣惡臭。除此之外，他還聞到陳腐的怪獸臭味。

「風暴！風暴！」他喊道。

沒有回應。灰翅再往前走，掃視兩側，根本找不到風暴可以躲藏的地方。幾條尾巴之外，有道岩坡通往上方。灰翅跳上去走到頂端，小心翼翼地進入第二層樓面，但只看見一樣的光景：幽暗荒涼，更多垃圾，更多岩石樹，完全沒有風暴的蹤影。一陣潮溼的冷風襲來，吹亂了毛髮，他聽見遠處有水滴聲。

灰翅繼續往上爬，直到爬到他認為應該是頂樓的地方了，但還是找不到風暴。就連他大聲喚她，也沒有回應。**是阿班搞錯了嗎？也許風暴沒住在這裡。**

灰翅遲疑了一會兒，才慢慢接近眼前的一道牆縫，這才知道自己爬了多高。感覺好像又回到山上從頂峰往下眺望。兩腳獸巢穴在他腳下綿亙，怪獸像閃亮的甲蟲一路爬行。兩腳獸巢穴的後方便是大片森林，但因樹葉都掉光了，所以看上去幾乎灰棕一片，其中零星點綴著幾塊暗綠色的松樹林。森林再過去可以隱約看見輪廓起伏的高地。他突然渴望呼吸清新的空氣，在大片的草原上奔馳。

後方倏地傳來微弱的腳步聲，灰翅趕緊轉身。「風暴！」他喊道。

銀色虎斑母貓站在離他有兩條尾巴距離的地方。灰翅打量她，整顆心漲得滿滿的。她顯然剛生過小貓。身子很瘦，腰腹陷了下去，毛髮髒亂打結。但那雙綠色眼睛仍然晶亮，美麗如昔。

「風暴！」灰翅再次喊道，同時上前一步。「妳生完小貓了？他們還好嗎？」

風暴點點頭。「有三隻小貓……他們都很好。」

「他們在哪裡？」灰翅問道，同時環目四顧。「我可以看看他們嗎？」

銀灰色虎斑母貓猶豫了一下，最後搖搖頭。「還是不要好了。」

失望如烏雲當頭罩下，灰翅又說道：「可是他們也是我的家人。拜託妳，風暴，妳知道我不會傷害他們的。」

風暴還是搖搖頭，而且這次堅定。「他們是我的小貓。」她喵聲道。

灰翅好生沮喪，不知道要怎麼改變她的心意。顯然她決定這輩子徹底切斷與他和清天的聯繫……以及和他們曾有過的各種經驗回憶。

但這是最好的選擇嗎？為什麼她不想找別的貓兒來幫忙她呢？

灰翅想問風暴這些問題，但面對著她那雙冷傲的目光，終究說不出口。他垂頭接受她的拒絕，低聲說道：「風暴，再會了。如果妳改變心意，隨時來找我。」

灰翅轉身離開，步下兩腳獸窩穴那層層荒涼的樓板，走到空地外面，阿班正在那裡等他。

第二十六章

灰翅緩步離開兩腳獸巢穴，每踏一步，都讓他越發相信自己做錯了。那天晚上，他睡得極不安穩。新領地那張舒適的臥鋪彷若鋪滿尖刺與石子。他只要閉上眼睛，腦海裡浮現的都是風暴。她好瘦好絕望，卻又充滿勇氣。

隨著曙光漫上高地，灰翅終於下定決心。**我絕不放棄風暴。她和她的小貓是我的家人，家人應該彼此照顧。**

灰翅越過高地，一路上不時查看獵物，瞄見有隻兔子從洞裡探出頭來，立刻撲了上去。**我要把牠帶到風暴的窩穴那裡，幫忙她餵飽小貓。**

灰翅穿過林子時，並未看見清天或其他貓兒的蹤影。可是當他快走到兩腳獸巢穴時，卻瞄見龜尾從紅岩窩穴那裡跑出來。她耳朵貼平，毛髮蓬亂，表情驚慌。

灰翅趕緊跑過去攔住她。「發生什麼事了？」他問道。

龜尾瞪大眼睛，倉皇地看著灰翅。「你快點來！」她氣喘吁吁。「風暴的窩穴遭到攻擊了。」

她沒等他回答就旋身一轉，衝回兩腳獸巢穴。灰翅丟下嘴裡的獵物，緊追在後。他想起那棟荒涼的窩穴，不懂那窩穴那麼大，究竟會有什麼東西要攻擊它呢？

龜尾一定搞錯了！但要是風暴深陷危險，我一定得幫她！

窩穴還沒映入眼簾，灰翅便聽見低沉的隆隆聲響，而且越來越響亮，直到充斥整個世界，就像頭上正在打雷。空氣充斥著濃稠的石頭味和沙土味，還有怪獸的臭味。

灰翅焦慮不安到全身發抖，**一定發生了什麼可怕的事！**

他跟龜尾並肩前進，拐個彎，看見那棟窩穴，立刻煞住腳步，動作突兀到就像撞上一面牆。巍峨的窩穴此刻竟半隱在漫天塵沙裡。儘管煙霧瀰漫，灰翅仍瞄見後方有頭巨大的怪獸。他從沒見過如此龐大的腳爪，怪獸腰腹豔黃明亮，還有一張亮澄澄的銀色大嘴，正在大嚼特嚼窩穴的紅色岩牆。

「風暴！風暴！」他放聲大喊，但怪獸的怒吼聲淹沒了他的聲音。

他轉身對龜尾說：「我進去找！」

「你不能去！」龜尾驚恐地瞪大眼睛。「怪獸會連你都吃掉！」

灰翅無視她的警告，上前一步，這時卻傳來雷劈似的巨響聲，窩穴有一整面牆坍了下來。碎石像水花般地朝往路面飛濺，揚起大量塵沙，嗆得灰翅咳個不停，眼睛刺痛。

灰翅有好一會兒功夫都覺得自己變成了石頭，四條腿動彈不得。**風暴應該老早就聽到怪獸的吼聲吧？她應該早就把小貓帶離到安全的地方了吧？**

但就在漫天塵沙落定時，灰翅突然看見風暴那張倉皇的臉出現在窩穴高處的牆縫裡往外張望。她張大嘴巴，無聲地喊著救命。

「我來了！風暴！」灰翅喊道。

他的目光與風暴才剛交會，黃色怪獸又咬了一大口牆面，窩穴竟慢慢斜傾，開始坍塌，銀色母貓頓時消失在視線裡。

窩穴塌下來的那一刻，灰翅和龜尾趕緊蹲伏地面，坍塌聲震耳欲聾，刺痛灰翅耳膜，揚起漫天沙塵，遮蔽了窩穴與怪獸。

聲音漸漸消失，灰翅抬頭窺看，這才發現怪獸已經不再張嘴進食。他踉蹌站了起來，衝向斷垣殘壁。空氣中仍瀰漫著嗆人的塵埃，石子猶在滾動，但依稀聽得見微弱的哭聲。

「風暴！」他喊道。「我來了！」

他慌張地挖開瓦礫，鑿掉碎石，好不容易摸到一團銀色毛髮。他死命揮爪撥開窩穴殘骸，直到曝露出風暴的身子。她四腳僵直，兩眼緊閉，毛髮沾滿塵土，旁邊躺著三隻她極力保護的小貓動也不動地半掩在殘骸底下。

哦，風暴……

灰翅低頭舔她毛髮，風暴的綠色眼睛乍然睜開。她眨眨眼，專注看著灰翅，略微抬起頭來，望著三隻小貓的屍體。

「我的小貓……」她斷續說道。「我只是想保護他們……」

「妳已經盡力了。」灰翅安慰她。

「告訴清天……我很抱歉……」風暴微弱的聲音漸漸消失，頭又倒了回去，眼睛闔上。

灰翅伸出腳爪擱在她胸口，低頭探聞她的鼻息，但她已經沒有呼吸。**永別了，風暴……**他在心裡跟她告別，憂傷麻木了他全身。他覺得心徹底碎了，但只能收集旁邊的碎石，輕輕蓋在她身上。

漫天塵沙裡突然出現微弱的動靜，他警覺地轉頭，不可置信地看見其中一隻小貓竟然動了一下……那是一隻結實的薑黃色小公貓。

他沒死！

這時又出現隆隆聲響，灰翅感覺到窩穴剩餘的牆面正在搖晃。他趕緊挖出半掩在殘骸裡的小貓，叼起頸背。牆這時突然垮下來，他及時將小貓拖出，在漫天的飛沙走石裡跌跌撞撞地衝回路面。

「走這裡！」龜尾跑上前去，將灰翅一把推向角落，躲開隆隆滾來的塵暴。「風暴呢？」她問道。

灰翅輕輕放下小貓。「她死了。」他哽咽說道。「另外兩隻小貓也死了，但這隻還活著……只有這隻。」

灰翅和龜尾並肩蹲下來，用力舔著薑黃色小公貓，直到他開始扭動，小聲哭嚎。

「他會活下來的，」龜尾喵聲道。「來吧，我幫你把他帶回森林。」

灰翅他可以自己來，但龜尾不理會，兀自叼起小貓的頸背，啟程出發。灰翅一跛一跛地跟在旁邊。一路上他們都沒停下腳步，直到離開兩腳獸巢穴，抵達林子邊緣才暫時歇腳。

「我們喘口氣吧。」龜尾提議道，同時放下小貓，吁了一大口氣。

灰翅癱在地上，他的毛髮髒亂打結，曾踩在碎石堆上的腳掌微微刺痛。他記得窩穴倒塌時，風暴正看著他，他忘不了她那雙眼睛所流露的神情。

要是我能早點趕過去，或許就救得了她。

「我知道你在自責，」龜尾低聲道，一臉同情地望著他。「你想到了亮川，是不是？可是這次不一樣，這次還有倖存者：清天的兒子。」她低頭舔舔小貓的耳朵。「你得把他送回他父親那裡。」

灰翅本能地伸腳將小貓攬了過來。他不想失去這隻小貓，他是他與風暴之間最後的唯一聯繫。「我也愛風暴啊。」他喃喃說道。

「我知道，」龜尾輕聲說道。「可是這隻小貓不是你的孩子。」

灰翅嘆了口氣。縱然再怎麼悲痛，但他知道龜尾說得沒錯。「我也不知道他叫什名字！」他喵聲道。

龜尾低頭貼近小貓，用鼻口輕拂他的鼻子。「小東西，你叫什麼名字？」她問道。

小貓抬頭看她，一臉不解。「我不知道。」他吱吱說道。

「也許風暴還沒幫小貓取名字。」灰翅喵聲道。

龜尾看了兩腳獸巢穴一眼，彷彿在回想那棟倒塌的窩穴。「叫他雷霆好不好？」她提議道。「他是風暴生的，而且是生在猶如狂風暴雨的飛沙走石裡，但他活了下來。」

薑黃色小貓發出尖銳的喵叫聲。

「我想他的意思是同意了！」龜尾大聲說道，目光溫暖。

灰翅深吸一口氣，站了起來。「來啊，小雷霆，」他喵聲道。「該去見見你父親了。」

龜尾跟灰翅道別，轉身回兩腳獸巢穴。灰翅叼起雷霆的頸背，鑽進林子深處。筋疲力竭的他一路走得跌跌撞撞，還好最後順利找到那條通往清天領地的小路。

但還沒走到領地，矮木叢裡便窸窣作響地鑽出三隻貓兒，擋住去路，原來是冰霜、花瓣和一隻灰翅從沒見過的黑白色公貓。

「我們不歡迎你來這裡。」冰霜吼道，頸毛豎了起來。

花瓣一臉敵意地瞪著他。「你殺了阿狐。」

「那是意外，」灰翅回答道，但嘴裡叼著小貓，語意實在很難表達。他記得花瓣和阿狐是姊弟，所以他不怪花瓣憤恨難平。

「這隻小貓是誰的？」黑白色公貓擠到雷霆旁邊，後者嗚咽哭泣，想要躲開他。「清天很清楚。」

「這不關你的事，我自己會跟清天說。」

三隻貓兒瞪著灰翅好一會兒，僵持不下。**我打不過他們三個**，他沮喪地想道，**我真的受夠了他們的敵意**。「帶我去見我哥哥，好嗎？」

一開始三隻貓兒動也不動，後來花瓣退後一步，用尾巴向他示意。「好吧，」她喵聲道。「但別輕舉妄動，否則你一定會後悔你帶了小貓來這裡。」

黑白色公貓留下來繼續守衛，交由冰霜和花瓣負責押解灰翅回去，他們分別走在他兩側。

他們好像認定我是奸細，不然就是囚犯。

灰翅和其他貓兒才進入領地，清天便從樹上跳下來。他越過空地，來到灰翅面前。

「你來做什麼？」他質問道。

灰翅瞥了其他貓兒一眼，於是清天揮動尾巴要他們下去。等其他貓兒都退到空地邊緣，灰翅才把雷霆放在清天面前。「這小貓是你的孩子。」

雷霆垂下頭，緊張兮兮地對著他父親眨眨眼睛。

清天那雙藍色眼睛吃驚地望向灰翅。「風暴呢？」他粗啞問道。

灰翅垂下頭。「風暴死了。」清天愕然地看著他。灰翅只得娓娓道來龜尾跑來找他討救兵以及他們如何衝到坍塌的窩穴那裡親眼目睹風暴和另外兩隻小貓喪命的過程。「她死前跟我說過話，」他結語道。「她要我告訴你，她很抱歉。」

清天搖搖頭，一臉疑惑，藍色眼睛滿是悲痛。「我不相信……」他大口呼氣。「不可能是風暴……她不可能死得那麼慘。」他轉身走了幾步，又朝灰翅和他的孩子轉過身來。

「把他帶走，」他喵聲道。「這裡沒有他容身的地方。」

「你說什麼？」灰翅不敢相信他聽到的話。「他是你兒子！」

「我沒辦法養他。」清天的語調陰冷。「他母親的死是我的錯。要是我不讓風暴離開，她現在就還活著。她的孩子跟著我不會有好日子過的。」

灰翅突然懂了。如果雷霆留下來，只會時時提醒清天曾失去的一切。

「我哪有本事養育這個孩子？」清天質問道。「我這裡有太多的事情要忙，我需要保護這麼多貓兒。」

「你有別的貓兒可以幫你啊！」灰翅反駁道。「雷霆需要你。」

清天堅定地搖搖頭。「不，他需要的是一位可以照顧他的父親……一個不會再給他帶來任何厄運的父親，至於我……只要我在乎誰，就會給誰帶來厄運。」他的聲音痛苦，充滿憤怒與自我詛咒。

灰翅知道再多說也無益了，震驚之餘的他喵聲說道：「我們的兄弟之情到此結束。你不再是我從小認識、我最敬愛，一起遠征到這裡的那個哥哥。」

清天悲傷地點點頭。「我是這群貓兒的領袖，如果你不能接受這一點，也無法明白我的一切作為都是為了他們大家好，那麼我們之間就不再是兄弟了。」

他轉身離開，獨自留下灰翅和雷霆以及幾個守衛。後者隨後走上前來，站在灰翅兩邊，準備押解他離開森林。

灰翅耐心用盡。「我們自己會出去，你們這些笨毛球！」他抬起尾巴圈住雷霆，帶著還在蹣跚學步的他慢慢走出空地，步上通往高地的小徑。

「怎麼了？」雷霆問道，語氣很是不解。「那是……我父親嗎？」

「是啊。」**不過我真希望他不是。**

「你確定嗎？」雷霆追問道。「那他為什麼不喜歡我？」

灰翅深嘆口氣。「這有點複雜，不過這不是你的錯。」

等到他們抵達高地上的領地時，雷霆已經累壞了，灰翅只得再次叼起他。當灰翅鑽進坑地邊緣的金雀花叢，緩步走下邊坡時，其他貓兒都站了起來。

高影走過來迎接他。「這是誰？」她問道，尾巴指著雷霆。「他從哪兒來的？」

灰翅把小貓放下來。雷霆看起來半睡半醒，不太知道自己身在何處。「他叫雷霆，」他告訴高影。「他是清天的孩子。」

挺著大肚子的鷹衝上前一步。「你腦袋長跳蚤了嗎？」她質問道。「你為什麼把他帶來這裡？清天一定會利用這個當藉口，攻擊我們。」

「他不會，」灰翅小聲說道。「他不要雷霆。」

他盡可能地簡單說明原委，包括風暴的喪命以及他與清天的會面過程。他說話的同時，鷹衝俯看著小貓，目光頓時柔和了起來。等到灰翅說完，她立刻輕輕推醒雷霆，要他站起來，再用尾巴圈住他，讓他緊緊挨著她的肚子。「來吧，小東西，」她低聲道，同時走向地道裡的育兒室，邊走還邊回頭告訴灰翅：「我來照顧他。」

高影甩甩尾巴，召集所有貓兒，隨即跳上領地盡頭一座高聳的岩石。

「灰翅說的，你們都聽到了，」她開口道。「現在我們必須決定怎麼處置這隻小貓。我們要把他留下來嗎？」

「我不認為這是個好主意，」碎冰回答道。「他是陌生貓兒，我們跟他又沒血緣關係……」

「但我有！」灰翅直言道。「鋸峰也有！」

「是啊，」坐在窩穴口的鋸峰大聲說道。「他有權住在這裡。」

「可是跟他血緣最親的是清天，」碎冰反駁道。「而且我們怎麼知道清天會不會又改變主意想把他要回去？」

「那到時再送他回去不就好了？」雨掃花不耐地說道。「如果他父親想要把這可憐的小東西帶回去，也是件好事啊。不過話說回來，如果我們現在不收留他，這小東西要怎麼活下去啊？」

「可是照顧他很難欸，」雲點若有所思地喵聲道。「他需要喝奶……」

「鷹衝快生了，」斑皮立刻回答道。「她已經說過她願意照顧他。你怎麼可以……」

「我的意思是很難照顧，」雲點彈彈耳朵。「我又沒說我們不應該試試看。」

「可是有誰為鷹衝想過？」寒鴉哭的語氣聽起來似乎對這件事很有意見。「她也有自己的小貓得照顧……我是說我的小貓。要她再多照顧一個，實在不公平。」

斑皮瞪著他。「她已經做了決定。」

「我有權……」寒鴉哭開口道。

灰翅受夠了這些爭吵，於是快步走到貓群前面，來到高影所在的岩石下方。「雷霆是清天的孩子，所以是我的姪子。」他語氣堅定地說道。「從現在起，這裡就是他的家，如果你趕他走，我就跟他一起離開。」

「灰翅！」高影語氣震驚。「沒必要這樣吧。」

「那就讓雷霆留下來。」

高影的目光掃過下方貓群。「這件事有誰反對？」

貓兒們面面相覷。雨掃花表情堅定地點點頭。「要是我們拒絕收留這孩子，那我們算什麼英雄好漢啊？」

沒有貓兒出聲反駁她。寒鴉哭也只是嘴裡嘟囔，沒敢大聲抗議。

「那就這麼決定了，」高影大聲宣布。「雷霆從現在起就是我們的一份子。」她從岩石上跳進貓群裡。

灰翅向她垂頭致意，表示感激，然後轉身，看見雷霆坐在鷹衝窩穴的洞口。顯然剛剛的爭吵全被他聽進耳裡，表情很是驚慌，一雙眼睛瞪得斗大，神情害怕。

灰翅快步走過去找他，將鼻口擱在小貓頭上。「你現在安全了，」他低聲向他保證。「從現在起，我就是你的父親。」

系列叢書

貓迷們！還缺哪一套？

寵物貓羅斯提意外闖入籬笆外的世界，並成為雷族戰士「火掌」，最後運用勇氣與愛的力量，克服所有挑戰，並且成功勝任為雷族族長。

十週年紀念版首部曲

套書1~6集 定價：1500元

四族各方授命的戰士獲得星族賦予的預言，尋找「午夜的聲音」，展開漫長而險惡的旅程，為的就是尋找預言背後的真相。

暢銷紀念版二部曲－新預言

套書1~6集 定價：1500元

神祕的預言伴隨的火星的外孫們—獅掌、冬青掌和松鴉掌因應而生。但隨著種種力量的背後，隱藏著不為人知的危機。

暢銷紀念版三部曲－三力量

套書1~6集 定價：1500元

國家圖書館出版品預編目資料

貓戰士五部曲. 一, 太陽之路 / 艾琳・杭特（Erin Hunter）著；約翰・韋伯（Johannes Wiebel）繪；高子梅譯. -- 初版. -- 臺中市：晨星, 2016.09
288面；14.8x21公分. --（Warriors；40）
譯自：Warriors : The Sun Trail
ISBN 978-986-443-167-0（平裝）
874.59　　105013542

貓戰士五部曲部族誕生之Ⅰ

太陽之路 *The Sun Trail*

作者	艾琳・杭特（Erin Hunter）
譯者	高子梅
責任編輯	郭玟君、呂曉婕
校對	廖靖玟、林品劭、蔡雅莉
封面插圖	約翰・韋伯（Johannes Wiebel）
封面設計	柳佳彰
美術設計	蔡艾倫
創辦人	陳銘民
發行所	晨星出版有限公司 407台中市西屯區工業30路1號1樓 TEL：04-23595820　FAX：04-23550581 行政院新聞局局版台業字第2500號
法律顧問	陳思成律師
初版	西元2016年09月30日
再版	西元2024年04月15日（十刷）
讀者訂購專線	TEL：（02）23672044 /（04）23595819#212
讀者傳真專線	FAX：（02）23635741 /（04）23595493
讀者專用信箱	service@morningstar.com.tw
網路書店	http://www.morningstar.com.tw
郵政劃撥	15060393（知己圖書股份有限公司）
印刷	上好印刷股份有限公司

定價250元

（缺頁或破損的書，請寄回更換）

ISBN 978-986-443-167-0